Les Raisons de l'exil

Tome 1

de la série « Les Exilés de L'Arcange »

Michel ZORDAN

3Z-DANZOR
Site internet : www.unauteur.com

ISBN 978-2-9532863-0-4

Ce récit est une fiction. Toutes ressemblances avec des situations réelles ou des personnes existantes ou ayant existé ne seraient que pure coïncidence.

Chapitre premier – La ferme de L'Arcange

– Bonjour monsieur Lastruc, bonjour madame Lastruc... Mathilde, pas trop dur le travail ? Pour toi, c'est sûrement plus facile que l'école ! Nous avons appris que tu y retournais encore cette année, tu es vraiment très courageuse ! Ça te fait quel âge déjà ? 14, 15 ans ? Ah oui, quand même ! Nous, ça va, on s'est bien amusés !

Pour Mariéta et moi, c'était devenu un jeu. Nous prenions un malin plaisir à saluer bien bas les habitants du village, qui n'acceptaient pas de nous voir vivre parmi eux. Ça les obligeait ainsi à nous rendre le bonjour. Parfois, certains se défilaient, mais dans l'ensemble notre stratagème fonctionnait plutôt bien.

Ce lundi 18 août, nous revenions à pied de Villeneuve-de-Floréal. La veille, dimanche, la grande fête annuelle avait eu lieu. Pour le curé et l'instituteur, il était de coutume, en ces lendemains de réjouissances, d'organiser des jeux pour les jeunes. Sûrement une façon de nous soustraire quelques heures de plus aux travaux des champs. Antoine et Simon, les deux fils Letémoin, et Christiane, la fille Lemoine, nous accompagnaient. Il faisait très chaud, mais un vent assez fort, soufflant du sud-est, venait tempérer l'atmosphère. Un peu avant notre départ du village, à la tour de l'horloge de Floréal, la sirène avait sonné trois fois. Il ne se passait pas un été sans qu'un imprudent laisse un feu de chaume dégénérer. C'était le châtelain, Isidore Clément, qui, convoitant la mairie, avait offert cette sirène ainsi qu'un vieux camion de pompiers. Malheureusement pour lui, son cœur, éprouvé plus que de raison par quelques belles, s'était arrêté de battre huit jours seulement avant l'échéance. Sur le bord de la route, nous étions tombés nez à nez avec les Lastruc, de la ferme du Tachou. Leur fille Mathilde allait, comme nous, à l'école de Floréal. Pas très futée la Mathilde, maintenant âgée de presque 15 ans et après avoir maintes et maintes fois redoublé, elle était toujours en première année. Malgré les efforts de nos instituteurs, monsieur et madame Sourtis, nul n'ignorait que la pauvre n'atteindrait jamais la classe du certificat. Mais ses parents s'acharnaient et croyaient encore au miracle. La famille au grand complet épamprait la vigne. Nous les avions salués, mais c'était juste pour les embêter un peu. Les Lastruc étaient de ceux qui considéraient que les immigrés que nous étions n'avaient rien à faire en France. En plus, nous venions d'emménager dans notre propre ferme, à L'Arcange, alors qu'eux n'étaient que de simples métayers. Leur jalousie et leur rancœur à notre égard n'avaient fait que croître. Après avoir houspillé la Mathilde qui traînassait un peu, et sans même nous regarder, Sylvain, le père, marmonna quelques mots en patois, puis se remit au travail. C'est à ce moment-là que la Peugeot 201 des gendarmes nous dépassa et s'arrêta à quelques mètres. L'un des deux hommes à bord, que j'avais déjà croisé au bourg de Floréal, en sortit et se dirigea droit vers nous. Apparemment, il savait qui nous étions puisqu'il s'adressa directement à Mariéta.

– *Bonjour mademoiselle Montazini, je suis le chef Laterre. Avec mon collègue, nous nous rendons à L'Arcange pour voir votre père. Si vous le souhaitez, nous pouvons vous raccompagner avec votre frère ?*

Très intéressés, les Lastruc cessèrent leur travail et, de loin, contemplèrent la scène. Les drôles de l'immigré, embarqués comme de vulgaires malfaiteurs par les gendarmes, ils auraient de quoi ragoter au village de Floréal.

Après tous les tourments que notre famille avait endurés depuis quelques années, nous commencions à avoir une certaine expérience. Si les gendarmes venaient chez nous, ce n'était pas bon signe, il devait s'être produit quelque chose de très grave. Devant notre attitude un peu angoissée, le chef Laterre comprit qu'il nous devait une explication.
– *Ne vous inquiétez pas, les enfants, c'est juste pour une formalité. Votre père va très bien, nous allons tout vous dire en route.*

Lorsque, quelques mois plus tôt, nous étions arrivés sur ces terres de Gascogne, j'étais persuadé que notre famille pourrait enfin vivre en paix. À cette époque, jamais je n'aurais pu penser que le mal, la délinquance, ou même le crime pouvaient se cacher derrière ces images d'Épinal. Je m'imaginais avoir atteint un monde préservé, un monde sécurisé où les jours ne pouvaient que s'écouler heureux. Bref, je pensais que venir vivre en Gascogne était une assurance sur la vie et je regrettais de tout mon cœur que maman ne soit plus avec nous pour partager ce bonheur. Et pourtant…, vous allez, en lisant ce récit, vous apercevoir que le malheur et le crime peuvent frapper même sur cette terre d'asile.

Le crime pouvait aussi venir d'ailleurs, comme une vengeance accrochée à notre famille qui pensait pourtant avoir enfin trouvé, sur cette terre gasconne, un havre de paix, une parcelle de bonheur et de tranquillité. Malgré cette menace, nous avons vite compris que le mauvais temps ne pouvait guère durer ici et que, derrière les gros nuages, le soleil n'attendait qu'une occasion pour briller à nouveau.

Autour d'Émilio, tout semblait s'écrouler. Assis dans la cuisine au coin de la table, la tête entre les mains, il ressassait cette catastrophe. Il n'arrivait pas à comprendre comment le feu avait pu prendre, en même temps, à trois endroits différents, distants de plus de trente mètres. Il se faisait toutes sortes de scénarios. L'incendie était sûrement parti du premier andain d'herbes et de broussailles sèches. Puis, le vent violent avait rapidement fait le reste. Mais après avoir tourné et retourné la question, le doute n'était plus permis. Les feux avaient été allumés volontairement depuis le bord de la petite route alors que le vent soufflait très fort en direction de la vigne. Dans ce malheur, une chose était quand même positive, il n'aurait plus à faucher ni à retirer les mauvaises herbes. Ses terres étaient maintenant propres et prêtes pour les labours et les semailles d'automne. Par contre, la vigne semblait irrémédiablement perdue : tous les pieds, noircis par les flammes, avaient l'air détruits. Aucune feuille ni aucun sarment n'avait résisté. Seule une centaine de pieds de folle-blanche paraissaient avoir survécu à l'assaut des flammes. Ce qui attristait encore plus Émilio, c'était de savoir que sa famille comptait des ennemis, ici, à Floréal. Il était bien conscient que quelques individus n'avaient pas beaucoup apprécié leur arrivée dans le village. Mais de là à mettre le feu volontairement, il y avait une limite que seules de véritables crapules étaient capables de franchir. Il était encore dans ses pensées lorsqu'il entendit le bruit d'une automobile devant la maison. Avant même qu'il n'ait eu le temps de se lever, il aperçut deux têtes qu'il connaissait bien dans l'encadrement de la porte.

À peine descendu de la voiture des gendarmes, je me précipitai vers la porte de la cuisine. Mariéta arriva en même temps que moi. Papa était assis au coin de la table, il parut surpris de nous voir là. Le visage encore noir de fumée, il avait l'air assez désespéré. Pourtant, dès qu'il nous vit, il se leva immédiatement et ses traits s'apaisèrent d'un seul coup. Il fit entrer les gendarmes et les invita à s'asseoir.

Notre père commençait à parler quelques mots de français, mais c'est Mariéta qui se chargea de la traduction. Il raconta comment les faits s'étaient déroulés. De son côté, le chef Laterre lui expliqua qu'avec son collègue ils étaient déjà passés sur les lieux de l'incendie. Ils avaient, dans leurs premières investigations, découvert certains éléments troublants. Il ajouta qu'ils étaient décidés à ouvrir une enquête et à poursuivre leurs recherches. Il lui proposa de déposer une plainte en précisant que, sans celle-ci, ils seraient dans l'obligation de refermer le dossier.

Papa demanda à réfléchir, il préférait d'abord voir l'instituteur qui serait sûrement de bon conseil. Monsieur Sourtis lui dispensait, deux fois par semaine, le soir après son travail, et même pendant les vacances scolaires, des cours de français. Papa avait une grande confiance en lui.

Depuis notre arrivée en février dernier et jusqu'à ce jour du 18 août 1930, tout s'était à peu près bien déroulé pour nous. À l'école, monsieur et madame Sourtis, nos instituteurs, nous avaient appris que la Gascogne était une terre d'asile, héritière d'une tradition d'accueil aussi profondément enracinée que les ceps de folle-blanche. Dans l'ensemble, la majorité de la population de Floréal nous avait plutôt bien accueillis. Nous avions, bien sûr, dû faire face à de stupides mesquineries de la part de quelques éternels indécrottables. Ces petits malins, la plupart du temps pas très vaillants, considéraient que la France n'avait nul besoin d'immigrés, arguant que ces derniers n'étaient là que pour prendre le pain des bons Français. D'autres, plus pragmatiques, souhaitaient que les immigrés ne soient employés que pour les travaux saisonniers et raccompagnés dans leur pays d'origine une fois leur tâche terminée. À plusieurs reprises, alors que j'entrais dans la boutique du boulanger ou d'un autre commerçant de Floréal, des conversations avaient été subitement et maladroitement interrompues. Même si je n'étais âgé que de huit ans, j'avais très bien compris que notre famille était la cible de ces médisants.

Lorsque papa décida d'acheter la ferme de L'Arcange, Mariéta et moi fûmes les plus heureux au monde. Cette ferme, délaissée depuis plusieurs années, disposait de terres réduites à l'état de friches, mais cela nous était complètement égal. Nous aurions enfin une maison bien à nous, et l'important était là. Certaines personnes de Floréal, jusque-là pas toujours très compatissantes à notre égard, avaient laissé entendre que papa était très courageux d'entreprendre un tel ouvrage, tout en continuant son travail au château. Leur attitude envers nous en avait même été modifiée. À leurs yeux, nous n'étions plus une simple famille d'immigrés venue chercher un peu de travail, mais une famille déterminée à vivre en France et faisant tout pour y parvenir. Pourtant, cette cession à des étrangers d'un petit bout de terre de Gascogne avait fait beaucoup de bruit. Les grincements de dents étaient remontés assez loin et assez haut. Pour certains, cet argent n'avait sûrement pas été gagné honnêtement. Comment des immigrés arrivés depuis peu pouvaient-ils disposer d'une somme suffisamment importante pour acheter une ferme en Gascogne ? Des étrangers avaient-ils le droit d'acquérir un bien en France ? N'était-il pas antipatriotique de la part d'un militaire de céder à des étrangers une petite part du fleuron national que constituait l'Armagnac ?

Rapidement et très fermement, le capitaine Aristide Clément Autun, propriétaire du château Tourne Pique, avait mis bon ordre à cette situation.

Situé en Gascogne, dans le Gers, à la limite du département de Lot-et-Garonne, le bourg de Floréal comptait mille quatre cent quatre-vingt-dix-sept âmes, jusqu'à l'arrivée de la famille Montazini, ma famille. Maintenant, il en compte mille cinq cents. Toute la région vit de l'agriculture, et plus encore de l'élaboration de l'armagnac, qui est l'une de ses principales ressources.

Entre le maître de chai du château Tourne Pique et moi, le courant passa tout de suite. Alphonse Diodin était une encyclopédie vivante. Assez maigre et très grand, l'homme arborait une longue moustache, très fine. Il ne se séparait jamais de son grand béret noir gascon. Le maître de chai boitait légèrement de la jambe gauche, séquelle d'une rencontre un peu rugueuse avec un fût de blanche. Plusieurs fois par jour, il défaisait et remettait en place sa longue ceinture noire de flanelle, qui enserrait ses reins. Ayant perdu sa femme très jeune, sa seule passion était l'Armagnac Ténarèze. Je n'étais âgé que d'un peu plus de huit ans, et pourtant, il s'adressait à moi comme il l'aurait fait avec une grande personne. Je dois préciser que, avec certaines grandes personnes, il ne faisait pas preuve de beaucoup d'indulgence ni même de beaucoup de patience. C'est lui qui m'a tout expliqué sur l'armagnac.
– *Sylvio, l'armagnac, c'est un trésor très convoité. Je ne dis pas ça pour me vanter, mais tout le monde te dira que je m'y connais. C'est la plus vieille, et surtout la meilleure eau-*

de-vie de France, et sûrement même du monde. Sa création est antérieure au quatorzième siècle. Cette date est attestée par des manuscrits conservés par le pape au Vatican. En 1907, tout le monde copiait notre armagnac, alors les vignerons gascons se sont réunis pour mettre en place une réglementation très stricte. En 1909, le président de la République française, c'était notre Armand Fallières. Tu sais que c'est un enfant du pays, depuis qu'il a quitté la vie politique, il s'est retiré dans le château de famille à Loupillon. C'est juste de l'autre côté de la vallée, et il possède de bonnes vignes en Ténarèze. C'est lui qui a entériné le décret qui détermine l'aire de répartition pour la production de l'armagnac. Il y a trois régions sur les départements du Gers, des Landes et de Lot-et-Garonne. Le Haut Armagnac, c'est la région d'Auch, le Bas Armagnac c'est Eauze, et l'Armagnac Ténarèze c'est la région de Condom, avec le nord-ouest du Gers et le sud du Lot-et-Garonne.

Il m'avait aussi expliqué que les terroirs les plus adaptés se situaient sur les boulbènes des fonds de vallée et sur quelques pentes argilo-calcaires exposées sud-est. Je n'avais pas très bien compris, mais j'avais fait tout comme.
– *Tu sais, ces terres se sont toujours négociées à très bon prix. Plus tard, lorsqu'on se connaîtra mieux, je te raconterai quelques histoires pas très reluisantes qui se sont déroulées dans le pays. Mais je peux déjà te dire que pour obtenir quelques parcelles exceptionnelles certains individus ne reculèrent devant rien. Tu comprendras que je ne puisse pas donner de noms, mais je peux t'assurer que les scrupules n'étouffaient pas ces voyous.*

À trois kilomètres de Floréal, le château Tourne Pique était en réalité une grosse maison bourgeoise de trois étages, flanquée d'une tourelle à chacune des extrémités de la façade principale. Cette bâtisse, dressée sur la colline la plus élevée de la région, dominait la campagne environnante et pouvait faire penser au castel d'un seigneur veillant au grain pour ses terres et ses âmes. Sa construction remontait à la fin du dix-huitième. En jouant dans le parc, j'avais aperçu quelques murs d'une construction plus ancienne, peut-être les vestiges d'une forteresse féodale. Le château était la propriété de l'oncle du capitaine, Isidore Clément, qui avait fait fortune dans le commerce avec les colonies. Celui-ci, pressé par ses affaires, ne trouva jamais le temps ou l'opportunité de se marier. Sur la fin, il se rattrapa un peu avec les femmes. Celles-ci en profitèrent pour entamer largement ses avoirs et sa santé. La mort l'empêcha de faire complètement naufrage. N'ayant pas de descendance directe, Isidore Clément avait légué ce qu'il lui restait de ses biens à son neveu, Aristide Clément Autun, militaire de carrière. L'héritage se composait du château Tourne Pique avec ses sept métairies, soit un peu plus de deux cent cinquante hectares au total. Au moment de régler les droits de succession et les quelques autres dettes que laissait l'oncle Aristide en héritage, le capitaine dut se résoudre à vendre l'une des métairies, la ferme de L'Arcange. Cette ferme se trouvait légèrement excentrée par rapport aux autres métairies. Les terres, plutôt en friche, exposées sud-est et sud, ne semblaient pas représenter un grand intérêt pour la production d'armagnac.

Dans les années trente, conséquence de la Grande Guerre, le manque de main-d'œuvre à la campagne se faisant cruellement sentir, les autorités françaises firent appel à l'immigration.

À la fin 1929, un soir, alors que nous rentrions de l'école, papa nous apprit que nous devions quitter l'Italie pour aller vivre en France. Nous venions de connaître des mois terribles, et Mariéta et moi étions plutôt heureux de cette nouvelle. Après avoir vendu la maison familiale de Mezano, nous arrivâmes en Gascogne le 3 février 1930.

Pendant six mois, nous avions logé dans un petit deux-pièces au château Tourne Pique. Habitué à commander et à juger les hommes, le capitaine Aristide Clément Autun comprit tout de suite que notre père, Émilio Montazini, était de bonne trempe. Obligé de se séparer de L'Arcange et au courant du petit pécule que détenait papa, le capitaine réussit à le convaincre de se porter acquéreur de la ferme.

Située à presque cinq kilomètres de Floréal, la ferme de L'Arcange avait été abandonnée par le dernier métayer tout juste cinq années auparavant. Le bâtiment principal présentait une architecture assez hétéroclite. Imbriquées les unes dans les autres, les pièces, sans doute ajoutées au fil du temps, formaient une étrange mosaïque. Construites sur un terrain légèrement en pente et reliées par quelques marches de bois, elles se trouvaient toutes à des niveaux différents. La maison ne disposait pas de couloir, il fallait obligatoirement en traverser une pour accéder à l'autre. En été, comme en hiver, les sols en terre battue tempéraient la demeure, qui ne disposait, bien sûr, ni de l'électricité ni de l'eau courante. Les murs étaient un savant mélange de pierres, de torchis et de briques en terre rouge. Les toitures, exposées de façon anarchique, offraient une palette de couleurs chatoyantes patinées par le temps. Tout cela créait une atmosphère assez particulière, et je pense que c'est ce qui me fit immédiatement aimer cette maison. Je me rappelle très bien ma première visite. Je précédais papa et Mariéta et, comme pour découvrir un trésor, j'appuyai doucement sur la clé du loquet. Puis, lentement, dans un grincement, j'avais poussé toutes les portes, et mon imagination s'était aussitôt mise à pétiller. J'étais persuadé que cette valeureuse bâtisse, baptisée du nom un peu insolite de L'Arcange, recélait des secrets et des mystères enfouis depuis la nuit des temps.

Le dimanche 3 août 1930, six mois tout juste après notre arrivée en France, Émilio, mon papa, Mariéta, ma grande sœur, et moi, Sylvio, nous prîmes possession des lieux. Le grand jour était arrivé. Le mobilier de la famille Montazini s'avérait assez succinct. Après le déménagement d'Italie, nous l'avions provisoirement entreposé dans une grange, au château Tourne Pique. En vendant la maison reçue en héritage de ses parents décédés dans des circonstances tragiques, notre père avait plutôt fait une bonne affaire. J'appris quelques années après notre arrivée en France les conditions très particulières dans lesquelles cette vente s'était réellement conclue. La belle petite somme que papa avait obtenue n'était toutefois pas suffisante pour acheter comptant la ferme de L'Arcange. Très confiant, le capitaine

Clément Autun nous fit crédit. En outre, des arrangements permettaient à notre père d'utiliser l'outillage du château pour remettre en état et cultiver les dix-sept hectares de terre de la ferme. Certaines autres dispositions avaient également été prises, au cas où papa serait dans l'impossibilité de travailler ou disparaîtrait prématurément.

La porte d'entrée donnait directement dans l'immense et très lumineuse cuisine. Quelques jours avant notre arrivée, avec l'aide d'un voisin, papa l'avait passée à la chaux. Dès que la table fut installée, Mariéta insista pour mettre tout de suite une belle nappe. Laissée par le dernier métayer, une vieille cuisinière à bois trônait à côté de la cheminée. Sur l'acte notarié, papa avait bien fait préciser qu'elle était achetée avec la maison et les terres, comme d'ailleurs quelques outils. Mariéta n'avait que 11 ans, mais depuis la disparition tragique de notre maman elle se considérait un peu comme la maîtresse de maison. Cet agencement n'était pas tout à fait à son goût, et elle aurait souhaité que papa y apporte quelques petites transformations.
– *Tu sais, papa, il y a deux fenêtres qui donnent dans la cuisine. Il suffirait d'une cloison, même en bois, pour faire deux pièces ! Ça serait plus facile à chauffer l'hiver. Nous pourrions aussi aménager une entrée.*

Je me rappelle très bien cette scène. De la main, Mariéta essayait de matérialiser une ligne imaginaire.
– *Ici, il y aurait la cuisine. Là, l'entrée, avec une porte qui donnerait directement dans la salle à manger. Nous pourrions y faire nos devoirs, et pour le repassage du linge ça serait plus pratique.*

Pour papa, qui avait déjà dû dépenser bien plus d'argent que nous n'en possédions, ce n'était pas une priorité. Nous avions un toit, et c'était ça, l'essentiel. Il promit quand même à Mariéta d'y réfléchir, mais il devait d'abord s'occuper du puits qui menaçait de s'effondrer. En installant la cuisinière face à la cheminée, son tuyau traverserait toute la pièce, et cette dernière serait ainsi bien plus agréable durant les mois d'hiver.

Pour la chambre, Mariéta afficha tout de suite son choix. Ne voulant pas être importunée, elle choisit d'emménager dans la dernière, tout au fond. À notre départ d'Italie, la tante Julia lui avait donné un vieux lit. Le sommier manquait, mais il avait été provisoirement remplacé par quelques planches disjointes. Le matelas, recouvert de toile de jute, était rempli de balles d'avoine. Les draps en coton épais et les couvertures en laine faisaient partie du trousseau de la dot de maman lors de son mariage avec papa. Le trousseau comprenait six paires de draps qui pouvaient durer toute une vie, quatre couvertures en laine, deux nappes et du linge de toilette. Pour cet hiver, Mariéta prévoyait de confectionner des édredons, en duvet de canard. Madame Rosannés, notre voisine la plus proche, lui avait promis de lui fournir le duvet et de l'aider. En contrepartie, Mariéta gardait régulièrement ses vaches dans les prés qui jouxtaient la ferme des Bimes. L'entrée de la chambre de Mariéta présentait un renfoncement, sûrement une ancienne porte condamnée par un mur en pierres, qui avait dû, il y a bien longtemps, donner accès au cellier. Ma sœur saisit cette occasion pour demander à papa d'y aménager une penderie. Avec un rideau devant, elle pourrait enfin sortir ses vêtements de la grande malle et les installer sur de vrais cintres et de vraies étagères. Lorsque nous vivions en Italie, avant notre déménagement pour Mezano, nous habitions Villanova, et notre père travaillait dans une scierie. De temps à autre, il bricolait un peu le bois et, cette fois, il ne put se dérober.

– *Si tu me donnes jusqu'au mois d'octobre, je te promets que j'arrangerai ça. Il y a deux grosses billes d'orme sous l'appentis, elles ne demandent qu'à être utilisées. Mais il me faut un peu de temps pour les faire débiter en planches. En même temps, j'en profiterai pour refaire les volets, ils en ont besoin !*

La chambre de ma sœur avait probablement servi par le passé de cuisine. Elle disposait d'une petite cheminée et d'un évier en pierre que Mariéta utiliserait pour faire sa toilette. Elle y installa tout de suite un broc d'eau et une petite cuvette émaillée.

Moi, j'optai pour la petite pièce, juste après la cuisine. Un simple fenestron donnant dans la remise l'éclairait faiblement, mais c'était suffisant pour lire et relire les quelques livres que l'instituteur et le maître de chai me prêtaient. Je récupérai le lit, partagé jusque-là avec ma sœur. Le sommier à ressorts était recouvert d'une toile de jute, maintes fois rapiécée. Identique à celui de Mariéta, le matelas débordait de balles d'avoine. La pièce ne disposait pas non plus de penderie, mais cela m'était complètement égal. J'installai tant bien que mal mes affaires de tous les jours à côté du lit et ne m'en préoccupai pas plus longtemps. Mes habits du dimanche seraient, eux, rangés dans l'armoire de la chambre de papa.

N'ayant plus tellement le choix, notre père installa ses affaires dans la chambre du milieu. Son lit, très grand, du style Renaissance italienne, avait été acheté d'occasion, avec l'armoire, lors du mariage de nos parents. Ces deux meubles, avec l'horloge, étaient bien les seuls à avoir une quelconque valeur dans cette maison.

N'ayant pas l'intention de rompre avec la culture et les traditions de notre pays, dès notre arrivée en février, papa s'était mis en quête d'un cochon. Initié par son père, il le cuisina comme lui, à l'italienne : saucissons, coppa, ventrèches, mouzettis et jambons. La saucisse sèche fit très rapidement les frais de nos appétits. Dans l'attente d'une solution définitive, le capitaine Aristide Clément Autun proposa d'installer nos charcuteries au château. En échange, notre père lui prépara également un cochon. Au moment du déménagement, le capitaine lui suggéra de laisser ces trésors au château, mais papa tenait à les emmener avec tout le reste. Il inspecta toutes les pièces de L'Arcange et jeta son dévolu sur le chai, accolé à la maison, sur la droite. La fraîcheur de cette construction en pierres, qui présentait un peu de salpêtre sur le bas des murs, lui laissait penser que le taux d'humidité serait idéal pour conserver les charcuteries. Quelques clous sur les poutres qui surplombaient les demi-muids vides, et le tour était joué.

Papa avait choisi un endroit de hauteur raisonnable pour décourager les éventuels chapardeurs à deux ou quatre pattes. Midi venait de sonner au clocher de Floréal, nous étions arrivés très tôt le matin, et nos estomacs s'étaient creusés. Le temps de prendre le premier repas à L'Arcange était enfin venu. Papa entama la ventrèche, Mariéta fit revenir les tranches à la poêle, au dernier moment elle jetterait les œufs dessus. Pour le poulet acheté chez madame Rosannés, la cuisinière reprit du service. La fumée qui s'en dégagea pendant quelques minutes ne nous laissa aucun doute. Elle n'avait pas servi depuis très, très longtemps, et surtout ses anciens propriétaires n'avaient pas dû consacrer beaucoup de temps à son entretien. Mariéta pensa un instant utiliser cet argument pour plaider en faveur de la séparation de la pièce. Mais elle ne voulut rien gâcher de cette journée qui s'annonçait belle. Elle y renonça, provisoirement bien sûr. Ayant enfin trouvé une famille décidée à s'occuper de sa santé, la vieille cuisinière fit preuve de bonne volonté et mena à bien sa besogne. Quelques pommes de terre sautées dans une cocotte accompagnèrent le poulet. Depuis le décès de maman et malgré son jeune âge, ma sœur Mariéta s'était mise à cuisiner et se débrouillait déjà fort bien. Quelques figues cueillies le matin à la fraîche, une pâte feuilletée qu'elle avait pris soin de préparer la veille, et une magnifique et délicieuse tarte fut servie pour clore ce premier repas. Dans l'après-midi, le déménagement terminé, Mariéta entreprit de faire un peu de ménage dans notre nouvelle demeure. Moi, je commençai à explorer le grenier et découvris mes premiers trésors. Deux pleines caisses de revues du Chasseur français. J'en piochai une bonne vingtaine et m'approchai d'une lucarne. De mon repaire, je pouvais apercevoir papa qui s'était retiré sous les gros ormes, devant la maison.

Assis à même le sol, le dos contre le tronc, Émilio repensait à leur vie avant cet exil forcé. Il ferma les yeux, et les traits du visage de Simonetta, son épouse décédée, envahirent immédiatement son esprit. Cela faisait maintenant un peu plus d'un an que la vie lui avait été arrachée. Chaque fois qu'il pensait à elle, il serrait les poings, et la colère s'emparait de lui. Ce n'est qu'à cet instant précis qu'il commença à prendre réellement conscience de la situation, une sorte de jubilation, mêlée d'angoisse. Certes, lui et ses enfants étaient enfin chez eux, bien à l'abri, mais rien n'était gagné, il devait avant toutes choses remettre en état la ferme et les terres. Certaines parcelles n'avaient jamais été travaillées, et avec la roche qui affleurait par endroits, pas grand-chose ne pourrait y pousser. Il y avait également cinq hectares de vieilles vignes, mais, laissées à l'abandon par l'ancien métayer, comme d'ailleurs tout le reste des terres, les vignes étaient dans un triste état. Elles n'avaient pas été taillées ni même sulfatées ou labourées ces trois dernières années. Un autre problème se posait, ni lui ni ses enfants ne parlaient correctement le français. Heureusement, Mariéta et Sylvio avaient tout de suite été admis à l'école de Floréal et, en six mois, ils avaient déjà fait de réels progrès.

À son arrivée dans cette nouvelle école, Mariéta avait 11 ans. Ne connaissant pas un mot de français, elle avait été obligée de repasser par la case départ. Après six mois et avec l'aide d'Antoinette, elle arrivait à présent à bien se faire comprendre. Antoinette Rosannés, veuve de guerre, habitait la ferme des Bimes, à moins d'un kilomètre de L'Arcange. Après la mort de son mari en 1918, elle avait vendu quelques terres. Maintenant, elle vivait chichement de sa pension, de quelques vaches et d'un petit élevage de volailles. Toujours vêtue de noir, elle portait un fichu qui coiffait en permanence ses cheveux. Elle avait dû être assez jolie, mais depuis la disparition de son mari la tristesse s'était emparée d'elle et le désespoir avait prématurément fané sa silhouette. Souvent, le soir après l'école, ma sœur et moi, nous lui rendions visite. N'ayant pas d'enfants, elle s'était prise d'une profonde affection pour nous. Devant un grand bol de lait, nous lui racontions notre journée. Et puis, juste avant que papa ne vienne nous chercher, face à la glace, elle rajustait sa coiffure et retirait son tablier. Antoinette aidait beaucoup Mariéta dans ses devoirs. Elle lui donnait également un coup de main bien utile pour tenir la maison. Fréquemment, le jeudi, ma sœur l'accompagnait au marché à la volaille d'Eauze. Avec deux ou trois paniers pleins de poulets, de canards et d'oies sur la bicyclette, elles partaient à pied jusqu'à Floréal, pour ensuite prendre le car. Le soir, à son retour, Mariéta nous faisait admirer la babiole qu'Antoinette n'avait pas manqué de lui acheter.

Ma situation était différente, à huit ans, j'étais tout naturellement dans la classe des petits et me débrouillais déjà fort bien.

La condition de notre père paraissait bien plus compliquée que la nôtre, lui était âgé de 35 ans. Pour travailler au château, il arrivait toujours à se faire comprendre. Mais maintenant qu'il était propriétaire, il devait faire face à certaines obligations, formalités administratives à remplir ou discussions avec des fournisseurs ou des acheteurs. Il devait également savoir lire un bon de commande et d'autres documents… Pour l'achat de notre ferme, le consul d'Italie à Toulouse l'avait aidé en traduisant l'acte notarié en italien, mais à l'avenir il serait obligé de s'en sortir tout seul. Il n'avait donc pas d'autre solution que d'apprendre les rudiments de la langue française.

Lorsque vint l'heure du souper de cette première journée à L'Arcange, papa nous révéla qu'il avait pris la décision de retourner à l'école. Mariéta et moi le regardâmes en souriant, nous avions du mal à imaginer notre père assis sur les bancs d'école à nos côtés. Il nous expliqua qu'il souhaitait se rendre dès le lendemain chez monsieur et madame Sourtis, le couple d'instituteurs de Floréal. Nous l'accompagnerions pour présenter la situation, il était persuadé qu'ensemble une solution serait trouvée.

Papa s'était bien sûr interrogé sur la manière dont il pourrait concilier son travail au château avec la mise en culture de ses terres. En travaillant dans les vignes, il avait commencé à apprendre quelques rudiments du métier de vigneron. Il connaissait les noms de quelques cépages et il savait que les cinq hectares des vieilles vignes de Pellegrin se composaient de quatre hectares de folle-blanche, localement appelée « Picquepoult », et d'un hectare de jurançon blanc. Comme moi, papa s'entendait très bien avec Alphonse Diodin, le maître de chai du château. Il demanda à ce dernier de venir voir ces vignes qu'il espérait sauver du déclin. Le maître de chai lui apprit qu'une bonne partie des pieds, mais pas la totalité, avaient été replantés sur des porte-greffes américains après le désastre provoqué par le phylloxéra vers 1875. Nos vignes n'avaient donc pas plus de cinquante ou soixante ans.

Alphonse Diodin lui conseilla d'attendre la tombée de sève et de tailler ensuite assez sévèrement. Avec un peu de chance, la famille Montazini pourrait même faire une première petite récolte dès l'année prochaine.

Pour les autres terres, pas de temps à perdre, dès le mois de septembre, papa devait reprendre en main cinq hectares qui étaient restés en friche depuis au moins quatre ou cinq ans. Il y avait trois champs contigus, séparés seulement par deux petits talus et une haie pas très haute. L'herbe et les ronces avaient conquis l'espace. Çà et là, quelques ormeaux servaient de perchoir aux tourterelles. Dans un premier temps, papa allait devoir faucher et brûler les broussailles avant d'effectuer un labour profond. Ensuite, il sèmerait une partie en blé et l'autre en avoine. Si tout se passait comme prévu, dix des dix-sept hectares pourraient ainsi être remis en état rapidement.

Pour le reste, papa avait décidé d'attendre quelques mois. N'ayant pas encore de bêtes, il proposa à madame Rosannés quelques terres pour la pâture. En contrepartie, ils s'étaient entendus pour qu'il utilise l'attelage de bœufs qu'Antoinette avait mis sous le joug voici quatre années. De belles bêtes en pleine force de l'âge. Ils s'étaient également mis d'accord pour dresser ensemble une paire de génisses. Pour les travaux de fauche et d'entretien, c'était bien plus agréable à mener.

Dans le prix de la ferme de L'Arcange, papa avait acheté quelques outils qu'il devait faire réparer. Il avait pourtant l'accord du capitaine pour se servir de ceux du château, mais le régisseur, Théodore Chandon, ne nous appréciait guère. Ne voulant pas créer de polémique, notre père souhaitait pouvoir rapidement utiliser son propre matériel.

Engagé comme régisseur du château Tourne Pique par Isidore Clément, l'oncle du capitaine, Théodore Chandon était âgé de 34 ans. Célibataire, il avait la réputation d'entreprendre facilement les femmes des autres, ce qui lui valait quelques inimitiés et même plus.

Le régisseur lorgnait depuis quelque temps déjà sur L'Arcange. Prétextant trop de travail sur l'ensemble des autres métairies, il s'était même arrangé pour que les terres ne soient plus travaillées. En dévalorisant ainsi la ferme, il espérait l'obtenir pour une bouchée de pain. Pas dupe, le capitaine Aristide Clément Autun avait favorisé la famille Montazini. L'affaire était ainsi passée sous le nez du régisseur, ce qui ne fit que renforcer l'hostilité qu'il éprouvait déjà vis-à-vis des étrangers et la transformer en rancœur à notre égard.

Après une revue en détail avec Antoine Séverin, le forgeron, papa entreprit de remettre en état la faucheuse. Il remplaça quelques engrenages et quatre dents à la lame. Avec un affûtage, la faucheuse pouvait maintenant repartir pour quelques années.

Papa avait prévu de se mettre au fauchage des mauvaises herbes, le dimanche suivant, dès l'aube. Cinq hectares : le travail serait terminé en deux ou trois jours. Mariéta et moi le seconderions pour râteler et ramener les broussailles en andains. Pour la fin du mois d'août, les terres devaient être prêtes pour le premier labour. Début septembre, il était convenu avec le capitaine que notre père ne travaillerait au château que quatre jours par semaine pour consacrer trois jours à notre ferme.

C'est madame Sourtis qui nous accueillit. Le couple d'instituteurs occupait un appartement de fonction, à côté des trois classes de l'école. En cadeau et pour faire bonne impression, papa lui apporta une superbe coppa. La coppa, charcuterie typiquement italienne, est élaborée à partir de la longe du porc. Roulée, après avoir macéré quelques heures dans un mélange de poivre, de sel, de clous de girofle et de quelques autres ingrédients gardés secrets, elle sèche pendant plus de cinq mois avant d'être dégustée. Le capitaine et son épouse, Éliette Clément Autun, avaient bien sûr déjà consommé une grande partie du cochon que papa leur avait préparé. Ils s'étaient largement répandus en compliments dans le village, et l'institutrice reçut ce cadeau comme un présent de grande valeur. Elle remercia chaleureusement notre père et nous

fit asseoir dans la petite salle à manger. Elle nous expliqua que monsieur Sourtis était absent pour l'après-midi. Mariéta se chargea de la traduction. Ne voulant pas être en reste, l'institutrice nous proposa de la limonade, une toute nouvelle boisson pétillante à base d'eau de source et d'extraits de citron. C'était la première fois que j'entendais parler de cette boisson. Je sentais papa un peu gêné, et même impressionné, de se trouver là. Il s'était assis sur le bord de la chaise et ne participait guère à la conversation, à laquelle il ne comprenait d'ailleurs pas grand-chose. Il profita de l'instant où madame Sourtis s'absenta pour chercher la boisson pour questionner Mariéta.
– *Que se passe-t-il pour les études du soir, tu lui as demandé ? Elle a répondu quoi ?*

À voix basse, ma sœur lui expliqua que tout allait pour le mieux.
– *Madame Sourtis est partie préparer des rafraîchissements, elle a parlé de limonade, c'est nouveau et il paraît que c'est très bon. Pour les études, je lui en parlerai dès son retour.*

Limpide, le liquide laissait de petites bulles s'échapper vers la surface. Avant même que les quatre verres ne soient remplis, ma sœur et moi fîmes le geste de nous en emparer, mais le simple regard de notre père nous en dissuada. Chacun buvait maintenant à petites gorgées, en grimaçant légèrement au début, mais cette sensation de fraîcheur et cette nouvelle saveur nous ravissaient. Devant ce succès, l'institutrice ne tarda pas à remettre ça. C'est ce

moment que choisit Mariéta pour expliquer les motifs de notre visite.
– *Madame Sourtis, notre père parle déjà quelques mots de français, mais il souhaiterait l'apprendre correctement et aussi savoir l'écrire. Il ne peut pas venir comme nous dans la journée à l'école et il voudrait savoir s'il existe une autre possibilité. Il est prêt à se rendre à l'école le soir après le travail, on vous paierait pour ça bien sûr.*

Nous sentions que l'institutrice était ravie, elle appréciait vraiment la démarche de papa.
– *Monsieur Montazini, je serais très honorée de vous compter parmi nos élèves. Dès que monsieur Sourtis sera de retour, nous chercherons une solution et soyez sûr que nous la trouverons très vite.*

Elle précisa à Mariéta qu'ils passeraient les voir à la ferme de L'Arcange. Ma sœur traduisit la conversation à papa. Une fois de plus, je le sentis gêné, sûrement du fait de recevoir des hôtes de cette qualité dans notre très modeste demeure. Il s'empressa de souligner que nous n'étions que très rarement à la ferme.
– *Mariéta, remercie madame Sourtis, mais dis-lui que je préfère que nous repassions vers la fin de la semaine.*

En sortant de chez madame Sourtis, nous allâmes à la boulangerie tenue par Noël et Lucette Fabre. Noël était petit et sec comme une trique. Il avait fait la Grande Guerre et en était revenu trépané avec, en prime, une jambe plus courte que l'autre. De temps à autre, il perdait un peu la mémoire, pour ne pas dire la tête. Et parfois même, s'il était contrarié, il entrait dans des colères terribles. Mais je crois qu'il nous aimait bien, de même que son épouse d'ailleurs. Noël était un peu en retard pour sa dernière fournée, et les clients attendaient. Parmi eux, je reconnus Sylvain Lastruc. Dès qu'il nous aperçut, il s'adressa à une autre cliente, Denise Clesques, l'épouse du négociant en armagnac. Sachant que nous ne le comprendrions pas, il lui parlait en patois, mais il était évident que nous étions le sujet de leur discussion. C'est ce moment que choisit Noël Fabre pour faire son apparition. Le Lastruc, qui s'impatientait, osa une réflexion, manière de bien faire comprendre qu'il était un client et qu'il avait autre chose à faire que d'attendre le bon vouloir du boulanger.

– Écoute, Lastruc, si je suis en retard, c'est parce que j'écoutais les saloperies que tu débitais sur cet homme et ces deux gosses. Je suis très content que le capitaine leur ait vendu L'Arcange. Lui a vite compris à qui il avait affaire. Toi, tu ne leur arrives pas à la cheville, tu es un sale type, un grand fainéant, un envieux, un jaloux…

Malgré les appels au calme de Lucette, le Noël poursuivit son invective. À part sa femme, personne dans la boutique n'osa l'interrompre et surtout pas le Lastruc.

– Lastruc, sors de mon magasin, je ne te vendrai plus de pain ! D'ailleurs, tu es venu chez moi parce que tu as une grosse ardoise à Villeneuve. Fous le camp, avant que je me fâche !

En bougonnant et sous les regards goguenards des clients, Sylvain Lastruc sortit précipitamment de la boutique. Je sentais papa un peu gêné d'avoir, du fait de notre seule présence, provoqué cette dispute. Alors que la boulangère commençait à servir le pain tout chaud, doré et bien craquant, Noël Fabre regagna son fournil. Au moment où vint notre tour, il refit apparition.

– *Tiens, Lucette, ajoute ça avec le pain des Montazini, je ne voudrais pas qu'ils se mettent en tête que les Gascons sont de mauvaises gens.*

Il s'agissait d'un pain plus petit, mais tout aussi craquant que les autres, sûrement un surplus de pâte. Puis, sans un mot, il disparut à nouveau. Papa commença par refuser, mais devant l'insistance de Lucette il accepta.

– *Monsieur Montazini, vous avez vu dans quelles colères il se met le Noël, vous n'allez pas me le fâcher à nouveau.*

Mardi matin, papa avait rendez-vous avec le puisatier qui devait restaurer l'intérieur du puits. Plusieurs pierres étaient déjà tombées dans le fond, et toute la structure menaçait de s'effondrer.

Lorsque je le rejoignis au bord du puits, l'homme était déjà descendu tout en bas à l'aide de la chaîne et du seau qui servait à puiser l'eau. Il souhaitait se rendre compte de l'étendue des dégâts. Quand j'entendis sa voix, demandant à papa de le remonter doucement, j'accusai un léger mouvement de recul. Les sons émis par l'homme semblaient venir d'outre-tombe. Et puis sa tête émergea. Le cheveu hirsute, une barbe qui n'avait sûrement jamais vu de rasoir, avec au milieu de la figure une bouche malicieuse, surmontée d'un gros nez retroussé et de deux

petites billes noires. La vue de cet être et son regard qui me fixait étrangement me provoquèrent des frissons dans le dos. On ne pouvait pas lui donner d'âge. Il était pieds nus, pas beaucoup plus grand que moi, mais bâti tout en épaisseur. Lestement, il sauta de la margelle du puits. Un peu désorienté, je fis un pas en arrière. D'une voix gutturale, il fit son rapport à papa :
– *Ce n'est pas grand-chose, mais le niveau de l'eau est assez bas. Deux à trois jours de travail, et tout sera en ordre. J'en profiterai également pour curer le fond.*

Sans que ses petites billes noires cessent de me fixer, il s'adressa de nouveau à mon père :
– *Il faudrait que le petit me donne un coup de main pour descendre le matériel et m'aider à remonter les pierres du fond. Ça me fera gagner un jour.*

L'homme avait tout de l'apparence de l'ogre décrit dans les contes de Perrault, mais en miniature. J'espérais que papa trouve une excuse pour refuser, mais ce fut le contraire :
– *Il n'y a aucun problème, les enfants sont en vacances. Mariéta vous amènera les repas.*

Sans perdre de temps, il tendit la main à papa et me donna un petit coup sur l'épaule.
– *Très bien, je serai là demain matin à six heures. Sois prêt, petit, la journée se fait le matin.*

Sans ajouter un mot de plus, il récupéra son vélo et repartit.
– *Papa, tu as vu le bonhomme, tu veux vraiment que je reste seul avec lui et, en plus, à côté du puits ?*

– Sylvio, cet homme a une excellente réputation. S'il avait déjà mangé des enfants, ça se saurait.

La ressemblance avec l'ogre de Perrault n'avait pas échappé à papa.

De toute la journée, l'image de l'ogre en miniature ne me quitta pas un seul instant, et je passai une très mauvaise nuit. Lorsque, au petit matin, papa tambourina à ma porte, je venais tout juste de trouver le sommeil. À six heures moins le quart, le puisatier était devant la maison. Il avait rangé ses outils dans un petit charreton qu'il tractait derrière son vélo. À six heures tapantes, avant même que le soleil ne se lève, nous étions à pied d'œuvre. Heureusement, papa avait eu pitié de moi et resta avec nous. Le puisatier fixa sa lampe à acétylène sur le front et descendit vers les profondeurs. À l'aide de quelques barres de bois, il éleva un échafaudage au fond du puits. Il y installa les pierres que nous aidions à remonter avec la chaîne et le treuil. À dix heures, papa nous laissa seuls. Moins de cinq minutes plus tard, l'ogre réapparaissait pour le déjeuner. Je savais que sa tête allait surgir au-dessus de la margelle. Pourtant, dès qu'il fit surface, je ne pus m'empêcher de sursauter et de faire un pas en arrière. Nous avions passé quelques heures ensemble, mais il m'impressionnait toujours autant. Ma réaction eut pour effet d'inscrire un large sourire sur sa figure d'ogre.
– J'ai une petite faim, pas toi ?

Ces quelques paroles m'inquiétèrent un peu, et j'espérais de tout cœur que Mariéta avait prévu la quantité.

Pendant que nous déjeunions, l'ogre miniature parut curieux d'en savoir un peu plus sur notre famille. La façon dont nous avions quitté l'Italie et notre choix de Floréal pour commencer une nouvelle vie semblaient l'intéresser.
– *Tu n'es pas du pays, petit ! Il y a longtemps que vous êtes ici ? Ça n'a pas dû plaire à tout le monde que des étrangers deviennent aussi rapidement propriétaires !*

Je ne souhaitais dévoiler rien de secret ni rien qui puisse porter préjudice à qui que ce soit. Aussi, je réfléchis longuement avant de répondre. Le puisatier avait bien plus qu'une petite faim. Tout le saucisson et la moitié de la coppa et du pain y passèrent. L'homme n'avait pas que l'apparence d'un ogre, il en avait aussi l'appétit. Dès qu'il fut rassasié, il se dirigea vers son vélo, ouvrit sa musette, en sortit deux grosses pommes et m'en tendit une.
– *Tiens, je les ai ramassées de ce matin, ce sont les premières de l'année.*

L'ogre n'eut pas besoin de couteau pour couper la sienne en deux. Sans effort apparent, ses énormes poignes la cassèrent en deux, puis en quatre. Il engloutit ensuite les quartiers, j'avais l'impression qu'il ne les avait même pas mâchés.

J'étais fasciné par l'aisance avec laquelle il avait fendu la pomme, ses doigts avaient la puissance d'un étau. Malgré sa petite taille, il valait mieux ne pas lui chercher querelle.

Le puisatier ne s'attarda pas et redescendit vers son chantier. De temps à autre, il me demandait de lui envoyer un outil ou un peu de ciment.

À midi pile, l'homme refaisait surface, il apparut au-dessus du puits, comme un diable sortant de sa boîte. Il avait l'air de s'amuser de la façon dont je réagissais.
– Petit, j'ai une de ces faims, j'espère que ta sœur ne nous a pas oubliés ?

Mariéta nous avait apporté le dîner quelques minutes auparavant. Mais elle ne s'était pas attardée, sûrement à cause de la description que je lui avais faite de l'énergumène. En plus de l'entrée et du fromage, ma sœur nous avait préparé un poulet d'au moins six livres avec des pâtes. Sans en avoir l'air, l'ogre miniature continua à me questionner. Je faisais toujours très attention aux réponses que je lui donnais. Si l'ogre était de petite taille, son appétit était, lui, de très grande taille. Il parlait et mangeait en même temps. En moins d'un quart d'heure, le poulet était dévoré, je n'avais, pour ma part, pu sauver qu'un bout d'aile. Par bonheur, je m'étais copieusement servi de pâtes. J'avais maintenant acquis la certitude de sa condition d'ogre, fort heureusement sous une forme miniature. Une chose m'étonna, il ne toucha pas à la bouteille de vin apportée par Mariéta, il ne buvait que de l'eau.
– Alors, petit, ça va sûrement mieux maintenant. Le poulet était un peu maigrelet, mais avec le fromage ça ira.

Je m'habituais assez vite à sa voix éraillée, mais son aspect d'ogre m'impressionnait toujours un peu. Je mourais pourtant d'envie de lui poser deux ou trois questions. Au cas où le courage viendrait à me manquer, je les formulais toutes d'un coup.

– *Vous vous appelez comment ? Je ne vous avais jamais vu auparavant, vous habitez dans le coin ? Vous avez des enfants ?*

De nouveau, ses billes noires me fixèrent et son sourire d'ogre refit son apparition.
– *J'habite au milieu de la forêt de Massecot et je n'ai ni femme ni enfant. Je vis seul, avec mes appelants palombes. Pour moi, seules deux choses comptent, mon travail et la chasse à la palombe.*

Lorsque le dernier morceau de fromage fut avalé, il soupira et se leva d'un coup. Il retourna vers sa musette, en sortit deux autres pommes et, comme pour le déjeuner, m'en tendit une. La sienne ne souffrit pas bien longtemps, d'un geste brusque, il l'ouvrit en deux, puis la rompit en quatre et l'ingurgita sans même prendre le temps de respirer. D'un bond, il se retrouva sur la margelle du puits. Je me demandais comment cet homme pouvait être aussi volumineux et aussi souple à la fois.

L'ogre de Massecot avait un nom. Il s'appelait Gaétan Vaillant, mais sans lien de parenté avec Alban Vaillant, le mari de la bonne du château Tourne Pique. L'ogre de Massecot avait l'air de connaître beaucoup de personnes à Floréal. Pendant le temps que nous passâmes ensemble à prendre nos repas, son attitude m'apparut assez insolite. Il n'arrêtait pas de bavarder et de me poser des questions. Certaines portaient sur des personnes qui vivaient dans notre entourage. Il s'agissait toujours de petites choses qui semblaient sans importance. Il me questionna sur Éliette

Clément Autun, Armand Malcœur, le métayer de la ferme de la Gare, sur le maître de chai Alphonse Diodin, et sur Théodore Chandon, le régisseur du château. Il me posa même des questions sur monsieur et madame Sourtis qu'il surnommait les bolcheviques. L'homme m'intriguait et m'impressionnait. Il y avait chez lui quelque chose d'indéfinissable et une certaine ambiguïté dans ses paroles. J'avais l'impression qu'il souhaitait mettre en garde notre famille, contre je ne sais trop qui. Le lendemain vers cinq heures de l'après-midi, les travaux étant terminés, il repartit vers son antre, dans la forêt de Massecot. Avant qu'il ne quitte la maison, comme papa me l'avait demandé, je lui avais proposé de passer au château pour être payé.
– *Il n'y a rien de pressé, il n'aura qu'à venir à la maison. Je n'ai pas beaucoup de visites, viens avec lui, ça me fera plaisir. Tant que les palombes n'ont pas commencé à passer, le dimanche, je suis toujours disponible. Une autre petite chose que tu pourras dire à ton père. Je sais qu'il travaille avec Théodore Chandon. C'est un sale type, il n'est pas le seul à Floréal, mais, lui, c'est le pire. Il faut que ton père fasse très attention à lui. Allez, salut, tu es un bon petit.*

Je regardai Gaétan Vaillant s'en aller par l'avenue. Apparemment, il connaissait bien le régisseur du château Tourne Pique et ne semblait pas beaucoup l'apprécier. Maintenant, l'ogre m'apparaissait un peu plus humain, un côté presque sympathique émanait de lui. Mais, seul un ogre pouvait habiter une maison au milieu de la forêt. Aussi, y réfléchirais-je à deux fois avant d'accepter son invitation et de m'aventurer dans son repaire, même avec papa.

Après son départ, je me demandais s'il m'avait questionné par simple curiosité ou pour des raisons bien précises.

Comme prévu, le dimanche matin, dès l'aube, Émilio entreprit d'atteler Roussette et Bermé. La paire de génisses d'Antoinette Rosannés n'avait passé jusqu'à présent que quelques heures sous le joug, et les deux bêtes ne l'entendaient pas de cette oreille. Avec l'aide d'Antoinette, la faucheuse fut quand même attelée. Il fallut bien trois heures à Émilio pour amadouer les génisses. Petit à petit, à force de patience, elles finirent par répondre favorablement à ses sollicitations. Tant bien que mal, vers onze heures, il était parvenu à faucher à peu près un demi-hectare. L'attelage de génisses étant fatigué, il rentra, pour revenir dans l'après-midi. À sept heures du soir, l'angélus sonna au village de Floréal, Émilio était plutôt satisfait, le premier champ avait déjà été fauché. Tout s'était très bien passé, les génisses marchaient maintenant correctement, et il décida d'effectuer un premier tour dans la deuxième parcelle. Il s'engagea sur le petit passage au bord de la route et fit descendre le porte-lame. Mais à peine avait-il fait dix mètres qu'un craquement se fit entendre sur la gauche de la faucheuse. Les engrenages de l'axe de transmission venaient de se rompre en deux. Furieux, il pesta contre lui, lança peut-être même quelques jurons. Antoine, le forgeron, le lui avait bien dit et répété.

– Fais très attention, Émilio, ces machines, ça marche bien tant que tu n'oublies pas de mettre de l'huile.

Sur sa lancée et dans l'euphorie, Émilio avait un peu oublié. Rageur, il rentra à L'Arcange, dételа la faucheuse et ramena les génisses à la ferme des Bimes. Lorsqu'il arriva devant l'étable, sa colère n'était pas encore totalement éteinte. Il fit boire Roussette et Bermé et les détacha avec des gestes brusques. Antoinette Rosannés, qui l'entendait maugréer, s'approcha pour venir aux nouvelles. Dès qu'il la vit, il se calma un peu et lui raconta tant bien que mal, avec les mots qu'il connaissait, ses mésaventures.
– Ne vous inquiétez pas Émilio, si Antoine n'a pas le temps de la réparer, vous pourrez emprunter la mienne. J'aiguiserai la lame dans la semaine, vous demanderez à Sylvio de passer pour tourner la meule.

Émilio la remercia, mais il n'était pas sûr d'avoir parfaitement tout compris.

Dans la semaine, Mariéta et moi avions râtelé en andains toutes les herbes et les broussailles déjà fauchées par papa.

Ce lundi 18 août 1930, Émilio se le rappellerait sa vie durant. Depuis plus de dix semaines, aucune goutte d'eau n'était venue du ciel. Les trois champs qu'il avait entrepris de faucher se situaient sur un versant sud. Ils étaient le prolongement des cinq hectares de vignes qui étaient, elles aussi, envahies par de grandes herbes sèches. Depuis le

matin, un vent d'autan assez violent soufflait du sud-est. Le régisseur du château Théodore Chandon l'avait envoyé dans la vigne pour rogner les sarments. À coups de serpe, il taillait les plus vigoureux pour les maintenir à longueur raisonnable en vue du dernier sulfatage. Tout en travaillant, Émilio échafaudait des plans. L'étable contiguë à la maison pouvait recevoir au moins quinze bêtes. Avant deux années, il pourrait avoir sa paire de bœufs et quelques vaches en gasaille qui lui donneraient des veaux et du lait. Dès septembre, il achèterait deux petits cochons, qui seraient à point pour février. Vers trois heures de l'après-midi, le vent ne s'était toujours pas calmé. Pris dans ses pensées, Émilio remarqua dans le lointain une fumée qui montait dans le ciel. Il se demanda quel était l'imbécile qui pouvait bien faire du feu par une chaleur et un vent pareils. Sans se poser plus de questions, il se remit au travail. Tout à coup, il entendit des appels au loin et il aperçut Armand Malcœur, le métayer de la ferme de la Gare, qui arrivait tout essoufflé. Émilio comprit qu'il se passait des choses graves et se mit à courir dans sa direction. Armand lui expliqua, avec des gestes et en quelques mots, que le feu avait pris dans les terres qu'il était en train de faucher.
– Allez-y vite, monsieur Montazini, les flammes se dirigent vers votre vigne de Pellegrin. Je…

Émilio ne lui laissa pas le temps de terminer, il lui demanda seulement d'aller chercher des secours et il courut au bout du rang récupérer son vélo. Il fonça comme un fou en direction de l'incendie. Mais il y avait plus d'un kilomètre à parcourir et une grande côte à monter, ses terres se situaient sur l'autre versant. Le temps lui parut interminable.

Dès qu'il le put, il coupa à travers champs. Lorsqu'il arriva sur les lieux, le feu avait pris beaucoup d'ampleur. Sur la première parcelle déjà fauchée, Sylvio et Mariéta avaient déjà ratissé les herbes et les broussailles en andains. C'était précisément trois de ces andains qui avaient conduit le feu de la bordure du champ jusqu'à la partie qui n'était pas encore fauchée. L'incendie s'étendait maintenant sur un front de plus de cent cinquante mètres. Émilio ne réfléchit même pas, à l'aide de son couteau, il coupa une branche d'ormeau. Avec l'énergie du désespoir, il se mit à frapper les flammes pour tenter de les arrêter. Il restait encore au feu plus de cinquante mètres à parcourir avant qu'il n'atteigne la vigne. Mais le combat d'Émilio était bien dérisoire : en frappant avec sa branche, il arrivait à éteindre quelques flammes, mais elles reprenaient avec encore plus de vigueur dès qu'il s'éloignait.

Pendant ce temps, Armand Malcœur s'était précipité au château Tourne Pique pour téléphoner aux secours. La municipalité ne disposait que du vieux camion offert par feu Isidore Clément. Celui-ci ne daignait démarrer qu'une fois sur deux. De plus, le réservoir n'étant plus très étanche, les pompiers devaient faire de l'eau avant de partir. Cela prendrait plus d'une heure avant qu'ils n'arrivent sur les lieux. Lorsque Armand parvint enfin au château, il trouva le régisseur Théodore Chandon tout essoufflé et couvert de transpiration. Mais il faisait chaud, lui aussi était trempé de sueur, et il n'y prêta pas trop attention. Il exposa rapidement la situation et lui demanda de téléphoner d'urgence aux secours. L'épicerie des époux Departout, était le siège de la brigade des pompiers volontaires de

Floréal. Le régisseur hésita un instant, prit un air désolé et répondit que le téléphone était en dérangement. Il se proposa toutefois de partir lui-même à Floréal avec la voiture du château afin de donner d'alerte. C'est à cet instant que la sirène commença à sonner. Armand ne perdit pas de temps et repartit vers les lieux de la catastrophe en s'arrêtant pour avertir Serge Letémoin en train de sulfater. Avant d'arriver, ils aperçurent les flammes qui étaient déjà au milieu de la vigne, le feu se déplaçait à vive allure et dévastait tout sur son passage. En moins d'une demi-heure, il avait déjà presque traversé les cinq hectares.

Prostré, Émilio était assis au bout d'un rang, le visage noirci, les yeux hagards, anéanti, il ne disait rien. Veaux, vaches, cochons..., tous les beaux projets échafaudés s'étaient, en quelques minutes, transformés en fumée et en cendres. Antoinette Rosannés était également là, le visage défait, les cheveux en bataille, elle aussi s'était durement battue pour tenter de maîtriser les flammes. Mais l'adversaire était trop fort, ils avaient lutté en vain. D'autres personnes arrivaient maintenant sur les lieux. Le vent était enfin tombé. N'ayant plus rien à détruire, de lui-même le feu s'était presque arrêté en bordure d'une petite route. Au loin, on entendait maintenant la sirène des pompiers, ils ne pourraient que constater les dégâts.

Au château Tourne Pique, Éliette Clément Autun, l'épouse du capitaine, revenait de Condom dans sa Delage. Apercevant Armand Malcœur arriver en courant et repartir à peu près aussitôt, elle s'informa auprès de Théodore

Chandon du but de cette visite. Celui-ci répondit qu'un champ qui appartenait aux Montazini était en feu. La camionnette étant en panne, il demanda l'autorisation d'emprunter la Citroën du capitaine afin de partir chercher des secours. Éliette Clément Autun proposa alors de les appeler au téléphone, mais Théodore Chandon s'empressa de préciser que la sirène avait déjà sonné. En voiture, il pourrait prendre à son bord des volontaires directement sur leur lieu de travail, elle n'avait pas insisté.

Éliette Clément Autun, de son nom de jeune fille Éliette Sentenal, avait épousé le sous-lieutenant Aristide Clément Autun en 1923, alors qu'il était en poste à Alger. Elle lui avait donné un fils, Édouard, né le 7 janvier 1925 à Angoulême. Dès 1924, au début de l'intervention française dans la région du Rif au Maroc, le sous-lieutenant Aristide Clément Autun s'était porté volontaire. Il avait été affecté au 22e régiment de spahis marocains à Constantinople. Promu lieutenant en 1926, il fut transféré au 4e hussards de Rambouillet. En mars 1930, quelques mois après sa nomination au grade de capitaine, il rejoignit son ancien régiment à Constantinople. Éliette Clément Autun décida alors de s'installer pour quelque temps à Floréal. Le château était en très bon état et, ce qui ne gâchait rien, le climat de la région était plutôt agréable. Son fils Édouard, âgé de cinq ans, séjournait très peu au château : pour une raison que j'ignorais, il passait le plus clair de son temps chez ses grands-parents maternels. Dès notre première rencontre, j'avais été subjugué par l'élégance et la beauté de l'épouse du capitaine. Madame Éliette ressemblait aux dames dessinées sur la couverture des magazines qui présentaient la mode. En toutes circonstances, elle revêtait des robes magnifiques, avec des chapeaux et des chaussures assortis. Son parfum, très subtil, n'avait rien de commun avec celui que portaient, à certaines occasions, quelques autres femmes du pays. L'épouse du capitaine n'avait guère d'amies dans le village, mais elle semblait très bien s'en accommoder. Dans sa Delage blanche, elle parcourait la région à la découverte de tout ce qui pouvait représenter un intérêt historique.

Cela faisait maintenant plus de quinze jours que le terrible incendie avait ravagé notre vigne de Pellegrin. J'avais toujours en tête mes conversations avec le puisatier. Avait-il vraiment voulu m'avertir de menaces qui pesaient sur notre famille ?

Après le soleil des deux derniers mois, les orages et la pluie étaient enfin arrivés. Pendant près de huit jours, l'eau était tombée, et la terre était maintenant bien trempée. Si ce temps persistait encore un peu, papa pourrait commencer les labours rapidement. Après la visite des gendarmes et sur les conseils de l'instituteur, il était allé déposer une plainte, mais, depuis, pas de nouvelles. Mariéta et moi avions repris le chemin de l'école. Au retour, nous passions régulièrement chez Antoinette, pour discuter un peu, lui remonter le moral et faire quelques devoirs.

Depuis la rentrée, Mariéta semblait plus tendue qu'à son habitude, presque angoissée. Au début, Antoinette mit ça

sur le compte de l'incendie. Mais, après quelques jours, il fallut bien se rendre à l'évidence, Mariéta avait un problème. Quelque chose la chiffonnait, et elle ne voulait pas se confier. Madame Rosannés profita de ma visite pour essayer d'en apprendre plus.
– *Mon garçon, si Mariéta avait des ennuis, tu le saurais et tu pourrais me le dire.*

J'hésitai un long moment…
– *Vous savez, Antoinette, nous, on arrive d'un pays étranger, et en plus on a acheté L'Arcange, ça ne plaît pas à tout le monde. Il y a certains élèves à l'école qui nous font des réflexions. Moi, je ne réponds pas trop, surtout s'ils sont de la grande classe, mais, Mariéta, elle a du mal à supporter. Depuis la rentrée, c'est surtout la grande Mathilde Lastruc qui l'embête. Elle lui dit tout le temps que c'est bien fait si notre champ et notre vigne ont brûlé, on n'avait qu'à rester chez nous. Elle dit même que c'est peut-être mon père qui a mis le feu exprès, pour toucher l'assurance, alors qu'on n'a même pas d'assurance. L'autre jour dans la cour, pour la faire taire, Mariéta l'a fait tomber par terre en la tirant par les cheveux. Mais, comme la récréation était finie, ça n'a pas continué et elles sont rentrées en classe.*
– *Sylvio, il ne faut pas laisser faire ça, pourquoi n'avez-vous rien dit ?*
– *Parce que, Mathilde Lastruc, c'est la copine de Joseph Sibelle, le fils du gendarme. Elle nous dit que les autorités peuvent nous faire repartir en Italie au moindre problème parce que nous ne sommes pas français.*

– Mais c'est monstrueux, il faut tout de suite aller voir les parents de cette Mathilde Lastruc, pour que ces menaces cessent immédiatement.
– Non, non, madame Rosannés, il ne faut surtout pas faire ça. Mariéta m'a fait jurer de ne rien dire. Il vaut mieux attendre quelques jours, peut-être qu'elle vous en parlera toute seule.
– Bon, je veux bien patienter trois ou quatre jours, mais après j'irai avertir votre père, je suppose que lui non plus n'est pas au courant !

Le lendemain matin, juste après la récréation de dix heures, l'instituteur, monsieur Sourtis, entra dans ma classe, dirigée par son épouse.
– Mes enfants, il vient de se produire un fait inadmissible. Une de vos camarades, Mathilde Lastruc, a été volée, sa boîte de crayons de couleur a été dérobée dans le casier de son pupitre. Comme elle est sûre que ses crayons étaient en place avant la récréation, c'est forcément l'un de vous qui s'est rendu coupable de cet ignoble méfait. Avec madame Sourtis, nous allons donc procéder à une fouille complète des classes. Vous allez vous lever et rester debout dans les allées.

Les uns après les autres, tous les casiers des grands furent d'abord fouillés, en vain, pas de trace des crayons de couleur. Ce fut ensuite le tour de la classe des moyens, c'était dans celle-ci que se trouvait Mariéta. Ma sœur comprit, mais un peu tard, que Mathilde Lastruc lui avait joué un mauvais tour. Elle était persuadée que la boîte serait retrouvée dans son casier.

– Mariéta Montazini, pouvez-vous nous expliquer ce que fait cette boîte dans vos affaires ?

Contrairement à son habitude en pareil cas, le ton de monsieur Sourtis était plutôt posé. Il avait eu vent des quelques petites frictions, et même plus, qu'il y avait eu entre les deux intéressées. Moi, j'étais dans la classe des petits, mais la porte de communication étant ouverte, nous pouvions tout entendre. Je compris que ma sœur avait besoin d'aide. Je profitai de l'inattention générale pour sortir de la classe et partir en courant chez Antoinette, elle seule pouvait nous aider parce qu'elle savait tout. Si Mariéta était reconnue coupable, et pour moi, compte tenu des apparences, cela ne faisait plus l'ombre d'un doute, nous serions sûrement renvoyés dans notre pays. À cette seule pensée, je forçai encore plus mon allure. En montant la côte de Pellegrin, j'étais complètement épuisé. Un point de côté m'obligea à m'arrêter pour reprendre mon souffle. C'est à ce moment-là que la voiture de madame Éliette arriva et stoppa à ma hauteur.

– Sylvio, que se passe-t-il, tu n'es pas à l'école ?

– Madame Éliette, il se passe des choses terribles, on va nous renvoyer en Italie.

– Personne ne va vous renvoyer en Italie, Sylvio. Monte dans la voiture et explique-toi.

– C'est la Mathilde Lastruc, elle accuse Mariéta d'avoir volé ses crayons de couleur. Mais je suis sûr que c'est elle qui les a cachés dans le casier de ma sœur. Elle est tout le temps en train de dire que les gendarmes vont nous renvoyer en Italie, alors Mariéta l'a jetée par terre en la

tirant par les cheveux. Pour la faire accuser, la Lastruc a caché la boîte de crayons dans les affaires de Mariéta.

J'étais très agité, et mes explications n'étaient pas très cohérentes.
– *Calme-toi, Sylvio, nous allons retourner à l'école et on va s'expliquer tranquillement.*
– *Oui, mais d'abord il faut aller chercher madame Rosannés, elle sait tout. Je lui avais fait promettre de ne rien dire, mais maintenant elle peut tout dire.*

Mes propos étaient toujours aussi confus, malgré tout, madame Éliette commençait à bien saisir la situation. Assise à l'arrière de la Delage, Antoinette Rosannés rapporta à l'épouse du capitaine ce que je lui avais confié la veille. À notre arrivée à l'école, tout semblait étrangement calme. Madame Éliette frappa à la porte de la classe de monsieur Sourtis. Celui-ci ouvrit, salua les deux femmes tout en s'avançant dans le couloir et m'aperçut.
– *Alors Sylvio, où étais-tu passé, on s'est fait du souci pour toi !*

L'épouse du capitaine et Antoinette entreprirent de relater ce qu'elles connaissaient de cette histoire.
– *Rassurez-vous, mesdames, tout est rentré dans l'ordre. Mariéta n'est bien sûr pas coupable ! Mathilde Lastruc voulait se venger et a, elle-même, caché sa boîte dans le casier de mademoiselle Montazini. Toutefois, elle a eu tort de se confier à Joseph Sibelle, c'est un fils de gendarme et il n'a pas accepté qu'une innocente soit accusée à tort, il m'a tout raconté. Mathilde Lastruc a été renvoyée de*

l'école pour une semaine, c'est peu cher payé pour ce qu'elle a fait. Mais je pense que, sa plus grande punition, ce sont ses parents qui vont la lui administrer.

Ce dimanche après-midi, papa décida de se rendre à Massecot pour payer la facture au puisatier, Gaétan Vaillant. Je nourrissais encore quelques inquiétudes à son égard, mais j'insistai quand même pour l'accompagner. J'avais hâte de savoir à quoi pouvait ressembler l'antre d'un ogre, même miniature.

Comme d'habitude, je m'installai devant, sur la barre du vélo, et papa pédala. À peine avions-nous fait un kilomètre qu'une grosse Fiat immatriculée en Italie, avec trois personnes à son bord, nous dépassa. Deux cents mètres plus loin, la voiture ralentit brusquement et roula au pas. Papa s'arrêta sur le bas-côté, la voiture s'arrêta également. Le visage de mon père était tendu, comme si cette automobile, immatriculée dans le pays dont nous venions, pouvait représenter un danger pour nous. La voiture redémarra après une minute. Papa fit demi-tour et, sans explication, décida de remettre la visite à plus tard. Je ne lui posai pas de question. Après tous les tourments que nous avions vécus en Italie, j'étais certain que notre père pensait que cette voiture arrivait de notre passé. De toute l'après-midi, l'inquiétude ne le quitta pas. Le journal à la main, il s'installa dehors, comme pour surveiller les abords de la maison. Mariéta était chez Antoinette et ne rentra que dans la soirée. Le lundi matin, alors que nous partions pour l'école, il nous recommanda de bien rester avec les autres enfants, tout au long du trajet.

Le soir, à notre retour, papa était déjà à L'Arcange et nous proposa d'aller ramasser des cèpes au bois de Lian. D'après ce qu'il avait entendu à la forge d'Antoine Séverin, ils commençaient à s'en trouver, mais il ne fallait pas perdre de temps. Mariéta déclina l'invitation, marcher dans les fougères, un panier à la main, n'était pas son truc.

Nous arrivions presque au sommet de la côte de Ouardère. Moi, comme à mon habitude, j'étais assis devant sur la barre et me tenais au guidon. Cette côte était assez raide, pourtant j'avais l'impression que papa ne forçait pas pour la monter. En essayant de repérer notre maison de l'autre côté de la colline, loin derrière nous, je crus apercevoir une automobile noire dans la descente de Rombœuf qui se rapprochait de nous. La route était masquée par les arbres, et n'étant pas très sûr de moi, je n'en parlai pas à papa. De toute façon, nous étions déjà arrivés. Papa dissimula le vélo derrière les arbres, il était inutile de faire trop de publicité autour des cèpes. J'étais quand même inquiet et, tout en avançant sous les arbres, je scrutais la route sans m'en écarter.

J'avais maintenant perdu de vue papa, il s'était éloigné sur la droite, mais il ne devait pas se trouver à plus d'une cinquantaine de mètres. Aucune automobile ne passa sur la petite route. J'avais dû me tromper. L'incident de la veille, alors que nous nous rendions chez Gaétan Vaillant, m'avait sans doute un peu perturbé. Je me mis à la recherche de papa, lorsque retentirent le premier, puis le second coup de fusil. Au même instant, sa voix se fit entendre, il parlait assez fort, mais je ne compris pas ce qu'il disait. Puis le silence retomba. L'inquiétude me reprit, mais je n'osai pas appeler. Tout de suite avait germé en moi l'idée que des individus en avaient après nous, et ce n'était pas la peine de leur signaler ma présence.

Il devait bien y avoir maintenant plus d'une demi-heure que l'incident s'était produit, je cherchais toujours papa. Dès qu'il me semblait entendre un bruit dans les buissons, je l'appelais, mais à voix basse. Le bois était assez étendu, et je pensais être complètement perdu, lorsque je l'entendis m'appeler depuis un petit chemin tout proche.
– *Alors, tu en as trouvé ?*
– *Non, pas un seul, mais c'était quoi, ces deux coups de fusil ? Après qui as-tu crié ?*
– *Sûrement un mauvais chasseur. Les plombs ne sont pas passés très loin de moi, deux ou trois ont même touché le panier. Il a dû entendre du bruit et m'a pris pour un lièvre. J'ai couru pour essayer de le rattraper, mais il s'est enfui.*
– *Papa, tu es certain que c'était un mauvais chasseur ? Tu sais, tout à l'heure, lorsque nous montions la côte, il m'a semblé voir une automobile noire qui descendait du côté de Rombœuf. Comme celle qui nous a doublés hier.*
– *Et pourquoi ne m'as-tu rien dit ?*
– *Je n'en étais pas vraiment certain, je n'ai pas voulu t'inquiéter !*
– *Non, je suis sûr que c'était un chasseur, d'ailleurs, dès qu'il m'a entendu, il n'a pas traîné dans le coin. Allez viens, j'en ai trouvé assez pour nous régaler ce soir.*

C'est seulement quelques jours après notre emménagement à L'Arcange que Mariéta commença à faire des rêves étranges. D'après ses dires, elle y retrouvait toujours le même personnage qui venait vers elle. Il s'agissait d'une jeune fille vêtue d'une longue robe blanche et portant un grand chapeau, également blanc. Le matin, dès qu'elle se réveillait, elle avouait que seule la silhouette de cette demoiselle lui restait en mémoire. Elle ne se souvenait jamais des traits de son visage ni même des paroles qu'elle avait pu prononcer. Elle savait seulement que cette visiteuse était jeune, peut-être 18 ou 20 ans. Moi, je n'y croyais pas trop et me moquais un peu. Mais pas papa, qui écoutait avec toujours autant d'intérêt Mariéta lui parler avec enthousiasme de ces rencontres qui semblaient lui apporter une certaine sérénité.

Le maréchal des logis-chef, Yvan Laterre, était en poste à Floréal depuis maintenant deux ans. Le village était calme, et il n'avait, mis à part quelques vols de poules, pas grand-chose à se mettre sous la dent. Dans la famille Laterre, on était gendarme de père en fils. Son grand-père avait été gendarme, son père était gendarme. Lui était gendarme et il espérait que son fils serait gendarme à son tour, c'était dans l'ordre des choses. Toutefois, il n'était pas encore marié et n'avait pas de fils. Comme tout bon gendarme, Yvan Laterre aimait bien que les choses soient carrées, par contre, il acceptait mal les ordres qu'il ne comprenait pas. C'était pour cette seule et unique raison qu'il avait accepté cette affectation dans le petit bourg de Floréal. Il dépendait certes de l'adjudant-chef Bertomieux de la brigade de Condom, mais celle-ci était distante d'une douzaine de kilomètres. Ici, à Floréal, il était donc son propre patron, ce qui lui permettait de prendre des initiatives, sans obligatoirement en référer.

Pour Yvan Laterre, cette affaire d'incendie n'était pas très claire. En réalité, il se posait la même question qu'Émilio. Pour quelle raison les trois andains avaient-ils pris feu en même temps ? Cela ne pouvait pas être le fait du simple hasard. De plus, il avait retrouvé sur place plusieurs éléments troublants. Le premier était un morceau de cigarette à moitié consumée, ramassé au bord du fossé. Petit détail, ce n'était pas un mégot, mais bel et bien un morceau de cigarette. Sur un mégot, l'extrémité est plus ou moins mâchouillée. Là, on voyait clairement qu'il s'agissait d'une cigarette roulée à la main, qui avait été allumée, mais pas fumée. De plus, il avait noté des traces brunâtres sur le papier blanc. Il avait également retrouvé un fragment de terre de quatre à cinq centimètres de diamètre. La partie arrondie laissait supposer qu'il provenait d'une petite boule de glaise, modelée par la main d'un homme ou d'une femme. Celle-ci avait dû se fendre en deux ou trois morceaux, mais les autres restaient introuvables. Ils avaient dû se désagréger au contact de la chaleur. La petite route qui longeait le champ n'était pas très passante, mais l'endroit d'où le feu était parti était visible de très loin. Une personne qui aurait pris le risque de mettre le feu s'exposait ainsi à se faire repérer. Léon Lourdain, le maquignon, était passé avec sa bétaillère vers les deux heures, il était chargé et montait la côte en roulant très lentement, ce qui lui laissait le temps d'admirer le paysage. À cet endroit, la route avait une largeur d'à peu près trois mètres et, de l'autre côté, se trouvait un petit champ d'une trentaine de mètres de large, longé par un bois d'environ un hectare. Le chef Yvan Laterre avait bien repéré quelques traces dans l'herbe haute en bordure du bois, mais comment mettre le feu à partir du bois qui se situait à presque quarante mètres, il ne voyait pas. Autre indice, le tabac de la cigarette n'était pas commun, une odeur âcre s'en dégageait, ce n'était sûrement pas du tabac de la région. Cela dit, rien ne prouvait que c'était l'incendiaire, si incendiaire il y avait, qui l'avait jetée à cet endroit. Autre question : qui pouvait bien en vouloir à ce point aux Montazini ? Bien sûr, il y avait les quelques éternels imbéciles qui pensaient que les immigrés devaient rester chez eux. D'autres, pas plus heureux, leur en voulaient d'avoir acheté L'Arcange, mais ils n'étaient pas très nombreux et, surtout, ils parlaient plus qu'ils n'agissaient. La famille Montazini était arrivée au début de l'année et ne posait aucun problème. Lui était très travailleur, toujours prêt à rendre service. Les enfants, très polis, obtenaient, malgré le handicap de la langue, de bons résultats à l'école. Il y avait bien eu cet incident de la boîte de crayons dissimulée dans le casier de Mariéta pour la faire accuser, mais c'était là une affaire de gosses et elle avait eu lieu après l'incendie.

Yvan Laterre repensait au fragment de boule de terre qu'il avait trouvé sur place et songea soudain aux empreintes digitales. Depuis que Bertillon avait, en 1903, amélioré le système de relevé, il y avait peut-être une chance. Il n'était toutefois pas équipé pour procéder à ce type d'investigation. Il contacta son supérieur hiérarchique l'adjudant-chef Anatole Bertomieux à Condom, qui lui demanda de lui faire parvenir cette pièce à conviction. Elle serait transmise pour analyses au laboratoire régional de la police à Toulouse. Yvan Laterre en conclut qu'il n'aurait pas de résultats avant au moins deux semaines. Son supérieur s'enquit également d'éventuels suspects : pour le moment, sa liste ne comportait aucun nom. Il ne mentionna pas le morceau de cigarette. Pourtant, ce dernier devait aussi porter des empreintes, mais il voulait le faire parler autrement et avait sa petite idée sur la question.

Le chef Yvan Laterre avait tout de suite pensé à Bertrand Dailleurs, ingénieur à la manufacture de tabac de Tonneins en Lot-et-Garonne. Bertrand était un ami d'enfance, ils s'étaient retrouvés par hasard sur une foire au Passage-d'Agen. Il l'appela au téléphone pour lui demander un petit service.

– *Mon cher Laterre, ce tabac vient du Canada. Regarde, sa texture est grossière, les brins sont inégaux, sa composition et ses arômes sont douteux, pas de doute, c'est du canadien.*

Pour étayer son analyse, l'ingénieur entraîna son ami dans les ateliers.
– *Admire, ça, c'est du tabac de la vallée de la Garonne, rien à voir avec l'échantillon que tu m'as amené. Nous sommes très rigoureux dans la sélection, les producteurs sont triés sur le volet et, au moindre problème, nous*

refusons le lot. Regarde, nous venons de faire rentrer cette machine, c'est elle qui découpe les brins de tabac, une vraie mécanique d'horlogerie, viens, je vais te faire une démonstration.

Question tabac, Bertrand Dailleurs était intarissable : en moins d'une heure, le chef Laterre savait tout sur sa fabrication.
– *Laterre, en France, l'État détient le monopole du tabac, c'est un gage de qualité. On ne peut donc pas trouver dans le commerce le type de produit que tu m'as présenté. Par conséquent, il a forcément été ramené du Canada par quelqu'un lors d'un voyage.*

Bertrand proposa à Yvan Laterre de pousser plus loin les recherches, pour essayer de découvrir, par exemple, la région exacte de provenance. Yvan le remercia, avec tout ce que son ami lui avait appris, il pourrait toujours, si un jour il quittait la gendarmerie, se recycler comme buraliste.
– *Tu m'as déjà bien aidé, en cas de besoin, je t'appelle.*

Le chef Yvan Laterre devait maintenant trouver, parmi les habitants de la commune, celui qui avait au cours de ces dernières années fait un voyage ou séjourné au Canada. Il n'était en poste à Floréal que depuis deux ans, mais le bourg était petit et, ici, tout ou presque se savait. Pourtant, il n'avait pas eu connaissance d'un voyage entrepris par une personne de la région dans ce lointain pays. Les habitants du village qui fumaient s'approvisionnaient en général chez madame Gourdes, qui tenait également un petit commerce d'épicerie. Alors, comment trouver un habitant du village qui fume sans pour autant acheter son tabac, car il le puise au rythme de ses besoins dans une réserve ? Yvan Laterre se prenait au jeu, il aurait pu classer l'affaire et continuer sa vie tranquille, mais il voulait absolument débusquer son coupable. C'était ce type de situation qui l'avait motivé pour accepter un poste à Floréal. Sans donner l'impression de poser de questions, il apprit qu'Isidore Clément, l'oncle du capitaine Aristide Clément Autun, avait commercé et séjourné au Canada pour ses affaires. Il découvrit également que le régisseur, Théodore Chandon, avait lui aussi travaillé quelque temps au Canada pour le compte d'Isidore Clément. Ce dernier l'avait, quelques mois après son retour, nommé régisseur du château Tourne Pique. Yvan Laterre était satisfait de ces découvertes, mais il voulait se donner le temps de la réflexion. Il referma le dossier et essaya de ne plus y penser jusqu'au lendemain.

Ce matin-là, Émilio était dans son champ en train de labourer avec le brabant. De loin, il aperçut les gendarmes qui l'attendaient au bout du sillon. Il pensa tout de suite qu'il y avait du nouveau sur l'incendie de ses terres et força un peu le train de son attelage. Le chef Yvan Laterre le salua et lui précisa que le régisseur avait signalé des braconniers sur les terres du château.
– *Monsieur Montazini, auriez-vous vu des personnes suspectes ou que vous ne connaissez pas en train de chasser dans le coin ?*

Émilio avait encore quelques petites lacunes en français, mais il le comprenait maintenant assez bien. Grâce au

journal que monsieur Sourtis lui passait une fois qu'il l'avait lu, chaque jour des mots nouveaux venaient enrichir son vocabulaire.
– *Non, j'ai bien vu le maçon de Floréal, Baptiste Ferréol, qui chassait, mais personne d'autre. J'ai également entendu tirer dans le bois de Lian, du côté de Jouet. Mais je pense que c'était Pierre Lemoine, j'ai reconnu ses chiens qui ont lancé un lièvre.*

Après avoir échangé quelques mots de plus, Yvan Laterre fit mine de repartir, puis se ravisa, il avait remarqué qu'Émilio attendait autre chose de lui et qu'il était un peu déçu.
– *Ah oui, j'allais oublier, pour votre affaire d'incendie, notre enquête progresse. Nous aurons sûrement du nouveau très bientôt, je vous tiendrai au courant.*

Émilio comprenait très bien que retrouver le coupable ne lui rendrait pas sa vigne, mais il tenait à connaître les raisons pour lesquelles on s'en était pris à lui et à sa famille. Pour la gendarmerie, cet incendie n'était qu'un simple fait divers, et il savait que le maréchal des logis-chef aurait pu refermer ce dossier. Il lui était très reconnaissant de ne pas l'avoir fait et de poursuivre ses recherches.

Yvan Laterre voulait en savoir plus sur Théodore Chandon, le régisseur du château Tourne Pique. Le hasard lui donna l'occasion de se rendre au château. Le matin même, il avait reçu du ministère des Armées à Paris un courrier qu'il devait transmettre d'urgence au capitaine Aristide Clément Autun en permission sur ses terres. Accompagné par le

gendarme Arthur Sibelle, il se présenta au château dans l'après-midi. Théodore Chandon était dans la cour, distribuant des ordres aux saisonniers. Les vendanges approchaient, le matériel et le chai devaient être fin prêts pour recevoir le raisin. Un peu en retrait, les deux gendarmes attendaient patiemment. Yvan Laterre remarqua que le régisseur ne fumait pas, mais cela ne prouvait rien. Dès qu'il eut terminé, Théodore Chandon se dirigea vers les gendarmes et s'enquit du but de leur visite. Le capitaine n'étant pas encore arrivé, il les accompagna dans le jardin où se trouvait Éliette Clément Autun. Le maréchal des logis-chef la salua et lui remit le courrier, puis ils échangèrent quelques mots. Avant de repartir, Yvan Laterre lui reparla du jour de l'incendie.
– *Madame Clément Autun, pour revenir de Condom vous avez dû passer par la route qui longe les terres des Montazini. Vous rappelez-vous un détail, même insignifiant ? Une personne que vous auriez croisée sur la route ou vue dans un champ ?*

Éliette Clément Autun répondit rapidement, et peut-être même avec une petite pointe d'agacement.
– *Désolée, Laterre, mais ce jour-là, je n'ai pas emprunté cette route. C'est Chandon, à mon arrivée, qui m'a informée de l'incendie. Je lui ai proposé de téléphoner aux Departout pour les secours, mais il m'a précisé que la sirène avait déjà sonné. Il m'a seulement demandé l'autorisation d'utiliser la voiture de mon mari pour réunir le plus d'hommes possible. Je n'ai pas cherché plus loin.*

Le maréchal des logis-chef ne releva pas, mais il avait bien enregistré. En rentrant à Floréal, toujours sous le prétexte d'enquêter sur les braconniers, les deux gendarmes se rendirent à la ferme de la Gare.

Dans le chai, Armand Malcœur nettoyait ses demi-muids. Tout en faisant semblant de ne pas y porter beaucoup d'intérêt, Yvan Laterre lui reparla de l'incendie. Sans se faire prier, Armand Malcœur lui raconta de nouveau ce qu'il avait fait. Il mentionna sa conversation avec Théodore Chandon et l'incident du téléphone. Pour la première fois depuis le début de cette affaire, Yvan Laterre avait enfin un suspect, qui de plus avait un mobile, une raison valable d'en vouloir à la famille Montazini. Émilio Montazini avait acheté L'Arcange, alors que Théodore Chandon convoitait également cette ferme. Il lui fallait maintenant trouver le moyen de ferrer le poisson. Mais, pour cela, il avait encore besoin de quelques éléments supplémentaires et il comptait sur les empreintes retrouvées sur le fragment de terre envoyé au labo. Dès le lendemain, il irait aux nouvelles. Mais comment obtenir discrètement les empreintes de Théodore Chandon pour établir la comparaison ? C'est le gendarme Arthur Sibelle qui lui suggéra la solution.

– Chef, si Théodore Chandon a voyagé au Canada, il a obligatoirement un passeport, et pour obtenir ce passeport il a obligatoirement dû déposer ses empreintes digitales.

Cette pratique d'empreintes digitales sur les papiers d'identité avait été mise en place par le préfet de police de la Seine, Robert Leullier. Depuis septembre 1921, elle s'était généralisée et permettait de résoudre bien des affaires.

Le mardi 23 septembre, Yvan Laterre appela l'adjudant-chef Bertomieux à Condom et lui fit part de ses soupçons.
– *Vous ne trouvez pas, chef Laterre, que vous allez un peu trop vite en besogne ? Vos indices sont un peu légers pour porter de telles accusations contre le régisseur du capitaine Clément Autun. Il va vous falloir beaucoup plus d'éléments à charge si vous souhaitez que je vous suive dans cette affaire, après tout il ne s'agit que de quelques broussailles et d'une vieille vigne en friche.*

Yvan Laterre n'insista pas. Il demanda seulement s'il avait reçu des éléments concernant le relevé d'empreintes sur le fragment de terre.
– *J'allais justement vous appeler à ce sujet, le laboratoire a effectivement relevé des empreintes, mais elles sont partielles et pas très nettes. Envoyez-moi un rapport très détaillé sur votre enquête, je vous tiendrai au courant pour la suite à donner. En ce qui concerne le morceau de cigarette, vous devez également me le faire parvenir. L'analyse faite par votre ami est certes intéressante, mais elle doit être confirmée par notre laboratoire.*

Une fois de plus, Papa s'était isolé sous les gros ormes devant la maison. Depuis que nous habitions L'Arcange, il se réfugiait à cet endroit lorsqu'il était très malheureux et jamais nous ne le dérangions. Assis à même le sol, le dos contre le tronc du plus gros des arbres, il regardait le ciel en serrant les poings. Nous savions, Mariéta et moi, qu'il pensait à maman, nous étions même certains qu'il lui parlait. Après quelques minutes, comme une litanie, il commençait à siffloter. Toujours la même chanson, toujours le même air : « *j'ai du bon tabac dans ma tabatière, j'ai du bon tabac, tu n'en auras pas…* » Ce refrain revenait à trois ou quatre reprises, puis il se relevait, sifflotant toujours c'était le signe qu'il avait repris le dessus.

Au château Tourne Pique, les préparatifs pour les vendanges allaient bon train. Avant de rejoindre ses ancêtres, Isidore Clément avait fait, sur les conseils du maître de chai Alphonse Diodin, de gros investissements dans le chai. Il disposait maintenant de plus de quatre mille hectolitres de stockage dans les cuves en ciment. Cette capacité lui permettait de regrouper la totalité de la récolte des quatre-vingts hectares de vignes des métairies du château. Les vins les moins intéressants étaient vendus en vrac par l'intermédiaire de négociants, les meilleurs étaient conservés et transformés en Armagnac Ténarèze. Pour la consommation des familles, chaque métairie possédait un petit chai permettant d'effectuer la cuvaison des rouges. Pour stocker la blanche issue de la distillation des meilleurs vins, le chai du château disposait de plusieurs centaines de fûts de quatre cents litres et de quelques énormes tonneaux de chêne. Avant d'être de nouveau remplies avec le vin de l'année, les cuves en ciment devaient être nettoyées à fond. Tous les deux à trois ans, elles étaient également débarrassées du tartre vinique qui s'était formé sur les parois. Cette besogne était longue et fastidieuse, et il n'y avait pas beaucoup d'amateurs. Mariéta et moi, nous nous étions portés volontaires pour ce travail, et ce, gratuitement. En échange de quoi, nous conservions le fruit de notre labeur. Nous avions trouvé là le moyen de nous faire de l'argent de poche. Cette année, en moins de deux mois, nous avions récolté plus de deux cents kilos de tartre. Nous les avions cédés à monsieur Ramirez qui passait dans les fermes pour collecter ferraille, duvet de canard et, à l'occasion, du tartre vinique. Ce produit était utilisé par l'industrie chimique. Lestes et de petite taille, nous n'avions aucune difficulté pour nous glisser par la porte du bas des cuves, qui ne mesurait que trente-sept centimètres de large sur quarante-six de haut. C'était à la demande de papa que le capitaine nous avait autorisés à effectuer cette récolte, à la condition toutefois qu'il y ait toujours un adulte dans les parages. Il nous avait également fait la leçon sur les dangers à travailler dans une cuve ayant préalablement contenu des grappes en macération ou du vin en fermentation. Il pouvait toujours y subsister du gaz acide carbonique en suspension libéré aux divers stades de la production, même très longtemps après qu'elle eut été vidée. La trappe du haut et la porte du bas devaient toujours être ouvertes. Ces instructions très strictes nous avaient été données en présence du régisseur et du maître de chai.

Mariéta et moi avions repéré une cuve qui devait recéler une bonne couche du précieux produit. De l'or en barre, mais il y avait école, et nous n'avions pas encore eu le temps de commencer la récolte.

Mardi soir au retour de l'école, j'étais passé à la ferme de la Gare, chez Armand Malcœur. Je savais que Gaétan Vaillant, le puisatier, y curait son puits. Lorsque j'arrivai, il

était au fond, il travaillait seul et avait installé un treuil qu'il actionnait lui-même du bas. J'attendis un moment sans le déranger. Quand sa voix résonna derrière moi, je ne pus m'empêcher de sursauter. Il était remonté et avait fait surface sans que je l'entende. Seule sa tête dépassait au-dessus de la margelle. Toujours le cheveu hirsute, sa vieille barbe, ses billes rondes, son gros nez et son sourire malicieux.
– *Tiens, tiens, mais c'est mon ami Sylvio, c'est gentil de passer me voir.*

Cette fois, il ne me posa pas trop de questions, mais il me parla de l'incident qui aurait pu se terminer tragiquement. Le chasseur qui avait pris papa pour un lièvre alors que nous cherchions des champignons. Je me demandai comment il avait appris cette histoire, sûrement par quelqu'un qui l'avait su directement de papa. Nous discutâmes cinq à six minutes, et je le laissai à son travail.
– *Je dois rejoindre Mariéta, elle m'attend au château Tourne Pique. Nous devons continuer la récolte de tartre dans les cuves.*

Au moment où je le quittais, il me lança :
– *Au fait, pour l'incendie de la vigne, rien de nouveau ?*
– *Non, les gendarmes cherchent toujours, mais ils n'ont rien trouvé.*
– *Salut petit, et fais bien attention aux cuves, c'est fourbe, les cuves.*

Ce matin du 1er octobre, en déjeunant, je compris que ma sœur était inquiète. Papa aussi semblait percevoir chez Mariéta une certaine tension, elle paraissait très nerveuse, un peu troublée même. Elle n'arrivait pas à se décider à partir à l'école.

– *Tu as l'air soucieuse, tu es malade ?*

– *Non, non, papa, je n'ai pas très bien dormi, mais ça va aller !*

Dans l'après-midi de ce mercredi, après la classe, Mariéta passa comme à son habitude chez Antoinette pour faire ses devoirs. Moi, je devais rentrer directement à L'Arcange. Mais, en chemin, je me ravisai. Demain, c'était jeudi, et pas d'école. Je pouvais donc remettre mes devoirs à plus tard. Le maître de chai Alphonse Diodin nous avait prévenus que les vendanges débuteraient le lundi 6 octobre. À partir de cette date, nous ne pourrions plus travailler dans les cuves.

Malgré mon très jeune âge, je connaissais parfaitement la valeur de l'argent et je n'arrivais pas à me faire à l'idée de laisser le vin engloutir tout ce trésor. Je m'étais depuis longtemps déjà fixé un objectif et, pour le moment, j'étais très loin d'avoir réuni l'argent nécessaire pour mener à bien mon projet. Papa savait que je pouvais être tenté de partir seul pour le ramassage du tartre. Il m'avait formellement interdit d'entrer dans les cuves sans être accompagné de Mariéta. Mais une seule chose m'obsédait, extraire quelques kilos de tartre de plus, avant que le vin n'ensevelisse notre caverne d'Ali Baba. Compte tenu de l'épaisseur, je savais que la récolte ne serait sûrement qu'un jeu d'enfant et que ma cagnotte gonflerait d'autant. De toute façon, avec tous les ouvriers qui travaillaient aux alentours, il ne pouvait rien m'arriver. Je pris donc la décision de désobéir à mon père et de partir tout seul. Si on me posait une question, je pourrais toujours répondre que ma sœur était en retard et qu'elle n'allait pas tarder.

Chapitre 2 – Le piège

Arrivé au château, je fonçai directement vers le chai, plusieurs ouvriers étaient occupés à rincer des fûts. De loin, j'entraperçus madame Éliette, sûrement venue récupérer le petit Édouard, qui devait, comme à son habitude, traîner autour du personnel. Après avoir salué les saisonniers, je grimpai sur la cuve, pris soin de passer la baladeuse par la trappe du haut, la brancha et redescendis par l'escalier. Le vin n'avait été retiré que depuis une dizaine de jours, et avant de pénétrer dans cette nouvelle cuve, j'eus le réflexe de vérifier si celle-ci ne contenait pas de gaz acide carbonique en suspension. Comme nous l'avait appris Alphonse Diodin, j'allumai une bougie et l'introduisis à l'aide d'une planchette par la porte du bas. Après trente à quarante secondes, je fus rassuré, la petite flamme ne s'était pas éteinte. Je me glissai dans la cuve et commençai à travailler. Pour décoller le tartre, Mariéta et moi avions récupéré de petits outils, sortes de racloirs utilisés pour fabriquer les jougs, et les avions équipés de longs manches. En montant sur un vieil escabeau, je pouvais atteindre le point le plus haut de la cuve. L'épaisseur de tartre était très importante, et la récolte presque trop facile. Je ne regrettais pas d'être venu, la seule chose qui me chagrinait était d'avoir désobéi à mon père. Le temps passait, mais, envoûté par la douce mélodie du précieux produit s'amassant sur le sol, je ne m'en souciais pas. Il fallait que j'en ramasse encore plus, à chaque coup contre la paroi de ciment, je voyais mon escarcelle prendre du volume. Les ouvriers me connaissaient bien et ils savaient que je venais toujours accompagné de ma sœur. À sept heures, ils quittèrent donc leur travail sans se préoccuper de moi. La récolte étant aisée, je travaillais comme un forcené. Mais, trop absorbé par ma tâche, je ne m'aperçus pas que la cuve se remplissait progressivement de poussière. Grâce au courant d'air occasionné par la trappe du haut et l'ouverture du bas, celle-ci aurait dû normalement s'évacuer toute seule. Ce n'est que lorsque je commençai à tousser que je me rendis compte de la situation. Je pensai alors qu'un ouvrier avait par inadvertance refermé l'issue du bas. Je descendis de l'escabeau et poussai la porte qui refusa de s'ouvrir. Je poussai encore, elle ne bougea que très légèrement, de un à deux millimètres. Je regardai vers le haut et vis que la trappe était toujours placée sur l'ouverture, en travers. Seuls quatre petits espaces apparaissaient dans les coins, celui par lequel le fil de la baladeuse passait était un peu plus important. Pendant quelques secondes, je restai debout sans réaction, mais je commençais à suffoquer, l'air semblait me manquer. La poussière me piquait les yeux, et plus je les frottais, plus elle pénétrait. Après trois à quatre minutes, la panique m'envahit complètement, je transpirais à grosses gouttes. J'appelai au secours, j'étais terrifié, je m'affolai et tapai sur les parois. J'avais maintenant du mal à retrouver ma respiration. C'est alors que je repensai aux mises en garde de papa, du capitaine et d'Alphonse Diodin au sujet du gaz acide carbonique, ce qui ajouta encore à mon angoisse. À cet instant, je crus véritablement que ma fin était proche.

Le petit bonhomme que j'étais se laissa pénétrer par le désespoir, je n'en pouvais plus. Tout essoufflé, je me laissai glisser sur le fond et commençai à sangloter de tout mon corps. Recroquevillé, je pensais à mon père, à ma sœur, à ma maman disparue. Je me disais que c'était injuste, que je ne pouvais pas mourir comme ça, à mon âge, alors que je m'étais toujours bien comporté. Je ne comprenais pas pourquoi et qui m'infligeait cette punition ? J'étais toujours poli avec tout le monde, travaillais bien à l'école et aidais de mon mieux mon père dans les travaux de la ferme. Bon, d'accord, j'avais effectivement fait quelques petites bêtises. Mais je m'étais confessé au père Lucien Beaulieu, le curé de la paroisse, et j'avais toujours fait mes pénitences avec sérieux. Non, ce n'était pas possible, j'avais encore beaucoup trop de choses à réaliser dans ma vie, tout ne pouvait pas s'arrêter ici. Légèrement ragaillardi, je me relevai et constatai que la poussière était un peu retombée. Je commençais même à y voir plus clair. Je séchai mes larmes d'un revers de main et regardai vers le haut. C'était là mon seul salut. Je devais arriver jusqu'à la trappe en ciment et la faire glisser sur le côté. Mais de la dernière marche de mon escabeau, il me manquait presque un mètre pour atteindre le haut de la cuve. Je me mis à réfléchir, et soudain mon visage s'illumina, je venais de trouver la solution. J'étais maintenant déterminé à sortir de ce piège. L'escabeau comportait deux parties. En coupant avec mon outil le lien qui réunissait les deux pieds, je pouvais en faire une échelle qui devait me permettre d'accéder à la trappe du haut. Tout excité, je tranchai rapidement la corde, la récupérai et attachai le manche en bois de l'un des outils à la dernière marche de la première partie. Je l'attachai ensuite au barreau de renfort de la deuxième partie. Le manche maintenait l'ensemble de façon à peu près rigide, et l'échelle ainsi confectionnée permettait bien d'atteindre la trappe au-dessus de moi. Je réussis tant bien que mal à la bloquer en haut. Mais je devais encore résoudre un autre problème. La deuxième partie de l'escabeau ne comportait pas de marche, alors comment atteindre la trappe ? Je retournai l'échelle pour mettre les marches vers le haut. Je devais à présent me hisser, comme je le faisais pour monter aux arbres. Je fis une première tentative, je sautai, m'agrippai au barreau de renfort et commençai à m'élever à la force des bras, jusqu'à la première marche. J'étais maintenant sûr d'y parvenir, je fis encore un effort, et patatras ! L'un des deux nœuds de la corde se défit, et l'échelle se replia sur elle-même. Elle s'effondra, avec le petit bonhomme que j'étais, dans le fond de la cuve. Un peu groggy, je bougeai un bras, puis l'autre, me dégageai enfin de l'enchevêtrement et me relevai. À part quelques petites contusions, tout fonctionnait. Je ne perdis pas confiance, je savais que j'avais trouvé la solution. Sans attendre, je me remis au travail, le système était le bon, il me suffisait de refaire les nœuds correctement. Je redressai l'échelle et la replaçai au même endroit. Je repris ensuite mes activités d'escalade, mais en essayant, cette fois, de provoquer le moins de secousses possible. Au moment d'atteindre la première marche, dans l'effort, mon regard se porta vers le bas. Dans l'encadrement de la petite porte, j'aperçus une tête qui signifiait la liberté. Je la regardai comme s'il s'agissait d'une apparition étrange et, sans autre réaction, je me laissai glisser au sol. Mais je me repris aussitôt et, sans

plus me préoccuper de l'échelle, je me précipitai vers la petite porte. Papa m'aida à m'extraire de la cuve, Mariéta était là aussi. Avant d'arriver en France, notre famille avait traversé des moments terribles. Des liens très forts nous unissaient tous les trois, mais les démonstrations d'affection n'étaient pas dans notre nature. Pour nous, les Montazini, les émotions et les sentiments étaient faits pour être ressentis au plus profond de nos corps et de nos âmes, pas pour être dévoilés au regard des autres. Pourtant, à cet instant, nous nous jetâmes dans les bras les uns des autres. J'appréhendais un peu la réaction de papa. Avant même que celui-ci ne me demande des comptes, j'essayai de me justifier.
– *Papa, je sais que tu m'as défendu d'entrer seul dans la cuve. Mais monsieur Diodin nous a dit qu'à partir de lundi on ne pourrait plus travailler dans le chai.*

J'expliquai à mon père la façon dont les choses s'étaient déroulées, mais je compris que ses pensées étaient ailleurs. Il regardait la porte de la cuve. Lorsqu'il m'avait délivré, l'une des vis de blocage était en place. Fabriquées en fonte, les portes des cuves devaient bien peser une vingtaine de kilos. Pour leur fermeture, elles disposaient sur le devant de deux encoches. Le système était constitué de deux vis de fort diamètre, montées sur un axe. Une fois la porte refermée, les deux vis étaient ramenées dans les encoches, il suffisait alors de serrer les écrous. La porte de la cuve dans laquelle j'avais été enfermé ne pouvait pas s'être refermée toute seule. Certes, les charnières étaient très bien huilées, et la porte avait pu se rabattre fortuitement lors du passage d'un ouvrier qui roulait un demi-muid, par exemple. Mais comment la vis de blocage s'était-elle mise en place et, surtout, comment l'écrou s'était-il resserré ? Il n'y avait aucun doute, l'acte était volontaire et, comme pour l'incendie, on voulait encore nuire à la famille Montazini.

J'étais arrivé dans le chai vers six heures de l'après-midi et j'avais travaillé deux bonnes heures avant de me rendre compte que la porte du bas était fermée. Comme je le faisais souvent, Mariéta pensait que j'avais rejoint papa au travail. Mais lorsque vers huit heures trente notre père rentra seul à L'Arcange, elle fut très étonnée de ne pas nous voir ensemble. Leur réaction fut immédiate, ils étaient certains que j'étais allé au château. Ils s'y précipitèrent, mais ils avaient presque deux kilomètres à parcourir. La porte du chai n'était pas fermée à clé. Dès qu'ils étaient entrés, ils avaient entendu du bruit dans l'une des cuves et avaient compris que c'était là mon œuvre.

Je posai beaucoup de questions à mon père concernant la porte. Ne voulant pas ajouter à l'épreuve que j'avais subie, il me répondit qu'elle avait dû se fermer au passage d'un ouvrier. En ce qui concernait la vis de blocage, il resta très évasif, mais je le sentais très préoccupé. Après l'incendie des terres et des vignes, quelqu'un s'en prenait maintenant directement à son fils. Quand nous arrivâmes à L'Arcange, je ne tenais plus debout et je partis immédiatement me coucher, sans même manger.
– Papa, maintenant que Sylvio s'est endormi, je peux te le dire. La nuit dernière, la Demoiselle blanche m'a encore rendu visite. Mais, cette fois, il me semble qu'elle voulait

m'avertir de quelque chose. C'est très difficile à exprimer, parce que, ce matin au réveil, je ne me souvenais plus de rien, j'avais juste une vague impression. Mais je suis presque certaine qu'elle voulait me faire un signe. Je crois qu'il y avait aussi un autre personnage, ça ressemblait à une silhouette d'homme, mais avec une tête de fouine, là aussi, je n'ai plus qu'une vague impression.

Chaque fois que Mariéta s'était confiée à son père pour parler de ses rêves un peu étranges, elle lui était apparue complètement détendue, sereine et apaisée. Mais, ce matin, il est vrai qu'il l'avait trouvée un peu agitée, soucieuse même.
– *Papa, tu crois que la Demoiselle blanche voulait m'avertir de ce qui allait arriver à Sylvio ?*
– *Mariéta, je crois simplement que c'est l'apparition d'un nouveau personnage dans ton rêve qui t'a un peu perturbée. Je suis persuadé que, l'idée de la Demoiselle blanche voulant t'adresser un signe, tu ne l'as ressentie qu'avec le recul et seulement après avoir retrouvé Sylvio dans la cuve. Demain, je dois voir monsieur Sourtis pour mes cours de français, je vais lui parler de tout cela.*
– *Papa, tu ne vas tout de même pas lui parler de la Demoiselle blanche ?*
– *Ne t'inquiète pas, Mariéta, ça, c'est un secret qui n'appartient qu'à nous. Allez, ma fille, tout va bien maintenant, tu peux aller te coucher.*

Dans son lit, Mariéta n'arrivait pas à trouver le sommeil, deux questions trottaient dans sa tête. La Demoiselle blanche avait-elle vraiment voulu l'avertir du danger qu'allait courir Sylvio ? Si c'était le cas, pour quelle raison ne lui avait-elle pas envoyé un message lorsque Mathilde Lastruc avait essayé de la piéger en plaçant sa boîte de crayons de couleur dans son pupitre ? Mariéta s'endormit sans trouver de réponse à ses questions.

Dès qu'il arriva dans la classe des grands de l'école de Floréal, Émilio se confia à l'instituteur.
– *Je ne pense pas que Sylvio risquait l'asphyxie en restant enfermé dans cette cuve ! Elle avait été bien aérée. Je crois que le coupable voulait seulement lui faire peur. Comme pour l'incendie, on cherche à nous intimider, peut-être pour nous obliger à repartir. Mais comment peut-on être assez lâche pour s'en prendre à un enfant…*

Monsieur Sourtis lui demanda s'il avait raconté cette histoire au chef Yvan Laterre. Émilio lui précisa que non.
– *Monsieur Montazini, ces faits sont très graves, je crois au contraire que Sylvio aurait pu y laisser la vie. Le responsable peut récidiver. Il ne s'agit plus de champs et de vignes incendiés, il faut tout de suite vous rendre à la gendarmerie.*

Papa commençait à bien parler le français, mais il était encore très hésitant. Or, il ne voulait pas trop nous inquiéter en nous demandant de jouer une fois de plus les interprètes. Monsieur Sourtis le comprit et lui proposa de l'accompagner. Chemin faisant, ils rencontrèrent madame Gourdes, la propriétaire du bureau de tabac, une véritable langue de vipère. Si l'on souhaitait qu'une rumeur ou des ragots se propagent, on pouvait lui faire confiance, elle était très efficace. Elle aurait, bien sûr, aimé connaître le motif de leur visite à la gendarmerie. Monsieur Sourtis la devança et précisa qu'il accompagnait Émilio pour remplir une simple formalité d'immigration. La buraliste, même si elle sembla se contenter de cette information, resta très suspicieuse. Le chef écouta le récit que papa lui faisait sans présenter la moindre émotion : aucun trait de son visage ne trahissait ses pensées. Dès que notre père eut terminé, sans faire le moindre commentaire, il lui demanda de revenir le lendemain matin avec ses enfants.

Yvan Laterre était intimement persuadé que cette affaire et celle de l'incendie étaient liées. Il appela son supérieur à Condom, l'adjudant-chef Bertomieux, et lui fit part de ces nouveaux faits. L'adjudant-chef l'écouta avec attention. Pour seule réponse, il lui précisa qu'il serait là le lendemain pour assister à la déposition de la victime et de son père. Il demanda également au maréchal des logis-chef de prendre discrètement contact avec Aristide Clément Autun. Le capitaine était en permission, et il fallait le solliciter afin qu'il accepte de venir pour entendre Sylvio et Émilio.

Les faits s'étaient déroulés dans la soirée du mercredi 1er octobre 1930. Dans la matinée du vendredi 3 octobre, papa, Mariéta, moi, l'instituteur, le capitaine Aristide Clément Autun et l'adjudant-chef Bertomieux étions réunis dans le bureau d'Yvan Laterre. Dans un premier temps, je fus un peu impressionné par la présence de toutes ces personnalités. Je bafouillai un peu, mais je connaissais déjà le capitaine ainsi que l'instituteur, et je repris bien vite du poil de la bête. J'expliquai, point par point, tous les détails depuis mon arrivée au château. Je donnai les noms ou le signalement de toutes les personnes présentes. Je ne citai pas le régisseur Théodore Chandon ni le maître de chai Alphonse Diodin, qui étaient, eux, absents.

Le chef Yvan Laterre me fit signe de prendre tout mon temps. Il me demanda si j'avais entendu des voix de personnes qui seraient arrivées sur les lieux alors que je me trouvais déjà dans la cuve. J'avais effectivement entendu la voix du forgeron Antoine Séverin, celle du régisseur Théodore Chandon, ainsi qu'une voix plus lointaine, une voix de femme, que je n'avais pas reconnue. Je n'avais pas non plus fait attention à ce que ces personnes disaient. Papa, à son tour, rapporta leur arrivée sur les lieux. La porte de la cuve était fermée, la vis de blocage très légèrement serrée, et il avait pu la défaire sans difficulté à la main. Ces faits furent confirmés par Mariéta. Le capitaine Aristide Clément Autun semblait très ému, il écoutait sans dire un mot et sans poser de questions. Le chef Laterre me pria de raconter une nouvelle fois ce qui s'était passé, au cas où j'aurais oublié un détail. Je recommençai et fis exactement le même récit que la première fois. Le chef Laterre demanda au gendarme Arthur Sibelle de nous faire patienter, Mariéta et moi, dans son bureau à l'abri des regards.

Lorsque les enfants furent sortis, l'adjudant-chef Bertomieux interrogea Émilio sur les circonstances dans lesquelles il était arrivé à Floréal et sur la manière dont il était entré en possession de la ferme de L'Arcange. Il lui

demanda également de raconter à nouveau l'épisode de l'incendie.
– *Monsieur Montazini, y a-t-il eu, entre l'incendie et l'affaire de la cuve, d'autres faits bizarres, même insignifiants ?*

Émilio parla de cette grosse Fiat noire avec trois personnes à bord immatriculée en Italie, qui, un dimanche, les avait dépassés. Avec Sylvio, ils rendaient visite à Gaétan Vaillant, le puisatier. La voiture roulait au ralenti, puis avait stoppé à environ deux cents mètres devant eux, elle semblait les attendre. Après une à deux minutes, l'automobile était repartie, sûrement des touristes qui souhaitaient demander leur chemin. Émilio leur parla également de ce chasseur, qui, le lendemain, l'avait pris pour un lièvre, alors qu'ils cherchaient, Sylvio et lui, des champignons au bois de Lian. Quelques minutes auparavant, Sylvio avait cru voir une automobile noire descendre la côte de Rombœuf. Émilio n'avait pas pu rattraper le chasseur.

Dès qu'Émilio eut terminé, l'adjudant-chef Bertomieux lui demanda de rejoindre Mariéta et Sylvio pour quelques minutes.

L'adjudant-chef s'excusa auprès du capitaine de l'avoir sollicité et lui précisa qu'il ne souhaitait pas le mêler directement à cette affaire. Il s'empressa toutefois d'ajouter que, la tournure prise par les événements étant assez grave, il était dans ses intentions de faire toute la lumière sur ces méfaits. Le capitaine assura l'adjudant-chef de son concours et souligna qu'il tenait, autant que lui, à ce que le ou les coupables soient démasqués. Le capitaine Aristide Clément Autun expliqua comment il avait convaincu Émilio d'acheter L'Arcange, parce qu'il avait vu en lui un homme déterminé et droit. Il mit également l'adjudant-chef au courant des accords pris avec Émilio concernant le règlement du prix de la ferme et de tous les autres arrangements. Le capitaine mentionna que d'autres personnes avaient souhaité acheter la ferme : le régisseur Théodore Chandon, le forgeron Antoine Séverin et un certain Arthur Mandrin, un agent d'affaires de Bordeaux.

Toutefois, aucun de ces prétendants n'avait les qualités requises et surtout la somme suffisante au comptant pour pouvoir s'intéresser à l'achat de L'Arcange. Seul Émilio présentait les garanties nécessaires pour réaliser cette affaire. L'adjudant-chef Bertomieux remercia le capitaine qui regagna aussitôt le château. Le gendarme fit de nouveau appeler Émilio et lui demanda s'il connaissait ou s'il avait déjà entendu parler de l'agent d'affaires Arthur Mandrin, la troisième personne citée par le capitaine. Mon père répondit que non. L'audition étant terminée, Mariéta et moi retournâmes à l'école. Papa repartit à son travail. Il avait déjà labouré presque trois hectares, au moins de ce côté-là, l'affaire se présentait plutôt bien.

L'adjudant-chef Bertomieux annonça au chef Yvan Laterre qu'il avait quelques informations concernant les éléments découverts sur les lieux de l'incendie, à savoir le bout de cigarette et le fragment de terre. Il confirma ce que lui avait appris son ami, Bertrand Dailleurs de la manufacture de tabac de Tonneins. Le tabac venait à coup sûr du Canada, et les traces brunâtres sur le papier étaient des traces de terre de la même composition que celle du fragment retrouvé. Il y avait tout lieu de penser que la cigarette et le fragment de terre avaient été mis en contact à un moment ou à un autre. Par contre, les empreintes relevées n'étaient pas très nettes, mais on pouvait toujours essayer de les comparer avec d'autres pour éventuellement s'orienter vers une piste. Cette affaire prenait maintenant une tout autre tournure. L'adjudant-chef Bertomieux et le chef Yvan Laterre semblaient d'accord sur le but recherché par le ou les coupables. Intimider et impressionner Émilio afin de le contraindre à repartir. Mais cette seconde affaire aurait pu mal se terminer et provoquer la mort de l'enfant. L'adjudant-chef Bertomieux regagna Condom dans l'après-midi. Yvan Laterre savait maintenant que son supérieur le suivrait et qu'il pourrait aller jusqu'au bout. Pour le moment, il était obligé d'attendre encore avant d'interroger Théodore Chandon sur l'incendie. L'adjudant-chef devait d'abord obtenir le relevé d'empreintes du passeport du régisseur et les faire comparer à celles laissées sur le fragment de terre, mais Yvan Laterre était persuadé qu'elles seraient identiques.

Le chef Yvan Laterre, le gendarme Arthur Sibelle et quatre autres gendarmes venus en renfort de Condom se présentèrent le samedi matin 4 octobre à huit heures au château. Ils étaient là pour procéder à l'interrogatoire de toutes les personnes présentes sur les lieux au moment des faits. De retour de Condom, vers dix heures et demie, le régisseur fut très surpris devant ce déferlement des forces de l'ordre. Il essaya sans succès de s'informer auprès d'Armand Malcœur. Toutes les personnes déjà interrogées avaient reçu l'ordre formel de ne pas entrer en contact avec les témoins non encore auditionnés. Vers onze heure Théodore Chandon se retrouva sur le gril. Afin qu'il ne comprenne pas qu'il était suspecté, Yvan Laterre ne le questionna pas lui-même. Les gendarmes effectuèrent également des relevés dans le chai, sur les cuves, les portes et le système de fermeture.

Eliette Clément Autun insista pour être aussi interrogée.

– *Je suis restée dans le jardin, à l'avant du château avec Edouard, mon fils, jusqu'aux environs de sept heure. Ensuite la fraicheur est tombée, je suis rentrée. Le petit n'a pas voulu me suivre, je l'ai laissé jouer seul. Un peu avant sept heure trente, je suis ressortie pour l'appeler, il est arrivé presque aussitôt.*

Un peu impresionné par le statut de son interlocutrice, le chef Laterre se laissa aller, à pauser une question par très pertinente.

– *Laterre, je ne vois pas ou vous voulez en venir ! Je n'ai bien sûr pas entendu les appels du jeune Sylvio.*

Vers une heure de l'après-midi, les gendarmes se retirèrent à Floréal. Malheureusement, rien de ce qui avait été dit ou rapporté dans les dépositions n'amenait réellement d'éclaircissement dans cette affaire. Tous les ouvriers avaient vu Sylvio, mais avec les allées et venues ils avaient fini par l'oublier. De plus, tout le monde était persuadé que sa sœur l'accompagnait. Théodore Chandon avait pour sa part déclaré qu'il était effectivement venu donner des ordres, mais que personne ne l'avait avisé de la présence de Sylvio dans la cuve. Vers sept heures, il avait regagné son logement de fonction qu'il occupait dans l'aile gauche du château.

Questionné à son tour, le forgeron Antoine Séverin confirma sa venue sur les lieux. Il rapportait simplement des cercles de tonneau, ce qui avait déjà été attesté par d'autres témoins. Seule la voix de femme n'avait pas été identifiée, peut-être s'agissait-il de celle d'Éliette Clément Autun qui appelait son fils ?

À Floréal, dès le 4 octobre au soir, grâce à la sollicitude de quelques personnes bien intentionnées, cette affaire faisait déjà grand bruit. Aux yeux d'un bon nombre de personnes, si on m'avait enfermé dans la cuve, c'était dans le but précis de provoquer ma mort par asphyxie. Pour les gens du village, la question était de savoir qui pouvait en vouloir à ce point à la famille Montazini. Certes, nous étions immigrés et avions acheté, après seulement six mois de présence en Gascogne, la ferme de L'Arcange. Mais ces raisons ne leur semblaient pas suffisantes pour qu'un des leurs puisse basculer dans le crime en attentant à ma vie. Le rapprochement avec l'incendie des terres et des vignes qui avait eu lieu quelques semaines auparavant fut rapidement établi. Certains parlaient aussi des coups de fusil tirés en direction de papa alors que nous cherchions des cèpes au bois de Lian. Les commentaires allaient bon train, et certains ne se gênaient pas pour commencer à désigner des coupables.

À L'Arcange, sous les pressions tempérées, mais répétées, de Mariéta, les aménagements se poursuivaient. Papa avait enfin pu récupérer quelques bonnes planches d'ormeau et il s'était mis au travail. Il confectionna une penderie et quelques étagères pour la chambre de Mariéta et une autre pour la mienne. La Demoiselle blanche continuait à rendre ses visites nocturnes à ma sœur, mais jamais plus le deuxième personnage, celui à tête de fouine, ne lui était apparu. Elle utilisa une part des gains que lui avait rapportés la vente du tartre pour acheter un coupon de tissu, qui fut rapidement transformé en rideau par Antoinette Rosannés. Elle s'offrit également un tablier neuf pour aller à l'école. Pour moi, il n'était pas question d'investissements, je me contentais du vieux tablier. Depuis mon arrivée en France, je m'étais fixé un objectif et je ne souhaitais en aucun cas me détourner de ma route. Toutefois, après l'épisode de la cuve, mes sources de revenus semblaient maintenant bien compromises.

Ce matin du 8 octobre 1930, le gendarme Arthur Sibelle enregistrait la plainte que déposait Armand Malcœur, le métayer de la ferme de la Gare. L'homme, d'une quarantaine d'années, était très avenant, mais il avait la tête près du béret, le verbe haut et la parole facile.

– *Ce sont des voyous, des bons à rien, des graines de criminels, ça ne m'étonnerait pas qu'ils aient foutu le feu au champ d'Émilio. Avec leur fléchar, ils peuvent tirer de loin, et peut-être même que ce sont eux qui ont enfermé le pauvre petit dans la cuve. Ils sont capables de tout.*

Armand voulait parler des quelques enfants de saisonniers espagnols qui travaillaient depuis plusieurs semaines au château. Ils étaient arrivés au début du mois d'août. En entendant ce vacarme, le chef Laterre sortit de son bureau et demanda à Armand Malcœur ce qui se passait.
– *Avec leur fronde, ils ont percé toutes mes citrouilles, et même les pastèques, il n'en reste pas une d'intacte. Comme je suis allé voir leurs parents, ils ont voulu se venger. Ils se sont amusés à casser les carreaux des fenêtres de la vieille maison, ils en ont brisé plus d'une dizaine, ils se cachaient derrière la haie, ils tiraient de plus de quarante mètres, mais je les ai bien reconnus, c'est une honte.*

Il gesticulait, vociférait tant et tant que quelques passants s'étaient arrêtés et regardaient inquiets en direction de la gendarmerie. En entendant les paroles d'Armand Malcœur, le chef Yvan Laterre venait de comprendre : il savait maintenant comment le pyromane s'y était pris pour mettre le feu au champ d'Émilio. Le ou les incendiaires avaient dû tirer depuis le petit bois avec un lance-pierre. C'était là la seule possibilité de ne pas se faire repérer, les champs étant à découvert. Ils avaient d'abord confectionné de petites boules de terre glaise et les avaient percées à l'aide d'une fine tige de bois. Il suffisait ensuite de glisser le morceau de cigarette allumée à l'intérieur et de tirer en direction des andains. Protégé par la terre, le morceau de cigarette avait continué à se consumer. En raison du vent, les herbes s'étaient alors facilement enflammées, c'était aussi simple que cela. Il demanda à Armand Malcœur de se calmer et lui promit qu'il serait indemnisé.

Il retourna ensuite dans son bureau et appela sur-le-champ son supérieur l'adjudant-chef Bertomieux. Il lui expliqua comment l'incendiaire avait pu s'y prendre pour mettre le feu, en précisant toutefois qu'il ne pensait pas que les enfants étaient les coupables. Avant de répondre, l'adjudant-chef se laissa quelques secondes de réflexion.
– *Laterre, dans un premier temps, convoquez les parents et les enfants qui ont commis les dégradations dont vous m'avez parlé. Vous devez régler rapidement cette affaire. Vous allez également retourner discrètement sur les lieux de l'incendie et essayer de voir comment les choses ont pu se dérouler. De mon côté, je vais faire mon possible pour accélérer les analyses concernant les empreintes. Je vous tiens au courant. Ne perdez pas de temps, mais agissez dans la discrétion. Ah oui, nous avons reçu un appel anonyme, j'ai quelques informations concernant une autre personne qui aurait pu se trouver sur les lieux des deux affaires. Je ne peux pas vous en dire plus pour le moment, cette piste me semble toutefois improbable, mais nous ne devons rien négliger.*

Le chef Yvan Laterre convoqua les ouvriers agricoles concernés et les enfants qui avaient participé au massacre des citrouilles et des pastèques. Il les interrogea et obtint rapidement des aveux. Il poursuivit son interrogatoire avec les carreaux cassés. Les enfants eurent un peu plus de mal à reconnaître les faits, mais ils finirent également par avouer. Yvan Laterre continua avec l'incendie du champ d'Émilio. Là, tous les enfants nièrent en bloc. Le chef Laterre n'insista pas. Il procéda à la confiscation de toutes les armes. Dépités, les enfants furent obligés de se

soumettre et remirent au gendarme Arthur Sibelle ce qu'ils avaient de plus précieux, leurs fléchars. Le chef examina un à un tous les lance-pierres : fourche en bois, élastique de chambre à air et, à l'arrière pour maintenir le projectile, un morceau de cuir sûrement récupéré sur de vieilles chaussures. Deux d'entre eux avaient été confectionnés récemment, il interrogea les propriétaires.
– *On a perdu les autres au début du mois d'août, dans le parc, derrière le château. Le régisseur nous a surpris, nous avons déguerpi en désordre. En passant le barbelé, on s'est accrochés, ils ont dû tomber à ce moment-là. Nous y sommes retournés plus tard, mais on n'a rien trouvé. Nous avons été obligés d'en fabriquer d'autres.*

Tiens donc, ces informations n'étaient pas tombées dans l'oreille d'un sourd. Yvan Laterre évalua les dégâts, proposa une somme pour le dédommagement à régler tout de suite à Armand Malcœur. En contrepartie, il essayerait de convaincre le métayer de retirer sa plainte. Connaissant le bonhomme, la chose ne s'avérait pas facile.

Ce matin, papa m'avait demandé d'aller faire quelques courses au village. Je devais également rapporter un paquet de tabac gris pour Armand Malcœur qui travaillait dans le chai. Lorsque j'entrai dans la boutique de madame Gourdes, la buraliste était en pleine discussion avec Simone Lastruc. Mon arrivée eut pour effet de les interrompre. Je savais que, une fois de plus, ma famille était la cible de leurs ragots, mais je voulus leur faire comprendre que leur mesquinerie ne me touchait plus.

– Bonjour madame Gourdes, bonjour madame Lastruc, le temps est au beau, les vendanges vont pouvoir commencer. Madame Lastruc, ce n'est pas de chance pour votre fille Mathilde, elle redouble pour la troisième fois. Je pense…

Simone Lastruc ne me laissa pas terminer ma phrase, elle quitta le magasin sans même me saluer. La buraliste ne me salua pas non plus et s'éloigna dans son arrière-boutique.

Je patientai une à deux minutes, et actionnai la clochette posée sur le comptoir.

Les instants qui suivirent me firent rapidement oublier les deux mégères. À la place de la revêche madame Gourdes apparut une jeune femme très, très belle. Sa beauté était très différente de celle qui émanait de madame Éliette, mais je ne pouvais pas expliquer pourquoi. Son parfum, également très captivant, n'avait, là encore, rien de commun avec celui de l'épouse du capitaine. Je ne l'avais jamais vue auparavant, et pourtant, elle m'offrit spontanément des bonbons. La clochette avait-elle le pouvoir de transformer l'acariâtre buraliste en cette merveilleuse créature, aux formes si généreuses ? Lorsqu'elle sut qui j'étais, elle me demanda des nouvelles de papa.
– Tu lui diras que Pierrette est à Floréal pour quelques jours.

En récompense, elle me tendit deux autres caramels. Je compris qu'elle était la fille de madame Gourdes et j'en déduisis que papa devait, lui, déjà la connaître. Cette jeune

femme avait immédiatement marqué mon esprit, par sa gentillesse d'abord, mais aussi en raison de ses formes superbement dessinées. Dès que je l'avais vue, elle m'avait tout de suite fait penser à un S majuscule d'imprimerie. En rentrant à la maison, je passai chez Antoinette Rosannés pour lui rapporter sa bicyclette. Je lui parlai de cette belle dame, très gentille, mais sa réaction ne fut pas celle que j'attendais.
– *Tu sais, Sylvio, je connais cette femme, elle n'est pas très intéressante. Il ne vaut mieux pas que tu dises à ton père que tu l'as rencontrée. De toute façon, elle ne restera pas très longtemps à Floréal, et c'est bien mieux pour tout le monde.*

J'en conclus que si Antoinette n'appréciait pas Pierrette, que, moi, je trouvais très gentille, c'était à cause de la mère de celle-ci qui était une véritable langue de vipère. Ou alors, il y avait autre chose, des choses de grandes personnes que les enfants devaient ignorer. Comme je ne voulais pas faire de peine à madame Rosannés, je lui promis de ne pas parler à papa de cette rencontre.

Quand j'arrivai à L'Arcange, cette histoire me trottinait toujours dans la tête. Mariéta était dans la cuisine, et je décidai de lui parler de cette dame que, pour ma part, je trouvais très belle et surtout très gentille.

Je pense que ma sœur connaissait l'existence de la belle Pierrette, pourtant elle fit semblant du contraire. Elle me conseilla seulement de faire comme Antoinette me l'avait suggéré. Ne pas avertir papa de sa présence à Floréal.

Au château Tourne Pique, les vendanges avaient commencé le 6 octobre au petit matin. Deux équipes, avec plus de cinquante vendangeurs, étaient à l'œuvre dans les vignes. Pour venir à bout des quatre-vingts hectares, plus d'un mois de travail serait nécessaire. Dans le chai, Alphonse Diodin régnait en maître. Il dépendait directement du capitaine et il était responsable de toute l'organisation des vendanges, de la vinification et, par-dessus tout, de l'élaboration de l'Armagnac Ténarèze. C'était lui qui précisait l'ordre dans lequel devaient être vendangés les cépages et les parcelles. Comme tous les ans, on commença par la folle-blanche. Pour Alphonse Diodin, ce cépage, introduit en Armagnac dès le seizième siècle, était l'emblème de l'Armagnac Ténarèze. Il était, et de loin, son préféré. Pas facile à maîtriser, il avait tendance à prendre la pourriture rapidement, et les rendements n'étaient pas très élevés. Mais, lorsque le terroir lui convenait et si le temps était propice, la blanche issue de ses fruits avait toutes les chances de présenter les qualités requises pour faire un Armagnac de très grande classe. Elle serait alors pleine de caractère, de parfums, avec de la finesse, de l'élégance et déjà beaucoup de complexité. Après quelques années de vieillissement, les arômes de fruits se développeraient tout en douceur et en rondeur pour devenir un Armagnac Ténarèze qui ferait le délice des palais. Depuis le phylloxéra, dans les années 1875, beaucoup de propriétaires s'étaient laissés aller à la facilité, en replantant en quantité de l'ugni blanc et du bacco blanc, moins fragiles et plus productifs. Par contre, l'oncle du capitaine, Isidore Clément, et le prédécesseur d'Alphonse

Diodin avaient agi tout différemment. Ils avaient conservé sur les terres du château Tourne Pique une grande proportion de folle-blanche. Toutefois, afin d'entretenir la diversité, d'autres cépages, comme le jurançon, le plant de graisse, la clairette et le mauzac, étaient encore bien représentés dans les vignes du château. Alphonse Diodin considérait que son Armagnac Ténarèze du château Tourne Pique était l'un des meilleurs, peut-être même le meilleur, ce qui était également l'avis d'un bon nombre de spécialistes.

Le matin de bonne heure, j'accompagnais souvent papa dans le chai du château. Dès six heures, nous étions debout et allions sur place avec son vélo. Moi, je m'installais sur la barre devant, et lui pédalait. Une petite chose me chagrinait toujours : lorsque j'avais rencontré Pierrette Gourdes, dans la boutique de sa mère, elle m'avait demandé de prévenir papa qu'elle était à Floréal pour quelques jours. En plus, cette belle dame m'avait donné deux caramels, pour me récompenser. Sur les recommandations d'Antoinette et de Mariéta, je n'avais rien dit à papa et je m'en voulais. Après tout, il était quand même assez grand pour savoir ce qu'il avait à faire. Aujourd'hui, je trouvai le courage de tout lui dire en espérant qu'il ne serait pas trop tard.
– *Tu sais, papa, l'autre jour, au village j'ai rencontré une dame très belle et très gentille, mais…*

Mon père ne me laissa pas le temps de terminer ma phrase. Il me regarda, un petit sourire aux lèvres.

– *Ah oui, Pierrette Gourdes, je l'ai vue, et elle m'a parlé de toi, elle te trouve très gentil. Elle dit que tu me ressembles beaucoup.*

J'étais véritablement très soulagé et je décidai de ne pas lui en dire plus. Quelques jours plus tard, j'entrai à nouveau dans la boutique de la buraliste. J'espérais, je ne sais trop pourquoi, me retrouver face à la gentille Pierrette, peut-être pour les bonbons. Avec un petit pincement au cœur, j'actionnai la clochette sur le comptoir, malheureusement la magie n'opéra pas. C'est la tête revêche de sa mère qui apparut dans l'encadrement de la porte. Je n'osai pas demander des nouvelles de Pierrette et je réclamai un article que j'étais certain ne pas trouver ici.
– *Tu me déranges pour rien, tu sais très bien que je ne fais pas ça.*

Je m'excusai et repartis un peu déçu.

Je n'avais pas neuf ans, mais, dans le chai, je faisais tout pour me rendre utile et être accepté par les ouvriers. Je ne me lassais pas de voir les hommes piquer le marc. Cette opération consistait à défaire des grosses presses la galette de grappes tassées. Ces dernières étaient ensuite émiettées et réintégrées dans les presses, pour être à nouveau pressées. Vers sept heures et demie, avant de partir pour l'école, j'étais, comme tous les hommes, convié au déjeuner : saucisson, pâté, jambon et salade, le vin ne m'était bien sûr pas autorisé. Ensuite, fier de ma prestation, je partais en courant vers l'école de Floréal distante du château de plus de trois kilomètres. Mariéta ne m'attendait pas et faisait le chemin avec les autres enfants des fermes des alentours. Le soir, dès la fin de la classe, j'effectuais le même trajet, dans l'autre sens. J'arrivais en courant dans le chai et me proposais pour donner un coup de main. Jamais auparavant je n'avais assisté à des vendanges, je découvrais tout cela avec un appétit tous les jours grandissant. Les tombereaux déversaient les grappes dans le fouloir, ensuite les hommes, avec d'énormes pelles, remplissaient les gigantesques presses à bras. Dès que l'une d'elles était pleine à ras bord, on me sollicitait pour tasser légèrement la surface. Je retirais rapidement mes chaussures, un ouvrier me propulsait alors sur les grappes, et, pieds nus, je sautais de toute mon énergie sur la vendange bien mûre. J'adorais ce contact avec les grappes. Le moût remontait entre mes orteils, la peau de mes pieds et de mes chevilles s'imprégnait de sucre, des senteurs et des couleurs de fruits bien mûrs. Avant de remettre mes chaussures, je passais par la case bac d'eau froide et savon. Ensuite, on installait le plancher sur les grappes et, enfin, les grosses cales de bois. Les hommes commençaient alors le pressage, à l'aide de deux longues barres métalliques. Le mécanisme, qui avait la forme d'une énorme roue crantée, se déplaçait de haut en bas, autour d'une grosse vis. Chaque mouvement des bras était rythmé par son cliquetis, clic, clic. Lentement, le jus s'écoulait au travers de la grille en bois, et le va-et-vient incessant du piston de la pompe aspirait et refoulait le moût, tout en haut dans les énormes cuves.

Les moûts étaient stockés séparément en fonction du cépage, et parfois même de la parcelle. Sur chacune des cuves, Alphonse Diodin notait minutieusement le nom du cépage, la parcelle ainsi que d'autres informations que, lui seul, pouvait déchiffrer.

Un matin, papa, qui commençait à bien s'exprimer en français, le prit à part.
– *Monsieur Diodin, je souhaiterais vous demander une faveur.*
– *Dis toujours, on verra bien !*
– *Je voudrais vendanger ma folle-blanche, pour mettre le vin dans les cuves du château. Le feu a épargné quelques pieds, j'ai bien nettoyé les rangs, il n'y a pas grand-chose, mais pour notre famille c'est très important. C'est un peu comme le commencement d'une nouvelle histoire, ça me ferait vraiment plaisir si vous acceptiez.*

Alphonse Diodin regarda papa droit dans les yeux et lui tendit la main, il était très touché par cette demande symbolique.
– *Ces raisins ne sont pas de très bonne qualité, mais je comprends très bien ta motivation. Tu vas partir avec quatre vendangeurs et un tombereau, puis tu ramèneras ta vendange ici. On la mettra de côté, on ne la pressera que ce soir lorsque Sylvio sera de retour de l'école.*

Émilio le remercia et partit sans attendre. Il venait de forcer le destin, malgré tous ses déboires, la famille Montazini pouvait faire ses premières vendanges. C'était déjà une

grande victoire. Le soir, dès que j'arrivai dans le chai, Alphonse Diodin me prit par la main.
– *Viens, petit, tu vois ces grappes de folle-blanche, c'est la première vendange de L'Arcange. On va les presser et mettre le jus dans la meilleure cuve.*

Je n'y comprenais rien, Alphonse Diodin m'expliqua et me fit signe de prendre une pelle. Il n'eut pas à me dire ce que j'avais à faire. Papa me regardait, je savais qu'il était très fier. Goutte après goutte, le jus s'échappait du pressoir. C'était le vin du renouveau, le premier vin des Montazini, qui, doucement, montait dans la cuve.

Papa avait maintenant fini ses labours, il avait même passé un deuxième coup de herse pour défaire un peu plus les mottes.

Serge Letémoin lui avait proposé de l'aider à faire les semailles. Le geste du semeur n'était pas facile à maîtriser, il devait être très régulier, il fallait juste la bonne quantité de grains, pas plus, mais pas moins. Pendant que Serge semait, papa couvrait avec la herse, en six jours l'affaire était dans le sac. Avant la fin du mois d'octobre, ils avaient semé trois hectares de blé et deux hectares d'avoine. Papa pouvait dorénavant consacrer un peu plus de son temps aux vendanges du château. Au début du mois, le temps n'avait pas été très bon, et cette année-là, les vendanges s'éternisèrent jusqu'au 10 novembre. Enfin, tout était maintenant terminé, on pouvait dormir tranquille, la récolte était à l'abri. Plus de trois mille cinq cents hectolitres de vin blanc avaient été stockés ainsi que quelques dizaines d'hectolitres de rouge. Environ deux mille quatre cents hectolitres seraient distillés pour élaborer l'Armagnac Ténarèze, les mille hectolitres restants, des vins de moindre qualité, partiraient par l'intermédiaire des négociants.

Le chef Yvan Laterre avait réussi à convaincre Armand Malcœur de ne pas porter plainte. Malgré l'indigestion de cailloux, les pastèques et les citrouilles n'avaient pas l'air de se porter si mal. Les saisonniers concernés avaient payé le remplacement des carreaux, avec un petit supplément en dédommagement. Tout le monde y trouvait son compte.

Comme tous les matins, le gendarme Arthur Sibelle ouvrait le courrier avant de le transmettre au chef Laterre. L'enveloppe qu'il tenait entre les mains ne lui paraissait pas ordinaire. L'adresse avait été composée à l'aide de lettres minutieusement découpées dans un journal. Il l'apporta à Yvan Laterre qui l'observa sous toutes les coutures avant de l'ouvrir. L'enveloppe contenait une lettre composée de la même manière que l'adresse, avec ces simples mots : « Arthur Mandrin est en affaire avec le maquignon Léon Lourdain. » Arthur Mandrin était l'agent d'affaires qui s'était intéressé à la ferme de L'Arcange, et le maquignon Léon Lourdain avait déclaré être passé sur la route, un peu avant l'incendie. Si, au début de cette affaire, il n'y avait personne à soupçonner, ce n'était plus le cas maintenant. Yvan

Laterre prit de nouveau contact avec l'adjudant-chef Bertomieux pour l'informer de la situation. Il en profita pour lui demander des nouvelles des empreintes et pour en savoir un peu plus sur cet appel téléphonique anonyme.
– *Nous avons vérifié, ces allégations étaient sans fondement, juste une affaire de cœur, nous classons ce dossier.*

Yvan Laterre ne put en apprendre davantage.
– *Par contre, nous avons reçu le relevé des empreintes de Théodore Chandon. Il pourrait y avoir quelques similitudes avec les empreintes relevées sur le fragment de terre, mais aucune certitude. On ne pourra pas s'appuyer là-dessus pour boucler ce dossier, il faut continuer à chercher. En ce qui concerne la lettre anonyme, nous allons convoquer Léon Lourdain, il habite sur Condom.*

L'adjudant-chef se ravisa.
– *Au fait, aujourd'hui, c'est le marché aux bestiaux, nous allons aller le trouver directement au foirail, je vous rappelle dans l'après-midi.*

En train de chausser notre vigne, Papa menait l'attelage des génisses d'Antoinette Rosannés. Ce labour consistait à ramener la terre, pour l'hiver, sur les pieds de vigne. Alphonse Diodin l'avait un peu rassuré.
– *Tu sais, j'ai été voir ta folle-blanche, le feu est passé rapidement et n'a pas eu le temps de faire trop de dégâts en profondeur. Tu tailleras court, tu laisseras juste deux ou trois coursons à deux yeux. Je pense qu'un grand nombre*

de pieds pourront repartir. Tu n'auras pas beaucoup de vendange, mais ce n'est pas plus mal, il faut laisser à ta folle-blanche le temps de se refaire.

Il ne lui avait même pas parlé des pieds de jurançon, ce cépage ne l'intéressait pas. Au château, la pression était maintenant retombée, dans les cuves, la fermentation alcoolique était presque à son terme. Une autre grande étape se préparait, la distillation.

J'accompagnais souvent Alphonse Diodin sur les cuves, le maître de chai m'expliquait le processus de fermentation.
– *Lorsque le jus sort de la presse, ce n'est encore que du moût, un simple jus de raisin, avec plus ou moins de sucre et quelques résidus. Sous l'effet de la chaleur, les levures, sortes de petits champignons microscopiques, vont commencer leur travail. Elles vont progressivement transformer le sucre en alcool. Lorsque cette étape sera terminée, on obtiendra du vin. Pendant quelques semaines, on laissera ce vin se reposer, la lie descendra au fond de la cuve. Ensuite, et seulement à ce moment-là, pourra commencer la distillation.*

L'explication était un peu simpliste, mais je parvenais à comprendre l'essentiel.

Ce soir-là, lorsque j'arrivai au château, les ouvriers préparaient les six alambics qui appartenaient au château. Le maître de chai mit la main sur mon épaule.
– *Tu vois, petit, ces machines, elles détiennent le secret de l'Armagnac Ténarèze. Ce sont d'authentiques alambics*

armagnacais, les seuls valables pour élaborer notre armagnac. Le brevet a été déposé sous Louis XVIII en 1818. Il a bien sûr été modifié depuis, mais pour l'essentiel c'est resté le même. La principale différence avec les autres alambics, c'est que la distillation du vin se fait en continu. Ce système respecte le vin, il y va tout en douceur, il n'oblige pas le vin à cracher son eau-de-vie. Non, il le sollicite, il le cajole, il lui fait des compliments, il le séduit et il obtient du vin ce qu'il a de meilleur. Lorsque la distillation aura commencé, je t'expliquerai plus en détail, tu pourras alors tout comprendre.

Presque un mois après la fin des vendanges, au début du mois de décembre 1930, la distillation débuta. Le cuivre des alambics brillait, comme si ces derniers n'avaient jamais été utilisés. Certains étaient pourtant au château depuis plus de trente ans. Les uns après les autres, chacun des six alambics fut mis en marche, et ils ne s'arrêteraient qu'une fois les cuves vides, vers la fin du mois de mars. D'ici là, ils feraient l'objet de soins permanents. Le foyer de chauffe des alambics fonctionnait au bois, et la température devait être régulière, toujours constante. C'est Alphonse Diodin qui se chargeait du délicat et fastidieux réglage. Là résidait l'un des secrets de la qualité de l'Armagnac Ténarèze du château Tourne Pique.

J'avais demandé à Alphonse Diodin si je pouvais assister au réglage des alambics, mais je le sentais plus nerveux que d'habitude. Je n'obtins son autorisation qu'à une seule condition.

– Tu t'assois dans un coin, tu ne dis rien et, surtout, tu ne poses pas de questions, comme à ton habitude. J'ai besoin de concentration et de calme, plus tard, je t'expliquerai plus en détail.

Ce soir-là, lorsque j'arrivai après l'école, Alphonse Diodin, un peu agacé, me demanda de ramener au château le petit Édouard. Celui-ci avait encore échappé à la vigilance de Lisette, la bonne, et le maître de chai n'aimait pas le voir traîner en cette période dans le chai. Le réglage des premiers alambics était presque terminé, mais Alphonse Diodin n'était pas encore satisfait des résultats. Un léger filet de blanche commençait à s'écouler au bas de trois des six alambics. Le degré alcoolique de cette eau-de-vie se situait aux alentours de 60°. Deux ouvriers approvisionnaient en bois les foyers de chauffe. Alphonse Diodin leur expliqua une fois de plus que la chauffe était essentielle.
– Elle doit être régulière, toujours constante, sans à-coup. Une variation en surchauffe de plus de cinq degrés donnera de l'amertume à l'eau-de-vie.

Le rythme de distillation était un facteur très important pour réussir une bonne eau-de-vie. Il fallait trouver la bonne cadence, et surtout la conserver. Les vins étant tous les ans différents, les réglages, qui s'avéraient parfois assez délicats, devaient être modifiés. Pour chaque cuve, le réglage était différent. Au bout du deuxième jour, les machines étaient enfin sur les rails, et la grande aventure pouvait vraiment commencer. Six ouvriers travaillaient en permanence en équipe de deux. Les équipes se relayaient

toutes les huit heures, chaque ouvrier était responsable de trois alambics. Alphonse Diodin était là tous les matins à six heures. Parfois, en pleine nuit, il surprenait même l'équipe en place. Gare à celui qui n'avait pas respecté les consignes à la lettre. Plusieurs ouvriers avaient déjà fait les frais de ses colères, certains avaient même été licenciés sur-le-champ. Dès que je le pouvais, je venais au château et me précipitais dans le chai, je m'installais et regardais la magie s'opérer. Devant ma curiosité toujours grandissante et en bon maître de chai, Alphonse Diodin m'expliqua tout sur le fonctionnement des alambics armagnacais.
– *Sylvio, toi, au moins, tu essayes de comprendre. Avec ton père, vous êtes presque les seuls. Regarde, le vin arrive dans cette cuve, en haut à droite. Puis, il descend par ce tuyau et alimente en permanence l'alambic par le bas de cette colonne. Ensuite, le vin monte grâce au chauffe-vin. Dès qu'il est en haut, ce tuyau le conduit vers cette colonne.*

Il pointait maintenant son doigt vers la colonne de gauche.
– *Dans cette colonne-ci, il y a plusieurs plateaux, et le vin descend de l'un à l'autre, jusqu'à la chaudière. Lorsque le vin arrive tout en bas, sous l'effet de la chaleur, la vinasse sort par le trop-plein et les vapeurs d'alcool remontent par cette même colonne. Elles sont réintroduites dans la première colonne, mais cette fois dans le serpentin. Le vin qui arrive en continu par le bas refroidit ces vapeurs, qui se transforment en gouttelettes. C'est la naissance de la blanche, qui ressort ensuite par ce tuyau.*

Je n'avais pas vraiment tout assimilé, mais pour moi c'était de toute façon magique. On mettait du vin en haut, et de l'eau-de-vie transparente s'écoulait lentement par le bas. De temps à autre, Alphonse Diodin trempait son doigt dans le récipient et, en fonction du résultat, il modifiait légèrement ou non le réglage.

Au début d'une après-midi, en passant devant la boutique de madame Gourdes, j'aperçus une image qui me réchauffa le cœur. À la caisse trônait la belle Pierrette. Je n'avais rien à acheter, mais je décidai quand même d'aller lui dire un petit bonjour.
– Tiens, tiens, mais c'est mon petit Sylvio.

Je sentis mon visage prendre la couleur des cerises au printemps. Mais je bravai ma timidité et prononçai quelques mots pour me donner une contenance.
– Bonjour madame, je n'ai rien à vous acheter, je suis juste entré pour vous dire un petit bonjour.
– Voyons, Sylvio, ne m'appelle pas madame, d'abord je suis toujours une demoiselle. On se connaît maintenant, tu peux m'appeler Pierrette. Toi, tu es un gentil garçon, ce n'est pas comme certaines personnes dans le village. Tiens, prends quelques caramels, tu les mangeras en pensant à moi.

J'étais certain qu'elle allait me demander des nouvelles de papa, mais elle ne prononça pas un seul mot à son sujet. Pierrette me semblait encore plus jolie, plus resplendissante et encore plus en formes que la dernière fois. Je flottais sur un nuage parfumé. Malheureusement, l'enchantement fut de très courte durée. Moins de trente secondes plus tard, un grand escogriffe, décharné, avec d'épaisses moustaches, fit son apparition. Ses gestes et ses paroles, qui me paraissaient très déplacés, ne me laissèrent aucun doute, c'était sûrement son fiancé. Je ne m'attardai pas, je saluai hâtivement Pierrette et sortis un peu peiné.

En repartant de Floréal, alors que je montais la côte du Pavé, une automobile me doubla. Elle était noire et ressemblait à celle que nous avions rencontrée, papa et moi, alors que nous nous rendions chez le puisatier. Elle arriva rapidement tout en haut et disparut derrière le virage. Comme souvent, j'avais emprunté la bicyclette d'Antoinette, un peu trop lourde et surtout un peu trop grande pour moi. Pris par l'effort, je n'avais pas pu observer qui était à bord ni même jeter un coup d'œil à la plaque minéralogique. Une fois sur le plateau, j'aperçus la voiture, arrêtée sur le bord de la route, à environ trois cents mètres. Je mis pied à terre, et moins de deux minutes plus tard, elle repartit. Cette automobile m'inquiétait un peu. Je décidai de ne pas emprunter la route normale, mais de prendre un petit chemin de traverse. Cet itinéraire serait un peu plus long, mais c'était plus prudent. Le château Tourne Pique recevait régulièrement des saisonniers, des Espagnols, pour le plus grand nombre. Le capitaine Clément Autun mettait à leur disposition un vieux corps de ferme, qui s'appelait « La Grange ». À partir de la fin du mois de novembre, la plupart des ouvriers et ouvrières retournaient dans leur pays. Souvent à cette époque de l'année et jusqu'au début du mois de janvier, La Grange se retrouvait donc vide de tout occupant. Le petit chemin de traverse que j'empruntai passait tout près de cette maison. Lorsque j'arrivai à une centaine de mètres, je remarquai une moto qui stationnait juste devant. Je reconnus rapidement la Terrot de Théodore Chandon. Il y avait également un vélo, appuyé contre le mur. Je m'avançai sans bruit, et sans trop savoir pourquoi, mon œil se glissa par la fente d'un volet. Dans la pénombre, j'identifiai facilement le régisseur du château. Il était torse nu et tenait dans ses bras une femme brune. Cette femme était de dos, et je ne pouvais voir son visage, mais je reconnus sans difficulté sa robe et ses chaussures assorties. Cette robe et ces chaussures que portait, quelques semaines plus tôt, l'épouse du capitaine, madame Éliette. Je ne voulais pas y croire et épiai de nouveau. Mais le couple s'était déjà allongé sur le lit, et je ne pus rien découvrir de plus. Le choc fut terrible, j'étais très bouleversé par cette découverte. Ce n'était véritablement pas ma journée. Après avoir été déçu par Pierrette et avoir croisé cette voiture suspecte, voilà que je trouvais l'épouse du capitaine, que je tenais en haute estime, dans les bras de Théodore Chandon. Cet homme était célibataire et avait la réputation de s'intéresser aux femmes des autres, enfin c'est ce que j'avais entendu dire. Mais, cette fois, le doute n'était plus permis, je les avais vus, de mes yeux, vus. Pendant que le capitaine faisait la guerre, sa femme acceptait des rendez-vous galants avec le régisseur du château Tourne Pique.

Je rentrai directement à L'Arcange, sans pouvoir me défaire de cette scène odieuse. Mariéta révisait ses leçons dans la cuisine, je ne lui dis pas un mot et me réfugiai dans le grenier.

Le chef Yvan Laterre était dans une impasse. Aucun des éléments qu'il avait en main ne lui permettait d'avancer dans les deux affaires Montazini. Léon Lourdain, le maquignon, s'était effectivement intéressé à la vente de L'Arcange, mais faute de liquidités il n'avait pas pu conclure l'affaire. Pour plus de discrétion, il avait demandé à Arthur Mandrin de négocier pour son compte, il n'y avait rien d'illégal dans tout cela.

Laterre se posait également une autre question, à laquelle il aurait voulu répondre. Mais c'était juste par pure curiosité. Il repensait au coup de téléphone anonyme reçu par l'adjudant-chef. Quelles étaient les personnes touchant de près à cette enquête et qui étaient concernées par une affaire de cœur ? Il avait bien une idée, mais il ne voulait surtout pas faire de vagues. Ça n'amènerait sûrement rien à l'enquête et surtout pas à sa cote auprès de son supérieur hiérarchique l'adjudant-chef Bertomieux, qui n'était pas au plus haut en ce moment. Certes, il pensait avoir découvert comment l'incendiaire s'y était pris pour mettre le feu aux broussailles, mais cela n'avançait pas. En ce qui concernait l'agression sur le jeune Sylvio, alors qu'il travaillait dans la cuve, l'enquête était également pratiquement au point mort. Aucun indice, et les interrogatoires n'avaient rien donné. Il réfléchissait souvent à ces deux affaires et se demandait si le ou les coupables avaient jeté l'éponge ou si, au contraire, ils préparaient un autre mauvais coup, peut-être plus définitif celui-là. Il y avait également les deux coups de fusil tirés en direction d'Émilio alors qu'il ramassait, avec son fils, des champignons dans le bois de Lian. Apparemment, d'après les dires d'Émilio, ce n'était que l'œuvre d'un chasseur imprudent.

Dès le lendemain, le chef Laterre décida de rendre une nouvelle visite à Émilio. Il lui donnerait quelques informations sur l'enquête, rien de très important bien sûr. Sans vouloir l'inquiéter, il souhaitait le mettre en garde, lui faire comprendre à demi-mot que la ou les personnes qui avaient commis ces deux, et peut-être même trois délits, n'en resteraient sûrement pas là et pourraient recommencer. À neuf heures du matin, le chef Laterre, accompagné du gendarme François Autain, retrouvait Émilio sur ses terres. Il finissait de chausser la vigne. Ils parlèrent un peu de l'enquête, et Yvan Laterre lui laissa entendre que ces agressions pouvaient avoir un rapport avec l'achat de L'Arcange. Il lui donna quelques détails, juste ce qu'il fallait pour qu'Émilio ne pense pas que les enquêtes étaient dans une impasse. Le chef lui demanda s'ils avaient, lui ou ses enfants, remarqué ces derniers temps des choses pas particulièrement suspectes, mais disons anormales. Il reparla également de cet incident dans le bois de Lian alors qu'il ramassait des champignons. Émilio lui précisa de nouveau qu'il devait s'agir d'un chasseur imprudent, de toute façon l'homme avait déguerpi à toute vitesse.
– Monsieur Montazini, vous devez faire très attention, le ou les coupables pourraient ne pas en rester là. À la moindre

chose suspecte, n'hésitez pas à nous en faire part. Faites en sorte que vos enfants ne soient jamais seuls.

Quelques jours après ma journée noire, j'appris que l'automobile suspecte qui m'avait doublé en revenant de Floréal était celle du maire, Gaston Lanterre. Il venait d'en changer, et je ne l'avais pas reconnue. À cause de cela, j'avais été témoin de la trahison de madame Éliette, dans les bras du régisseur. Ce secret commençait à me peser, et pourtant, je ne pouvais le révéler à personne. Depuis ce jour-là, je faisais tout pour éviter la traîtresse.

Pour ne pas nous laisser, Mariéta et moi, dormir seuls à L'Arcange, Papa avait demandé à Antoinette Rosannés de nous héberger lorsqu'il s'absentait. Antoinette, presque toujours seule, était très contente de se retrouver avec nous. Nous l'aimions beaucoup et elle nous le rendait bien. Je pense qu'Antoinette avait aussi un petit faible pour papa, c'était sûrement pour cette raison qu'elle n'appréciait pas la présence de Pierrette Gourdes à Floréal. Un jour, j'osai quelques mots pour essayer de la rassurer.
– *Tu sais, Antoinette, l'autre jour à Floréal, j'ai revu Pierrette Gourdes, mais je crois qu'elle avait un fiancé.*
– *Mon petit Sylvio, tu t'apercevras quand tu seras plus grand que ce genre de femmes change souvent de fiancé.*

Le ton utilisé par Antoinette n'était pas très chaleureux, presque agacé. Mais, moi, je savais qu'il n'y avait pas que ce genre de femmes pour changer souvent de fiancé. Il y en avait d'autres, qui, pourtant, avaient l'estime de tout le monde. Je ne voulais pas faire de peine à Antoinette et je décidai de ne plus jamais lui parler de Pierrette.

Depuis quelques jours, le chef Yvan Laterre se demandait s'il ne faisait pas fausse route en recherchant le coupable parmi les habitants de Floréal. Émilio et sa famille étaient arrivés dans la commune en février 1930. Au début du mois d'août, soit six mois seulement après leur arrivée, ils emménageaient dans la ferme qu'ils avaient achetée. Le 18 août, ils étaient victimes d'un incendie volontaire qui avait détruit toutes leurs vignes. Le mercredi 1er octobre, Sylvio, le fils, était volontairement enfermé dans une cuve. Entre-temps, un soi-disant chasseur imprudent avait fait feu en direction d'Émilio dans le bois de Lian. Cela faisait beaucoup pour quelques mois de présence en France. Il fallait peut-être rechercher les causes de ces incidents à répétition dans le passé de la famille Montazini. Tout d'abord, pour quelles raisons avaient-ils quitté l'Italie ? L'argent avec lequel ils avaient acheté L'Arcange venait-il réellement de la vente d'une maison familiale ? Émilio ne parlait jamais de sa femme, pas plus que des circonstances de son décès. Il y avait en plus cette grosse Fiat noire, avec trois personnes à bord, aperçue par Émilio et son fils. Elle était immatriculée en Italie. Elle avait stoppé, puis était repartie. Des touristes italiens ? Pourquoi pas, mais peut-être aussi des individus malintentionnés qui recherchaient la famille Montazini. Le lendemain, Émilio avait essuyé des coups de fusil dans le bois de Lian alors qu'il cherchait des champignons avec son fils. Or, quelques minutes auparavant, Sylvio avait aperçu une voiture noire qui descendait la côte dans leur direction. Coïncidence ? Peut-être pas.

Et seulement quelques jours après, le jeune garçon était enfermé dans la cuve. Nouvelle coïncidence ?

En 1930, il se passait des choses graves en Italie. Avec la montée en puissance du mouvement fasciste « *Fasci di combattimento* », les Faisceaux de combat, créé par Benito Mussolini au pouvoir depuis 1922, obtenir des informations ne serait pas une tâche aisée. Dès 1925, Mussolini avait profité des pleins pouvoirs pour faire voter un éventail de lois qui supprimaient un grand nombre de libertés dans le pays. Entre autres, la confiscation des papiers dans certaines communes, l'annulation des passeports et le contrôle de la presse. Le délit d'opinion était, en outre, considéré comme un crime grave. L'embrigadement des jeunes dès sept ou huit ans était systématique. Enfin, dernier point très important, l'émigration avait été stoppée.

Comment Émilio Montazini s'y était-il alors pris pour quitter l'Italie, avec ses deux enfants et une somme d'argent qui lui avait permis d'acheter une ferme ?

Yvan Laterre pouvait toujours commencer par enquêter sur la venue d'éventuels étrangers dans la région. Il y avait d'abord tous les ouvriers du château qui venaient pour la plupart d'Espagne. Certains étaient là presque en permanence. D'autres arrivaient dès le début du mois d'août pour effectuer les derniers travaux dans les vignes et pour la révision du matériel au chai. Mais le plus grand nombre arrivaient pour les vendanges. En principe, c'étaient toujours les mêmes personnes qui revenaient d'une année sur l'autre, et il serait facile d'identifier un nouveau venu. Il appela le château sur-le-champ pour parler au régisseur Théodore Chandon. Sous un prétexte quelconque, il demanda au régisseur de lui amener tous les papiers d'identité des ouvriers qu'il employait au château. Il demanda également de dresser une liste avec le nom des personnes qui étaient employées au château pour la première fois.

Seuls deux ouvriers étaient des nouveaux venus, tous les deux venaient d'Espagne. L'un était le beau-frère d'un saisonnier qui venait au château depuis une dizaine d'années, l'autre était le fils d'un autre saisonnier. Il n'y avait rien à creuser de ce côté-là. Par contre, il releva la présence de deux ouvriers italiens qui venaient au château depuis trois ans maintenant. D'après leurs papiers d'identité, ils arrivaient tous les deux de la région de Rome. Le chef Yvan Laterre demanda au régisseur Théodore Chandon s'il avait des informations sur les deux ouvriers italiens. Massimo Santini et Arturo Fabiano s'étaient, comme par hasard, portés volontaires pour la campagne de distillation. Les deux employés habitaient ensemble dans le petit logement de deux pièces qu'avaient occupé Émilio et ses enfants à leur arrivée. Les Italiens avaient souhaité s'installer là, dès que le logement s'était libéré le 3 août. Yvan Laterre demanda au régisseur s'il pouvait jeter un coup d'œil dans cet appartement, sans néanmoins officialiser la chose. Théodore Chandon avait senti depuis quelque temps déjà qu'il se trouvait sur la liste des suspects. Cette demande permettrait peut-être de desserrer un peu l'étau autour de lui. Le chef Laterre et le gendarme Autain purent procéder à une fouille, qui resta toutefois assez superficielle. François Autain était d'origine italienne par sa mère et connaissait bien cette langue, ce qui facilita cette petite perquisition. Dans un tiroir, ils découvrirent des journaux italiens, l'un d'eux datait du 17 novembre 1929. On y parlait des événements politiques qui se déroulaient en Italie. Les piquets de grève, déclarés illégaux par le gouvernement, étaient régulièrement attaqués par les Chemises noires, membres du mouvement fasciste. Ce mouvement créé par Benito Mussolini lui avait permis de prendre le pouvoir en 1922. Dans ce même journal, en première page, on y relatait un fait divers. Le chef de l'un de ces fameux Faisceaux de combat, Armando Coligneri, avait été retrouvé mort, avec deux balles dans la tête. Cela s'était passé à Udine dans le Frioul, le 16 novembre 1929, et ressemblait fort à une exécution sommaire. Le journal ne donnait pas d'autres explications. Ils trouvèrent ensuite quelques lettres écrites par des proches des deux ouvriers. Elles venaient toutes de Santria, petit village italien également situé dans le Frioul, coïncidence, peut-être pas. Les deux gendarmes remirent tout en place et retournèrent à Floréal. Yvan Laterre voulait en savoir plus sur Émilio et son passé et il le convoqua à la gendarmerie. Par le consul d'Italie en France, il avait pu obtenir la date de la mort de Simonetta Montazini. Elle était décédée le 9 juillet 1929, à Mezano, son village natal. Dans son rapport, le consul indiquait qu'elle avait trouvé la mort suite à un accident, sans autre précision.

J'avais toujours en tête la terrible trahison de madame Éliette, je me demandais parfois si je n'avais pas fait un cauchemar.

Au petit déjeuner, je constatai que Mariéta n'était pas comme à son habitude, elle semblait plus nerveuse, inquiète même. Une fois de plus, sa Demoiselle blanche avait dû lui faire une petite visite. Papa aussi s'était rendu compte de la situation, mais ne voulant sûrement pas ajouter à son trouble, il fit comme si de rien n'était. La dernière fois que Mariéta s'était levée dans cet état, c'était le jour où je m'étais retrouvé enfermé dans la cuve. Peut-être était-ce une coïncidence, mais cette après-midi, à trois heures, notre père était convoqué à la gendarmerie. D'ordinaire, chaque fois que le chef Laterre avait eu besoin de lui parler, celui-ci s'était déplacé soit au château soit à L'Arcange. Je préférais ne pas trop y penser, que pouvait-on reprocher à papa ?

Dans la matinée, Émilio repensa sans cesse aux rêves de Mariéta. La Demoiselle blanche avait-elle de nouveau fait un signe ? Ces visites étaient-elles véritablement prémonitoires ? En début d'après-midi, vers deux heures et demie, sans s'alarmer outre mesure, mais avec quand même une certaine appréhension, Émilio prit son vélo pour se rendre à la convocation. Le chef Yvan Laterre lui demanda de préciser les villes dans lesquelles ils avaient habité en Italie durant les deux années qui avaient précédé leur venue en France. Émilio indiqua que, avant leur arrivée en France, toute sa famille habitait son village natal

de Mezano, pas très loin de L'Aquila dans la région des Abruzzes à l'est de l'Italie. Auparavant et jusqu'au mois de mai 1929, ils avaient habité le petit village de Villanova, toujours dans la région des Abruzzes, mais dans la province de Teramo. Mariéta et Sylvio étaient nés dans ce village. À la mort de son père, ils avaient déménagé pour revenir vivre dans la maison familiale de Mezano. Le chef Laterre reprit plus fermement et l'appela par son prénom.
– *Émilio, je veux savoir où vous étiez le 16 novembre 1929 ?*

En entendant cette date, Émilio devint tout pâle, il serra les poings et se ferma comme une huître.

Chapitre 3 – La bûche du jour de l'an

– *Monsieur Montazini, nous ne vous voulons aucun mal, bien au contraire. Nous souhaitons simplement mettre sous les verrous la ou les personnes qui se sont attaquées à votre famille. Nous avons de bonnes raisons de croire qu'elles pourraient recommencer, il faut que nous les arrêtions avant qu'elles ne commettent un acte irréparable.*

Yvan Laterre comprit qu'Émilio avait des choses très importantes à cacher, des choses qu'il amenait de son passé, de sa vie en Italie. De quelle façon sa femme était-elle morte ? Il posa la question à Émilio qui ne répondit toujours pas.
– *D'accord, je n'insiste pas, puisque vous refusez de nous aider, nous allons interroger vos enfants, Sylvio et Mariéta.*

Cette menace n'eut aucun effet, le chef Laterre avait l'impression de s'adresser à un mur. Il envoya le gendarme Arthur Sibelle nous chercher à l'école et commença son interrogatoire par Mariéta. Il ne voulait pas la brusquer ni lui faire de mal en évoquant des souvenirs douloureux, mais il devait connaître la vérité.
– *Mariéta, sais-tu de quelle façon ta maman est décédée ?*

La fillette détourna légèrement la tête, et Laterre vit des larmes apparaître au fond de ses grands yeux noirs. Mariéta reprit rapidement le dessus et dit simplement qu'elle était décédée dans un accident, mais qu'elle ne savait pas comment.

Il lui demanda ensuite s'ils avaient déménagé après le décès de sa maman. Elle répondit qu'ils étaient restés dans leur maison de Mezano jusqu'à leur départ pour la France. Elle ne parla pas de leur voyage chez la tante Julia à Pesaro ni de leur départ précipité en pleine nuit, pas plus que de leur jeu de cache-cache à travers la ville ou de leur séjour dans une ferme. Yvan Laterre lui demanda également si son papa, Émilio, s'était absenté, quelques semaines ou même quelques jours après la disparition de sa maman. À cette question, Mariéta hésita un bref instant, ses joues se teintèrent de rose. Mais rapidement, du haut de ses onze ans, elle fixa le chef Laterre et précisa qu'ils étaient toujours restés ensemble, jusqu'à leur départ pour la France. Yvan Laterre n'insista pas, il renonça même à m'interroger. Il devait trouver une autre solution, s'y prendre autrement pour connaître la vérité.

Ce jour-là, Mariéta et moi, nous ne retournâmes pas à l'école. Avec papa, et dans le silence, nous prîmes le chemin de L'Arcange. Mariéta dit simplement :
– Papa, je n'ai rien dit.

La main de notre père se referma un peu plus fort sur les nôtres.

Dès notre arrivée à L'Arcange, papa nous parla, mais en italien, ce qu'il ne faisait jamais plus depuis qu'il se débrouillait en français. Ensuite, il se dirigea vers l'armoire de sa chambre et monta sur une chaise. Ma sœur et moi le vîmes redescendre avec un objet tout en longueur, enveloppé dans un vieux drap. Il le déposa sur la table et écarta le tissu. Un fusil apparut, c'était un modèle à broche calibre 16, avec des chiens extérieurs, il devait dater de la fin du siècle dernier. L'arme était en bon état et s'ouvrait à l'aide de la clé qui se situait sous les canons. On la tirait sur le côté, et les canons basculaient vers le bas, le chargement était très aisé. Papa l'ouvrit et partit chercher une boîte dans l'un des tiroirs de la même armoire. Il en sortit des cartouches équipées d'une petite tige métallique, la broche dépassait sur le côté du culot. Calmement, il nous initia au fonctionnement. L'un après l'autre, chacun prit le fusil en main, l'ouvrit, le chargea, remonta les deux chiens et l'épaula. Papa nous fit répéter l'opération trois fois. Ensuite, il reprit l'arme, la glissa ouverte, mais déchargée, sous son lit et poussa les cartouches tout à côté. Ce soir-là, la famille soupa en silence. Pendant que Mariéta et moi révisions nos devoirs, papa feuilleta le journal que l'instituteur nous donnait régulièrement. Le lendemain, nous nous rendîmes à l'école avec un mot signé par notre père pour justifier notre absence de la veille. Lui partit, comme à son habitude, pour son travail au château. Il ne serait de l'équipe de nuit aux alambics que le lendemain soir.

Quelques jours auparavant, Armand Malcœur lui avait proposé un petit chien né quelques semaines plus tôt. Armand avait supprimé toute la portée sauf un chiot qu'il avait gardé pour éviter que sa chienne, Bergère, ne souffre trop. Émilio n'avait pas répondu tout de suite, maintenant, il était décidé. Il avait vu la chienne à l'œuvre, et les indésirables devraient avoir de bonnes jambes s'ils voulaient se risquer à la ferme de la Gare. Si le petit tenait de la mère, L'Arcange serait bien protégée, et gare aux intrus. Le soir avant de rentrer à la maison, il passa chez Armand Malcœur pour récupérer le chiot de six semaines. Quand il se présenta à la maison, Mariéta et moi, nous n'en revînmes pas. Nous réclamions un chien depuis longtemps, mais, comme il n'y avait pas de bétail à garder, papa estimait que c'était inutile. Je baptisai tout de suite le chien Patou. Tant qu'il serait petit, Patou dormirait dans la cuisine. Plus tard, lorsqu'il aurait quelques mois, sa place serait dehors comme tout bon chien de garde. Dans la journée, s'il n'y avait personne à la ferme, il serait enfermé dans l'étable, il pouvait y dormir tranquille.

Le chef Yvan Laterre s'était informé des nouvelles lois en vigueur en Italie depuis 1924. Alors que l'État transalpin avait fermé ses portes de l'intérieur, comment Émilio s'y était-il pris pour obtenir le visa des services d'émigration italiens ? Pour quelles raisons Émilio avait-il bénéficié d'un passe-droit ? De plus, comment s'y était-il pris pour transférer la rondelette somme d'argent qui lui avait permis d'acheter L'Arcange ? Yvan Laterre informa l'adjudant-chef Bertomieux de sa possible nouvelle piste et lui fit part de tous les détails. Ce dernier eut l'air particulièrement intéressé.

– *Je vais essayer de me renseigner sur les circonstances de la mort de Simonetta Montazini. Depuis la guerre, j'ai gardé de bons contacts avec mes collègues italiens. Même dans la situation actuelle, je pourrai peut-être avoir des informations. Je vous tiens au courant, mais il faut avoir Massimo Santini et Arturo Fabiano à l'œil. Débrouillez-vous pour qu'il n'arrive rien à Émilio et à ses enfants. Demandez au régisseur qu'il vous remette les papiers des deux loustics. Au cas où ils se douteraient de quelque chose, je ne voudrais pas qu'ils déguerpissent. Dites simplement que le consulat demande des informations à leur sujet, avec ce qu'il se passe en Italie, ça n'étonnera personne.*

Au château, la campagne de distillation se poursuivait, et j'étais toujours aussi assidu. Je ne me lassais pas du spectacle. J'avais l'autorisation d'amener Patou, mais nous devions nous faire très discrets.

Il restait encore six cuves sur les dix à distiller, mais tout serait fini avant la date butoir du 30 mars. En attendant l'assemblage, qui était pour certains armagnacs une étape capitale, la blanche était stockée dans des fûts de chêne de quatre cents litres. Alphonse Diodin y inscrivait des annotations à la craie blanche. Même à moi, Sylvio, il n'avait rien dévoilé de ces hiéroglyphes. Il m'apprit seulement que la blanche ne se transformerait en armagnac qu'après quelques mois passés en fût. Il me précisa également que, une fois celui-ci mis en bouteille, il n'évoluerait plus.

Une partie de l'armagnac serait vendue, après seulement deux ans sous bois, en « armagnac trois étoiles ». Une autre partie serait conservée cinq ans sous bois et commercialisée en « armagnac Réserve ». Mais, pour le maître de chai Alphonse Diodin, seul l'armagnac qui offrait le plus de potentialité au vieillissement l'intéressait vraiment. L'Armagnac Ténarèze faisait l'objet de son attention intense, parfois presque maladive. Il ne laissait à personne le soin de vérifier régulièrement les fûts. Il complétait le manque dû à l'évaporation, la « part des anges » comme il disait, avec de l'armagnac, non seulement de la même année bien sûr, mais également du même cépage. La plupart des armagnacs sélectionnés par Alphonse Diodin seraient conservés dix ans, voire vingt, trente ans ou même plus. Ils seraient alors commercialisés en « armagnac hors d'âge » avec cette qualité inégalable qui faisait la réputation du château Tourne Pique depuis des décennies. Le chai du château comptait des armagnacs sous bois de plus de soixante-dix ans d'âge. Malheureusement, au moment de l'héritage, le capitaine Aristide Clément Autun avait dû se résoudre à vendre quelques pièces d'armagnac de millésime exceptionnel. À cette époque, plusieurs marchands avaient profité de l'occasion pour choisir les meilleurs produits. Le maître de chai, qui avait vu partir de véritables trésors, ne s'en était pas encore totalement remis. Le capitaine avait été obligé de céder, entre autres, deux fûts de quatre cents litres de plus de soixante-dix ans d'âge. Sous les menaces d'Alphonse Diodin qui avait mis sa démission en jeu, le troisième fût, le dernier, était resté dans le chai.

– *Tu es un requin,* avait-il lancé à Émile Clesques, *tu profites de la situation, si cette pièce d'armagnac quitte le chai, je le quitte aussi.*

Le capitaine avait fait marche arrière et cédé en contrepartie quelques autres fûts de trente à quarante ans d'âge. Alphonse Diodin avait même sauvé quelques fûts de plus de cinquante ans d'âge, qui avaient d'après lui encore du chemin à parcourir. Sur le fût de soixante-dix ans d'âge était noté à la craie « vendanges de 1858, cépage vieille-folle, distillation de février 1859 ». Quelques autres annotations étaient également visibles, mais à part Alphonse Diodin, qui n'avait bien sûr pas pu les écrire, personne ne savait à quoi cela correspondait. Le maître de chai était parvenu à sauver en plus une centaine de litres d'armagnac prélevés sur les deux fûts vendus afin de pourvoir à l'ouillage de celui qu'il avait pu conserver. En outre, cet armagnac de soixante-dix ans d'âge lui avait permis d'étalonner un système qui offrait la possibilité de contrôler l'âge de certains armagnacs. Il avait fait cette découverte de façon tout à fait fortuite. Mais il gardait jalousement le secret sur ce procédé qu'il n'utilisait jamais en présence d'une autre personne de son milieu. Dans la matinée du 23 décembre 1930, le chef Yvan Laterre reçut un appel téléphonique de son supérieur, l'adjudant-chef Bertomieux.

– *Vous aviez peut-être vu juste pour votre nouvelle piste italienne. Le fameux Armando Coligneri, le chef fasciste exécuté à Udine, il était né à Mezano en 1897. C'est également la ville de naissance d'Émilio Montazini.*

La bourgade de Mezano comptait mille huit cents habitants, et il y avait une forte probabilité pour qu'Émilio Montazini et Armando Coligneri aient grandi côte à côte. Enfants, ils avaient dû fréquenter la même école, jouer dans les mêmes endroits. Ils étaient peut-être même copains et s'intéressaient peut-être aux mêmes copines. Pourquoi ce journal était-il arrivé dans l'appartement de Massimo Santini et d'Arturo Fabiano ? L'adjudant-chef Bertomieux ne croyait pas aux coïncidences.

– *Au sujet de la mort de Simonetta Montazini, l'épouse d'Émilio, je n'ai rien pour l'instant. Laterre, il vous faut une nouvelle fois interroger Émilio, avec ces faits nouveaux, vous arriverez peut-être à le convaincre de parler.*

Yvan Laterre devait avancer ses pions avec méthode, il ne devait plus brusquer Émilio. Il le retrouva en train de tailler sa vigne, ils parlèrent de choses et d'autres, de la folle-blanche qui avait des chances de repartir. Comme le lui avait conseillé Alphonse Diodin, Émilio taillait court, trois coursons au maximum à deux yeux. Sur certains pieds, il en laissait seulement un ou deux, on verrait bien le résultat. Le chef Laterre lui demanda s'il connaissait un homme du nom d'Armando Coligneri, qui était comme lui originaire de Mezano en Italie. Émilio ne répondit pas tout de suite à la question, il continua de tailler. Après quelques secondes de réflexion, mais sans arrêter son travail, il précisa qu'il avait effectivement connu cet homme. Il l'avait perdu de vue lorsque ce dernier était parti dans le Frioul avec ses parents, vers l'âge de 14 ou 15 ans. Yvan Laterre ne put rien apprendre de plus sur Armando Coligneri. Il voulut également savoir si Émilio connaissait, avant leur arrivée, les deux ouvriers italiens, Massimo Santini et Arturo Fabiano, qui étaient tous les deux originaires de Santria, une petite ville située pas très loin d'Udine, dans le Frioul.

Lorsque Émilio entendit cette précision, il ne put se contrôler totalement, et Yvan Laterre comprit qu'il venait de marquer un point. Émilio se redressa brusquement, mais se reprit très vite. Il reprit sa tâche comme si de rien n'était et précisa tranquillement qu'il ne connaissait pas ces hommes avant que lui et ses deux enfants n'arrivent au château.

Fin novembre, sur le bord du ruisseau, au fond de notre pré de Jouet, papa avait récupéré de grandes billes de chêne. Sciés et ébranchés par nos prédécesseurs, les arbres avaient été abandonnés là. Avec l'aide des bœufs d'Antoinette Rosannés, il avait traîné les troncs jusqu'à L'Arcange. Pas assez droit pour être utilisé comme bois d'œuvre, il avait décidé d'en faire du bois de chauffage. Dans le fond du hangar, il avait trouvé un vieux merlin, hache à la lame très évasée spécialement conçue pour fendre le bois. Une partie du tranchant était très abîmée, mais Antoine Séverin lui avait reforgé un outil pratiquement neuf. Papa s'était également informé auprès de lui sur la façon de fendre les billes de chêne. Pour les moyennes, pas de problème, mais pour celles qui présentaient des nœuds ou les très grosses, cela en posait. Antoine Séverin était parti dans le fond de son atelier, il en était revenu avec une boîte de fer-blanc et un rouleau de mèche. Dans la boîte, papa découvrit de la poudre noire sous forme de petites billes. Antoine expliqua à mon père comment il fallait s'y prendre.

– *Tu perces un trou avec un taraud de 40 ou 45, jusqu'aux trois quarts du tronc, tu le remplis à moitié de poudre et tu mets la mèche, elle doit dépasser le tronc de vingt bons centimètres, surtout n'économise pas. Ensuite, tu bourres de papier journal, attention, surtout, pas de caillou, sinon tu pourrais aller rejoindre le Créateur plus tôt que prévu. Tu tasses doucement avec une tige de bois, en tapant dessus à l'aide d'un petit marteau, sans te presser. Ensuite, tu repères un endroit où tu peux te mettre à l'abri.*

Il l'avertit à nouveau.
– *Attention, c'est très dangereux, ça peut péter jusqu'à cinquante mètres. Ne fais surtout pas ça aux abords de ta maison, amène tes troncs au milieu du champ.*

Antoine Séverin lui avait quand même conseillé d'aller voir Armand Malcœur, qui lui aussi était en train de fendre du bois. Papa s'était alors rendu compte de la puissance de l'explosion et, en arrivant à L'Arcange, il rangea rapidement la poudre et la mèche bien à l'abri dans la remise.

Ma sœur continuait à recevoir régulièrement dans ses rêves la visite de la Demoiselle blanche. D'après les confidences qu'elle faisait, mais seulement à papa, elle était parvenue, au fil de ses visites, à tracer quelques traits de son visage. Mais il lui faudrait encore patienter pour que son image lui soit réellement familière.

Le lendemain du jour de Noël, je me rendis à la ferme des Saulles, chez Serge Letémoin. Papa m'avait signalé que mon ami, l'ogre de Massecot, y avait entrepris des travaux.

Lorsque j'arrivai, le puisatier avait terminé et était déjà reparti.

Pour le repas de ce premier jour de l'année 1931, nous avions invité Antoinette Rosannés à L'Arcange. Mariéta préparait un véritable festin, c'était notre premier jour de l'an en terre de France et de Gascogne, notre nouveau pays. Une dinde rôtissait doucement dans le four de la cuisinière. De temps en temps, Mariéta ouvrait et arrosait le volatile avec le jus de cuisson.

Dans ma chambre, avec Patou au pied du lit, je lisais un ouvrage prêté par Alphonse Diodin. Ce livre, qui faisait partie de la Bibliothèque des connaissances utiles, avait été rédigé par Jules Bel. Édité en 1890, il traitait des maladies de la vigne et présentait des informations sur les principaux cépages de l'époque. Je découvrais beaucoup dans cet ouvrage. J'appris, par exemple, que le vignoble de l'Armagnac, comme ceux de pratiquement toute la France, avait été ravagé par le phylloxéra entre 1865 et 1880. Cette maladie nous venait des États-Unis d'Amérique, via l'Angleterre, où elle était apparue en 1863. Elle se manifestait par la présence d'insectes qui s'attaquaient aux racines des pieds de vigne. J'appris également que les cépages venant des États-Unis résistaient bien au phylloxéra et que la plupart des cépages autochtones avaient été replantés sur des porte-greffes américains.

Papa profitait du beau temps, sec et froid, pour fendre avec les coins et la masse les gros rondins qu'il avait au préalable sciés. Il s'était attaqué à cette tâche depuis le mois de novembre et avait déjà constitué une bonne réserve de bois qui couvrirait les besoins de notre famille durant au moins une année. Pour la cuisinière, il avait préparé des bûches plus courtes. Elles étaient rangées sous l'appentis, à quelques mètres de la cuisine. Avec l'aide d'Antoinette, Mariéta avait également confectionné une bûche, mais celle-là était au chocolat et attendait son heure dans le garde-manger.

Papa s'attaquait maintenant à des troncs de moindre grosseur et utilisait le merlin. De temps à autre, le fumet qui lui parvenait de la cuisine toute proche lui titillait les narines, mais midi n'avait pas encore sonné. Tout à coup, un détail lui revint. Le matin, en rangeant le bois pour la cuisinière sous l'appentis, il se souvenait avoir aperçu sur le sol des copeaux. Il n'y en avait que quelques-uns, et ils étaient dispersés. Sur l'instant, il n'y avait pas prêté attention, mais maintenant ça lui revenait à l'esprit. Comment ces copeaux étaient-ils parvenus là ? Il retourna sous l'appentis et en ramassa deux ou trois. Il les observa, apparemment, ils provenaient d'un gros taraud. Il alla jeter un coup d'œil dans la remise, tous les outils étaient bien en place. Il pensa que c'était peut-être mon œuvre : dans la semaine, il m'avait vu bricoler, je m'étais mis en tête de fabriquer une niche pour le chien.

J'entamais maintenant le chapitre six de mon livre, il traitait des conséquences économiques de l'invasion phylloxérique. J'étais allongé sur mon lit, et Patou qui m'avait rejoint me mordilla les oreilles. D'une pichenette, je le repoussai et me replongeai dans ma lecture.

Dans la cuisine, Mariéta achevait de mettre la table, une belle nappe, des serviettes, les plus beaux verres, et même des couteaux. La tourte achevait de cuire, elle était dorée à point. Encore quelques minutes, et elle pourrait la sortir pour la mettre au chaud auprès de la cheminée. Le repas commencerait par la soupe, puis ce serait l'entrée avec l'incontournable charcuterie, papa avait prévu d'entamer la grosse coppa. Ensuite seulement viendrait la tourte au fromage, Mariéta tenait cette recette de son amie Antoinette. Elle avait mis le gros pain de six livres sur la table, mais c'est papa qui se chargerait de couper les tranches. Il respectait tout un rituel pour trancher le pain, d'abord le signe de croix sur la partie plane, puis il découpait six tranches, aujourd'hui il y en aurait huit, deux par personne. Doucement, une à une, il les rangeait dans le panier, puis il remettait le pain dans le sac de jute et le reposait sur l'étagère. Papa rentra dans la maison et demanda où je me trouvais, Mariéta lui répondit que j'étais dans ma chambre. Il vint alors me voir pour que je le suive jusqu'à l'appentis. Patou nous accompagna. Papa me désigna les copeaux et me demanda si j'avais utilisé un outil ou si je savais d'où ils provenaient. J'en pris quelques-uns dans les mains, mais, moi non plus, je ne comprenais pas comment ils étaient arrivés à cet endroit.

Mariéta s'approcha de la cuisinière et ouvrit le couvercle du foyer grâce à la longue tige métallique. Elle attisa le feu et ajouta deux grosses bûches. À ce moment précis, elle eut une sensation un peu particulière, une impression d'instants déjà vécus. Les images de cette scène, la tourte, la dinde, les bûches dont elle venait de garnir le foyer de la cuisinière, la belle table, toutes lui paraissaient familières…, même son père Émilio qui coupait les tranches de pain… Elle ferma les yeux pour mieux se concentrer. Maintenant, elle en était presque certaine, elle avait déjà vécu ces instants ! Peut-être n'était-ce que le fruit de son imagination, mais certains autres détails prenaient forme. La Demoiselle blanche faisait aussi partie de la scène. Cette fois, Mariéta distinguait la quasi-totalité des traits de son visage qui semblait exprimer le désarroi. Ses lèvres prononçaient des mots, mais elle ne les entendait pas, c'était sûrement son rêve de la nuit dernière qui refaisait surface. Un peu déçue, Mariéta ouvrit les yeux. Il était temps qu'elle s'occupe de la tourte, elle la retira du four et se retourna pour se diriger vers la cheminée située à l'opposé.

Tout à coup, j'aperçus de petites billes sur le sol, je me baissai et ramassai une toute petite boule brunâtre. Elle ressemblait à une graine de genévrier, mais ce n'en était pas une. Je la tendis à mon père, qui se précipita dans la remise et fonça vers la boîte qui contenait la poudre noire, presque la moitié au moins avait disparu.

À cet instant précis, une autre image revint à l'esprit de Mariéta, la silhouette à tête de fouine faisait également partie du rêve. Mais c'était déjà trop tard, Mariéta entendit un bruit terrifiant, elle fut, dans un même mouvement, soulevée et projetée. Elle reçut un énorme choc dans le dos, mais ne ressentit aucune douleur, ensuite, elle perdit connaissance.

Le souffle de la terrible déflagration fit trembler toute la maison. Celle-ci donna même l'impression de vaciller, pourtant depuis des siècles elle en avait vu d'autres. Dans la remise, sous la violence de l'explosion, les outils rangés sur les étagères furent éjectés au sol. Quelques pierres du mur, qui à cet endroit devait faire plus de quatre-vingts centimètres d'épaisseur, se détachèrent. La poussière emmagasinée sur les voliges du toit et quelques morceaux de tuile dégringolèrent sur nous. L'explosion venait de la pièce qui se situait de l'autre côté du mur, la cuisine, et dans la cuisine se trouvait Mariéta.

Lorsque nous arrivâmes, une épaisse fumée noire envahissait la pièce. Une odeur âcre de poudre noire montait à la gorge, des morceaux de bois brûlaient çà et là. Le dessus et l'avant de la cuisinière avaient littéralement été arrachés. Des morceaux de métal jonchaient le sol. Un vrai spectacle d'apocalypse. Mariéta était couchée sur le ventre. Sur le côté droit de son dos, une grosse tache de sang maculait sa robe et s'élargissait. Elle présentait également des blessures à la tête et à la base du cou. Dans son dos, on pouvait apercevoir un morceau de métal qui saillait d'une large plaie. La tourte avait fini sa course dans l'âtre de la cheminée. J'étais complètement tétanisé, papa s'approcha de Mariéta. Elle respirait à peine. Je l'entendis lui parler, mais elle ne répondit pas. Il comprit qu'elle avait perdu connaissance et il retira rapidement les morceaux de charbon et les quelques braises qui restaient

accrochés à ses vêtements. Moi, j'étais toujours aussi pétrifié, incapable du moindre geste. Papa prit une serviette qu'il imbiba d'eau. Il s'agenouilla de nouveau auprès de Mariéta et, sans la bouger, lui passa la serviette humide sur la tête. Je réussis enfin à m'approcher, papa me prit par la main et me demanda de le remplacer, pendant qu'il allait chercher du secours. Il me recommanda de ne pas bouger Mariéta et de ne pas lui parler. Il sortit de la maison en trombe, sauta sur le vélo et fonça vers le château qui se trouvait à presque deux kilomètres. Sur le chemin, il passa devant l'avenue de la ferme des Bimes, il s'y arrêta. Antoinette Rosannés était en train de se préparer pour venir nous rejoindre à la ferme.
– *Antoinette, vite, vite, il vous faut aller à L'Arcange. Je n'ai pas le temps de vous expliquer. Mariéta a eu un accident, c'est très grave ! Moi, je vais au château chercher des secours.*

Sans rien ajouter, il remonta sur son vélo et poursuivit sa course folle. À peine arrivé, il se précipita vers l'entrée principale et entra directement dans la salle à manger. Le capitaine Aristide Clément Autun et son épouse Éliette y déjeunaient en compagnie de deux autres couples. Émilio ne prit même pas le temps de les saluer.
– *Vite, il faut appeler du secours, Mariéta est gravement blessée, la cuisinière a explosé.*

Le capitaine se leva d'un bond et partit vers le téléphone. Il composa rapidement le numéro d'Émilien Fontaine, le médecin de Floréal. C'est sa bonne, Linette Vaillant, qui répondit.

– S'il vous plaît, passez-moi le médecin de toute urgence.
– Docteur Émilien Fontaine à l'appareil, que puis-je pour vous…
– Je suis le capitaine Clément Autun, Mariéta Montazini de la ferme de L'Arcange a eu un terrible accident, c'est très grave, il faut y aller tout de suite…
– Pouvez-vous m'en dire un peu plus, capitaine, je vous prie…
– Une explosion de cuisinière !
– J'arrive tout de suite.

De retour dans la salle à manger, le capitaine informa son épouse de la situation.
– Je dois raccompagner Émilio, je pourrai peut-être me rendre utile en attendant les secours.

Il s'excusa auprès des invités, prit rapidement Émilio par l'épaule et le dirigea vers la Citroën B14 garée dans le parc. Dans la voiture, le capitaine lui demanda plus de détails. Encore sous le choc, Émilio s'exprimait de façon incohérente, il avait du mal à articuler correctement.
– Ils s'en sont pris à Mariéta, ils ont fait exploser la cuisinière avec de la poudre à bois.

Le capitaine n'arrivait pas à comprendre ce qu'il voulait dire.
– Expliquez-vous, qui sont-ils, et pourquoi ?
– Je ne peux pas vous expliquer, ils ont mis le feu à la vigne, ils ont ensuite essayé d'asphyxier Sylvio dans la cuve et, maintenant, ils ont fait exploser la cuisinière pour

tuer Mariéta. Je pense même que ce sont aussi eux qui m'ont tiré dessus dans le bois de Lian.
– Mais qui sont-ils ? Et savez-vous pourquoi ils ont fait cela ?

Émilio répondit qu'il ne pouvait rien dire, il serra les poings. La haine, qui depuis quelques mois l'avait quitté, refaisait maintenant surface. Le capitaine comprit qu'il ne devait pas insister.

Ils arrivèrent devant la maison. Par la porte ouverte, ils aperçurent Antoinette Rosannés agenouillée auprès de Mariéta. J'étais à ses côtés et retenais mes larmes. Ma sœur n'avait pas bougé. Le capitaine s'approcha, s'agenouilla à son tour et regarda de plus près. Mariéta avait repris connaissance, mais respirait très faiblement. Antoinette lui avait recommandé de ne pas parler et surtout de ne pas bouger. Émilien Fontaine, le médecin, apparut à cet instant sur le perron. Il fit reculer tout le monde, prépara une seringue de morphine et s'agenouilla auprès de la victime. Il fit l'injection immédiatement et commença à ausculter Mariéta. Elle avait été touchée par l'explosion alors qu'elle tournait le dos à la cuisinière, ce qui lui avait sûrement sauvé la vie. À la base du cou, une écharde de bois avait pénétré assez profondément, mais peu de sang s'écoulait de la plaie. Dans le dos, sur le côté droit, le choc avait été beaucoup plus violent. Un éclat de fonte de plusieurs centimètres de long saillait d'une large plaie aux chairs déchiquetées. Le sang qui jaillissait par saccades et sa couleur ne laissaient rien présager de bon. Le poumon était sûrement perforé. Ma sœur présentait une autre lésion à l'arrière de la cuisse gauche. Dans sa sacoche, le médecin prit des ciseaux et commença à découper les vêtements, il demanda à Antoinette Rosannés de l'aider. Lorsque tous les vêtements furent ôtés, Émilien Fontaine se rendit mieux compte de l'étendue des dégâts. Aucune partie du dos n'était épargnée, l'arrière des cuisses avait également été sévèrement touché. Toutefois, c'était la plaie sur le côté droit qui lui paraissait la plus grave et le préoccupait le plus. L'éclat de métal s'était planté dans les côtes avec la force d'un projectile, il se présentait comme une excroissance au milieu des chairs déchirées. Sous l'effet de la morphine, Mariéta semblait ne pas trop souffrir. Émilien Fontaine entreprit de retirer l'écharde de bois à la base du cou. À l'aide d'une petite pince, il tira sur le morceau, enfoncé assez profondément. Il en vint rapidement à bout, désinfecta sur-le-champ et appliqua un pansement. Il s'occupa ensuite de la plaie, à l'arrière de la cuisse gauche. Il vérifia qu'aucun morceau n'était resté à l'intérieur, désinfecta et pansa également. Les autres petites plaies pouvaient attendre un peu. Il essaya de retirer l'éclat de métal, mais celui-ci était pris entre les morceaux de chair et les os des côtes fracturées. Dès qu'il tirait un peu, le sang s'écoulait avec plus de force. Il décida de ne pas insister. Il désinfecta du mieux qu'il put et s'occupa des blessures légères. L'ambulance qu'il avait appelée avant de partir arriva. L'ambulancier et sœur Dominique demandèrent à Émilien Fontaine de l'aider à faire glisser Mariéta sur la civière. Il fallait absolument la maintenir dans la position où elle se trouvait, en inclinant juste un peu la tête sur le côté. Mariéta respirait très faiblement et par à-coups, elle avait perdu énormément de sang. L'ambulance n'était pas arrivée depuis cinq minutes que déjà elle repartait pour l'hôpital des Petites Sœurs des pauvres de Condom. Papa accompagna Mariéta dans l'ambulance, après m'avoir confié à Antoinette Rosannés. L'ambulance, un utilitaire Renault de 1926, type GS conduite intérieure, avait été transformée il y a moins de deux ans. C'était l'unique ambulance de l'hôpital de Condom.

Je n'arrivais pas à comprendre ce qui s'était réellement passé. Comment cette poudre à tronc s'était-elle retrouvée dans la cuisinière ? J'étais complètement désemparé. Qu'allait-il se passer maintenant ? Mariéta allait-elle mourir ? Allait-elle disparaître comme notre maman ? En repartant vers la ferme des Bimes, Antoinette Rosannés me tint la main. Patou nous suivait, j'avais l'impression qu'il avait conscience du malheur qui nous frappait.

Averti par le capitaine Clément Autun, le chef Yvan Laterre était rapidement arrivé sur les lieux. Avant de quitter la gendarmerie de Floréal, il avait informé l'adjudant-chef Bertomieux de la situation. Avec le gendarme François Autain, il commença à procéder aux investigations d'usage. Compte tenu de l'odeur qui régnait, cela ne faisait aucun doute, c'était bien la poudre noire qui avait causé l'explosion. Dans un coin de la cuisine, Yvan Laterre ramassa un morceau de bûche fendue dans le sens de la longueur. Il présentait des traces de trou de fort diamètre, entre quarante-cinq et cinquante millimètres. Ces trous partaient de l'écorce et s'arrêtaient à quinze millimètres environ de l'autre côté. Avec les traces noires que l'on

pouvait distinguer, il était facile de comprendre que cette bûche avait été piégée. C'était la poudre noire qui avait servi d'explosif.
– *Mon capitaine, sauriez-vous par hasard si Massimo Santini et Arturo Fabiano sont toujours au château ?*
– *Désolé, chef, ces deux ouvriers sont sous la responsabilité du maître de chai. Je pense que vous devriez foncer sur place. J'accueillerai moi-même l'adjudant-chef Bertomieux.*

Le chef Laterre ne perdit pas de temps. Avec le gendarme François Autain, il s'engouffra dans la Peugeot. Si les deux ouvriers italiens s'étaient déjà enfuis, il aurait des comptes à rendre à son supérieur. Dès leur arrivée au château, ils se dirigèrent droit sur l'appartement en question et stoppèrent leur véhicule à proximité. Avant de descendre, le chef Yvan Laterre fit signe au gendarme François Autain de sortir son arme.
– *Si ces deux hommes n'ont pas hésité à piéger la cuisinière, ils doivent être très dangereux.*

Ils s'avancèrent très prudemment vers la maison, le chef frappa à la porte, en prenant soin de se tenir sur le côté. Aucune réponse ne se fit entendre, il frappa de nouveau, toujours rien. Il tenta alors d'ouvrir, mais la porte était fermée à clé. Ils constatèrent que sur le côté, les contrevents étaient ouverts. Par la fenêtre, ils jetèrent un coup d'œil à l'intérieur, dans la semi-obscurité, ils n'aperçurent pas âme qui vive. D'un coup de crosse, le chef Laterre cassa un carreau, passa sa main à l'intérieur, tourna la poignée et se glissa avec prudence dans la pièce.

Il semblait n'y avoir personne. Il manœuvra l'interrupteur, mais la lumière ne jaillit pas. Sûrement une ampoule grillée. Il fit signe au gendarme François Autain de rester dehors et de faire le tour par l'arrière. Il ouvrit ensuite la porte de la deuxième pièce entièrement plongée dans le noir. Il essaya de trouver l'interrupteur, le manœuvra sans aucun résultat. Yvan Laterre appela et attendit un moment afin que ses yeux s'habituent à l'obscurité. Dès qu'il arriva à distinguer les formes, il se dirigea vers la fenêtre, l'ouvrit et repoussa les contrevents. Il demanda à son collègue de le rejoindre. Rapidement, ils se rendirent à l'évidence, les rats avaient déserté le navire. Les vêtements n'étaient plus là, pas plus que les autres effets personnels. Deux questions se posaient : depuis quand étaient-ils partis, et de quelle façon avaient-ils quitté Floréal ? Ils retournèrent sur les lieux du drame, les renforts de Condom étaient arrivés. Yvan Laterre salua l'adjudant-chef Bertomieux qui le toisa de haut et lui rendit sèchement son salut.

– Yvan Laterre, nous aurons des comptes à régler, mais ce n'est ni l'heure ni l'endroit. Il faut parer au plus pressé. Votre visite à l'appartement, qu'a-t-elle donné ?

– Ils ont déguerpi, mon adjudant-chef, ils ont emporté leurs affaires.

– Cette fuite les désigne comme les coupables. Le capitaine Clément Autun a eu la gentillesse de me proposer d'utiliser le téléphone du château. Je vais appeler ma brigade, ils iront vérifier à la gare de Condom. Laterre, suivez-moi dans votre voiture, vous les avez déjà vus, vous allez donner leur signalement à mes hommes. Après, vous foncerez à la gare des cars de Floréal, ils ont pu partir par là…

L'ambulance parvint à l'hôpital des Petites Sœurs des pauvres à Condom. Avant même que Mariéta ne soit descendue, le chirurgien de garde, Gabriel Labeau, vint se rendre compte de la gravité des blessures. L'hôpital était surtout qualifié pour les petites interventions, accouchements et opérations bénignes. La blessure dans le dos lui semblait trop sérieuse pour perdre du temps à Condom. Mariéta paraissait tenir le coup, elle respirait plus facilement, elle avait même pu balbutier quelques mots. Émilio lui tenait la main et lui faisait signe de ne pas parler. L'ambulance repartit moins de dix minutes plus tard pour l'hôpital départemental d'Auch. Gabriel Labeau se chargea de prévenir le service des urgences, il put ainsi donner des informations précises sur l'état de la fillette. À son avis, il fallait opérer Mariéta dès son arrivée.

Pendant ce temps, nous étions parvenus jusqu'à la ferme des Bimes. J'étais très perturbé et demandai à plusieurs reprises à Antoinette si Mariéta allait mourir. Elle essaya tant bien que mal de me rassurer et me servit une collation. La pendule sonnait trois heures, et depuis le matin huit heures je n'avais rien avalé. Patou, lui non plus, ne s'était pas restauré, il m'accompagna en lapant du lait dans un bol. Dès que mon repas fut terminé, Antoinette me proposa d'aller me reposer dans sa chambre. En moins de cinq minutes, je m'endormis.

À Floréal, le chef Yvan Laterre et le gendarme François Autain interrogèrent toutes les personnes susceptibles d'avoir aperçu les deux Italiens. Aucun des habitants du secteur ne se rappelait les avoir vus. L'arrêt des cars était en principe prévu sur la place du Foirail, mais les chauffeurs n'hésitaient pas à prendre un passager à un autre endroit, si celui-ci leur faisait signe. Ils avaient alors rendu visite au chauffeur de car qui faisait les lignes « Floréal – Condom » et « Floréal – Nérac ». Hippolyte Marsac transportait pratiquement toujours les mêmes passagers et n'avait pas remarqué d'étrangers. Yvan Laterre nota l'adresse de Raphaël Cantin, le chauffeur, qui faisait la ligne « Floréal – Agen », il habitait Villeneuve-de-Floréal. Avant de repartir, les deux gendarmes allèrent rendre une petite visite à madame Gourdes. La buraliste, toujours prête à propager les rumeurs, était au courant de tout ce qui se passait. Effectivement, elle avait bien aperçu les deux hommes, mais c'était il y a trois jours, le 29 décembre. Un seul, le plus grand, était entré dans la boutique pour acheter un paquet de tabac, l'autre attendait dehors avec les valises. Les voyant avec leurs bagages, madame Gourdes avait bien sûr questionné le client sur leur destination. Il avait fait semblant de ne pas comprendre et était tout de suite reparti vers la place des cars.

Raphaël Cantin se souvenait fort bien de ces deux passagers du 29. Ils portaient trois grosses valises, plus deux sacs, genre musettes, qu'ils gardaient avec eux. Sûrement des provisions pour la route. À Agen, la ligne s'arrêtait à côté de la gare. Ils étaient descendus pour se diriger directement vers l'entrée, il n'en savait pas plus.

Ils remercièrent le chauffeur pour les informations et partirent retrouver l'adjudant-chef Bertomieux à L'Arcange.
– *De toute façon, ils n'ont pas de papiers, ça leur sera difficile de quitter le pays, mais, à part leur signalement, nous n'avons pas de photo.*

Les documents d'immigration pour une période de moins d'un an ne comportaient en effet pas de photo. De retour lui aussi à L'Arcange et se mêlant à la conversation, le capitaine Aristide Clément Autun s'empressa de préciser qu'il détenait peut-être la solution du problème.
– *Voici quelques mois, j'ai offert à mon épouse une Splendorette de chez Photo-Plait. Pendant les vendanges, elle a réalisé bon nombre de clichés. Avec un peu de chance, on pourrait peut-être apercevoir la tête des deux Italiens sur l'un d'entre eux.*

Yvan Laterre proposa au capitaine de l'accompagner au château pour vérifier les photos. Il devait de plus absolument parler au régisseur Théodore Chandon afin de connaître la raison pour laquelle il ne l'avait pas averti du départ des deux ouvriers. Le régisseur n'était pas au château, mais la chance finit quand même par leur sourire. Sur l'une des photos prises par Éliette Clément Autun, on distinguait Massimo Santini. Par contre, pas de trace d'Arturo Fabiano. Ils passèrent au chai, les alambics fonctionnaient à plein régime, pas de Premier de l'an pour eux et pour les employés qui étaient chargés de leur surveillance.

Pas de jour de l'an non plus pour le maître de chai. Yvan Laterre lui expliqua la situation. Alphonse Diodin était bouleversé, sous ses airs bourrus, il cachait une âme de sentimental. Il connaissait bien Mariéta et l'aimait bien. Il appréciait énormément son courage pour l'avoir vue à l'œuvre avec son frère dans les cuves pour la récolte de tartre.

Quant aux deux Italiens, il ne savait pas où ils étaient passés. Depuis le 27, ils ne faisaient plus partie des équipes chargées du travail sur les alambics. Alphonse Diodin expliqua qu'une nuit de la semaine précédente il les avait surpris en train de dormir. Il ne comprenait pas qu'ils aient pu s'endormir tous les deux, en même temps, sur leur lieu de travail, alors qu'ils prenaient d'habitude leur tâche très au sérieux. Dormir lorsqu'on avait en charge la surveillance des alambics, c'était très grave. Il y avait toujours un risque de fuite, qui pouvait provoquer un incendie. Et alors les centaines d'hectolitres d'Armagnac Ténarèze stockés dans le chai exploseraient comme une poudrière. Alphonse Diodin n'avait pas eu d'autre choix que de les congédier sur-le-champ.

Dès le lendemain, deux paysans du village avaient pris leurs places.

Avant de repartir, le chef Laterre et le capitaine se rendirent une nouvelle fois à l'appartement du régisseur, qui se situait dans l'aile gauche du château. Ils aperçurent sa moto garée devant sa porte. Le régisseur expliqua à Yvan Laterre qu'il était parti le 29 passer les fêtes du jour de l'an chez sa sœur, à La-Réole. Il savait que les deux ouvriers avaient été licenciés par Alphonse Diodin. Il les avait vus pour la dernière fois le 27, lorsqu'ils étaient venus lui demander son accord pour rester dans l'appartement quelques jours de plus. Le temps d'essayer de trouver un autre travail. Théodore Chandon avait accepté, mais il ne savait rien de leur départ, que l'on supposait précipité.

Sur cette explication, Yvan Laterre et le capitaine regagnèrent la ferme de L'Arcange.

À la gare d'Agen, la police apprit que Massimo Santini et Arturo Fabiano étaient partis par un train à destination de Toulouse. À partir de cette ville, leur périple serait plus difficile à suivre. Un mandat d'arrêt national fut rapidement lancé contre les fuyards.

Lorsque l'ambulance arriva enfin à l'hôpital d'Auch, une équipe attendait Mariéta. Elle fut tout de suite prise en charge et amenée dans la salle d'opération. Émilio faisait les cent pas dans la salle d'attente, il se sentait responsable de ce qui était arrivé à Mariéta. Il aurait pu parler à Yvan Laterre et lui raconter toute l'histoire. Mais il s'en voulait encore plus de ne pas avoir réagi plus vite ce matin lorsqu'il avait découvert les copeaux.

À plusieurs reprises, Émilio demanda aux infirmières des nouvelles de Mariéta. La réponse fut invariablement la même.
– *Votre fille est encore sur la table d'opération, vous serez informé de la situation dès que possible.*

En fin d'après-midi, Émilio vit enfin venir vers lui Hector Valloire, le chirurgien, son visage était grave.
– *Monsieur Montazini, l'opération de votre fille s'est bien déroulée, mais les dégâts causés par l'éclat de métal sont très sérieux. Je ne peux pas me prononcer pour le moment, je vous conseille de rentrer chez vous. Demain matin, nous en saurons davantage.*

Hector Valloire ne fournit pas plus de détails, ce n'était pas la peine d'inquiéter le père inutilement ou de lui donner de faux espoirs. Émilio lui demanda s'il pouvait rester à l'hôpital jusqu'au réveil de Mariéta.
– *Monsieur Montazini, je ne peux pas vous autoriser à voir votre fille à son réveil, peut-être demain dans la journée.*

Papa put joindre le château afin que l'on nous prévienne, Antoinette et moi. Il précisa que Mariéta allait bien, que l'opération s'était bien passée et qu'il pourrait avoir plus de nouvelles, demain, dans la matinée. Il avait été autorisé à rester la nuit dans la salle d'attente.

Le matin du 2 janvier, l'infirmière de garde annonça à papa que l'état de Mariéta était stationnaire. Malgré son insistance, il n'eut toutefois pas l'autorisation de la voir. Il ne désarma pas et attendit Hector Valloire, le chirurgien. Il insista à nouveau pour voir Mariéta, mais la réponse fut identique, le lendemain peut-être. Papa put toutefois obtenir quelques informations de plus. Les blessures au cou, à la tête et à la cuisse ne posaient pas de problèmes particuliers. Le chirurgien précisa qu'il avait retiré une dizaine d'éclats de bois et de métal. Par contre, la blessure

dans le dos lui causait plus d'inquiétude. L'éclat de fonte s'était cassé en deux. En pénétrant, le métal avait brisé six côtes, certaines en plusieurs endroits, un des deux morceaux avait de plus perforé le poumon. Malgré l'intervention rapide du médecin, Mariéta avait perdu énormément de sang. Heureusement, grâce à sa robuste constitution, elle avait bien résisté.
– Vous pourrez remercier Gabriel Labeau, le chirurgien de l'hôpital de Condom. Il a pris la bonne décision en faisant transporter votre fille directement ici. Sur Condom, il n'aurait pas pu faire grand-chose. Je vous conseille de retourner chez vous, je peux vous faire accompagner à la gare des cars.

Papa le remercia et accepta.

Yvan Laterre était soucieux, il se mettait à douter, et s'il faisait de nouveau fausse route. Après tout, les deux Italiens n'y étaient peut-être pour rien. Ayant été licenciés, ils pouvaient tout simplement être partis vers des cieux plus hospitaliers, une ville ou une région qui leur permettraient de trouver un autre travail. Il se reprit très vite, non, il ne faisait pas fausse route, il y avait trop de coïncidences, Massimo Santini et Arturo Fabiano ne pouvaient être que coupables. Son regard fut alors attiré vers la fenêtre. Derrière les rideaux, il vit Émilio Montazini. L'homme, légèrement voûté sous le poids des tourments qu'il venait de subir, se dirigeait tout droit vers l'entrée de la gendarmerie. Ce monsieur avait sûrement beaucoup de choses à lui apprendre…

Chapitre 4 – Les Chemises noires

Avec l'accord d'Éliette Clément Autun, l'adjudant-chef Bertomieux fit réaliser des doubles de la photo sur laquelle on pouvait apercevoir Massimo Santini. Ceux-ci furent très rapidement transmis aux postes de police et de gendarmerie de toutes les villes susceptibles d'avoir été choisies comme destination par les deux Italiens. Pour l'adjudant-chef, les fuyards étaient toujours en France. Sans papiers, il leur était difficile de franchir la frontière, mais ils pouvaient attendre dans une ville proche de l'Italie, Nice ou Menton par exemple, que des complices leur viennent en aide. Bertomieux s'était également informé de l'état de Mariéta auprès d'Hector Valloire, le chirurgien de l'hôpital d'Auch. Il savait qu'Émilio Montazini venait de rentrer à Floréal et qu'il se trouvait en ce moment dans le bureau du chef Laterre.

Émilio Montazini était né en 1895 en Italie, à Mezano, dans la province de L'Aquila de la région des Abruzzes. Dans ce même village, Armando Coligneri allait naître en 1897. Ils avaient tous les deux fréquenté la même école, mais Émilio étant plus âgé de deux ans, ils n'avaient jamais été dans la même classe. Ils n'étaient pas non plus des copains. Simonetta Lourqui était née en 1898, également à Mezano. Leur enfance se passa sans histoire dans cette région paisible de l'Italie. En 1911, la famille d'Armando Coligneri quitta le village de Mezano pour habiter Udine dans la région du Frioul au nord-est de l'Italie. Le garçon n'avait alors que 14 ans. Émilio Montazini fut appelé sous les drapeaux en février 1915, presque aussitôt l'Italie entra en guerre dans le camp des Alliés. En novembre 1915, le régiment d'Émilio fut envoyé se battre contre les Autrichiens, qui étaient dans le camp de l'Allemagne. Régulièrement, Émilio revenait en permission à Mezano et faisait tout son possible pour attirer l'attention de Simonetta, une plantureuse brune de 18 ans. Simonetta acceptait volontiers quelques promenades et sorties dans les bals des villages de la région. De permission en permission et de sortie en sortie, leurs liens se faisaient plus forts. Officiellement, Simonetta devint la fiancée d'Émilio en septembre 1917. Il fut démobilisé en janvier 1918, à l'âge de 23 ans. Dès son retour, il demanda Simonetta en mariage.

À partir de 1918, l'Italie entra dans une tourmente qui allait durer vingt-trois longues années. Armando Coligneri fut, lui, mobilisé en 1916, il accepta d'être volontaire dans les brigades Arditi qui partirent combattre les Autrichiens. Ces brigades s'étaient spécialisées dans les attaques de nuit. Entièrement vêtus de noir, ces hommes semaient l'horreur partout où ils passaient. À son retour à Udine, Armando Coligneri se laissa happer par un ordre nouveau, les Faisceaux de combat (*Fasci di combattimento*), fondés par Mussolini. Armando Coligneri fut tout de suite fasciné par le mouvement fasciste, il devint rapidement l'un des huit cents chefs de section, sections qui totaliseraient plus de cent mille membres en 1921. Vêtus d'une chemise noire, les membres de ces milices allaient pendant des années faire régner la terreur. La violence et la cruauté faisaient partie de leur quotidien. Certains chefs de section allaient même être vite incontrôlables. Leurs frasques, et surtout leur barbarie, commencèrent à nuire à l'image du parti fasciste en place, qui avait au contraire besoin de reconnaissance. Armando Coligneri était l'un de ces chefs, il s'acharnait contre tous les opposants, avec une haine féroce. Il revint régulièrement à Mezano, où ses grands-parents possédaient toujours une maison. En juillet 1923, il y croisa Simonetta, qui avait épousé Émilio en mars 1918.

Même habillée en femme mariée, Simonetta ne pouvait pas passer inaperçue. Elle avait donné deux enfants à Émilio : Mariéta, née le 8 février 1919, et Sylvio, né le 12 janvier 1922. Tous les deux virent le jour à Villanova, un bourg dans la province de Teramo de la région des Abruzzes. Simonetta et Émilio s'y étaient installés juste après leur mariage. Les parents d'Émilio, Maria et Jacquomino Montazini, habitaient toujours son village d'enfance, Mezano, et la petite famille s'y rendait très régulièrement. Ce jour du 12 juillet 1923, Armando Coligneri paradait au volant de sa nouvelle Fiat 502, le dernier modèle. Il descendait la petite rue du centre de Mezano, accompagné comme il se devait de sa bande habituelle d'acolytes. Il était devenu un membre important du parti et le faisait savoir. Lorsqu'il aperçut Simonetta qui faisait quelques courses, il arrêta son véhicule à sa hauteur et commença son baratin habituel.

– *Tu es qui ma jolie ? Veux-tu que l'on t'aide à porter tes paquets ? C'est trop lourd pour tes jolis bras !*

Simonetta ne reconnut pas Armando Coligneri, mais comprit tout de suite quel genre d'individu il était. Elle refusa poliment et entra dans le premier magasin pour se débarrasser des importuns. Le chef fasciste stoppa sa voiture quelques instants, mais, ne la voyant pas ressortir, il repartit. Simonetta demanda à Lina Agnéri, la propriétaire de la mercerie, si elle connaissait les hommes de la voiture.
– *C'est Armando Coligneri, tu ne te rappelles pas, ses grands-parents habitent la maison derrière l'église. À ce qu'il paraît, il serait devenu un membre très important dans le parti fasciste. Fais attention à lui, c'est un voyou et il est entouré par une bande qui ne vaut guère mieux que lui.*

Les parents d'Émilio, Maria et Jacquomino Montazini, habitaient à cinq cents mètres environ de la sortie du village. Lorsque Simonetta arriva à proximité de la maison, elle entendit le moteur de la Fiat 502. Parvenue à sa hauteur, la voiture ralentit, et Armando Coligneri reprit ses boniments. Il ne lui avait pas fallu beaucoup de temps pour se renseigner sur la jeune femme et savoir qui elle était.
– *Bonjour Simonetta, je me souviens très bien de toi maintenant. La dernière fois que je t'ai vue, tu ressemblais à une sauterelle. Mais tu as bien changé depuis.*

Et les fadaises continuèrent à pleuvoir. Maintenant, elle l'avait reconnu, elle avait également reconnu l'un de ses acolytes, Marco Landini. Un bon à rien qui traînait dans le village à l'affût de tous les mauvais coups. Armando Coligneri n'avait pas eu beaucoup de mal pour le convaincre de rejoindre sa bande. Très agacée, Simonetta s'arrêta et lui fit face.

– Écoute, Coligneri, je n'ai rien à te dire, je te demande de me laisser en paix.

Elle reprit son chemin, mais Coligneri insista.
– Tu n'es pas très reconnaissante. Après tout, on ne te propose que notre aide.

Tout en marchant, Simonetta répondit qu'elle n'avait rien à faire de son aide. Comme elle arrivait devant la porte de la maison, elle l'ouvrit et la referma rapidement derrière elle. La Fiat ne s'arrêta pas et disparut au bout de la route. Dès son arrivée, elle raconta à Émilio sa rencontre avec Armando Coligneri. Les parents d'Émilio, Maria et Jacquomino Montazini, en savaient un peu plus sur l'énergumène. Après ses mauvais coups, il revenait se mettre au vert dans le village. On entendait de drôles de rumeurs à son sujet, ce n'était pas un individu très recommandable. Après le récit de Simonetta, Émilio était très remonté et, sans attendre, il quitta la maison.
– Je vais aller voir chez ses grands-parents, j'espère que je le trouverai.

Armando Coligneri avait déposé sa bande de fiers-à-bras, et lorsque Émilio arriva chez Lucia et Paolo Coligneri, il trouva celui-ci seul avec ses grands-parents. La discussion fut brève. Devant la détermination d'Émilio, Armando balbutia quelques mots en précisant qu'il ne voulait aucun mal à Simonetta. Il s'agissait seulement d'une plaisanterie. Émilio lui répondit sèchement que sa famille se passerait volontiers de ses plaisanteries douteuses et qu'il ne devait plus importuner sa femme. Armando Coligneri était courageux, mais uniquement lorsqu'il était entouré de sa bande et, encore, lorsqu'ils étaient en nombre bien supérieur. À un contre un, Armando Coligneri ne voulait pas s'y risquer, il n'était pas sûr de faire le poids. Il abdiqua, et Émilio repartit en refermant violemment la porte. Dans l'année qui suivit, en 1924, et ce, à quelques mois d'intervalle, Lucia et Paolo Coligneri, les grands-parents d'Armando Coligneri, décédèrent. Leur maison de Mezano derrière l'église fut vendue.

Émilio et sa famille n'entendirent plus parler du chef fasciste pendant plusieurs années, jusqu'à ce jour du 12 mars 1927.

Le soir, après son travail à la scierie, Émilio remarqua une Alfa Roméo garée dans un petit chemin à proximité de la maison. Il avança vers la voiture, mais la nuit commençait à tomber. Il distinguait bien une personne au volant, mais ne parvenait pas à l'identifier. Lorsqu'il arriva à une trentaine de mètres environ, la voiture démarra. Tous feux éteints, elle recula sur la route et fonça littéralement sur lui, avec la ferme intention de le heurter. Émilio eut tout juste le temps de se jeter de côté, et la voiture passa à quelques centimètres. Il se releva un peu groggy. La voiture avait déjà fait demi-tour et revenait sur lui. En tombant dans le fossé, Émilio aperçut un gros caillou. Il s'en saisit et, lorsque la voiture arriva à quelques mètres, de toutes ses forces, il le projeta sur le pare-brise qui explosa. Surpris par cette attaque, le chauffeur fit une embardée dans le fossé, et la voiture s'immobilisa. Excédé, Émilio se précipita vers l'Alfa Roméo. Il ouvrit la portière, agrippa le conducteur par les cheveux et, sans prendre, bien sûr, trop de précautions, le jeta dehors. C'est à ce moment-là qu'Émilio reconnut Armando Coligneri. Avant que ce dernier ne puisse se relever, Émilio lui asséna un terrible coup de poing sur le visage. Le vacarme attira l'attention de Simonetta et des voisins, qui accoururent sur les lieux de la bagarre. Émilio maintenait toujours Armando à terre. Pris d'une redoutable fureur, il lui bloquait la gorge d'une main et, de l'autre, il le frappait à grands coups de poing. Lorsque Simonetta arriva à côté d'Émilio, Armando pissait son sang, elle attrapa son mari par l'épaule, le tira vers l'arrière et lui cria d'arrêter. Elle voyait bien qu'il était en train de le tuer. Émilio se calma, relâcha le chef fasciste et se redressa. Les voisins, qui ne connaissaient pas Armando Coligneri, l'aidèrent à se relever. Dès qu'il fut debout, tout en titubant, il réussit à s'enfuir vers sa voiture. Il la fit démarrer et repartit en trombe en zigzaguant sur la route. Le poste des carabiniers, situé de l'autre côté du village, fut rapidement informé de l'incident. Quelques minutes plus tard, ils étaient sur les lieux. Émilio leur expliqua ce qui s'était passé et précisa de quelle façon Armando Coligneri avait, à deux reprises, essayé de l'écraser. Le chef prit quelques notes et convoqua tous les témoins au poste pour le lendemain. Dès huit heures, toutes les personnes étaient là. Mais, lorsqu'elles apprirent qui était Armando Coligneri, elles ne furent plus très sûres de pouvoir le reconnaître. Seul un vieil homme un peu anarchiste, Ernesto Pantani, accepta de témoigner. Les carabiniers ne tenaient pas non plus à faire une enquête sur cet Armando Coligneri. Émilio insista pour déposer une plainte. Elle finit au panier dès qu'il quitta le poste. Ce retour inquiétait Émilio et Simonetta, ils avaient compris qu'ils ne pourraient pas compter sur les carabiniers. Après la raclée qu'il avait reçue, Armando Coligneri n'en resterait sûrement pas là, il pouvait revenir avec sa bande de tordus.

L'un des carabiniers du poste de Villanova, Francisco Montalni, membre actif du mouvement fasciste, avait déjà entendu parler d'Armando Coligneri. Il savait quel dangereux fanatique il était. Ses excès et ceux de quelques autres n'étaient pas du goût de tous les dirigeants fascistes qui espéraient retrouver une certaine respectabilité. En réalité, le parti souhaitait surtout faire un peu retomber la pression. Mais les individus, tels qu'Armando Coligneri, n'en faisaient qu'à leur tête. Ils étaient sûrs de leur impunité et, par-dessus tout, ils avaient des partisans sur lesquels ils pouvaient compter. Francisco Montalni contacta ses responsables et leur expliqua la situation, on ne revit plus Armando Coligneri dans le village de Villanova.

Le 8 février 1929, ma sœur Mariéta fêtait ses dix ans. Moi, Sylvio, j'avais fêté mes sept ans le 12 janvier dernier. À cette occasion, je reçus en cadeau un petit camion en bois fabriqué par mon grand-père Jacquomino. Dans le même paquet, Mariéta reçut une belle poupée habillée d'une jolie robe cousue par Maria, notre grand-mère. Notre père s'inquiétait un peu pour ses parents : dans la dernière lettre que nous avions reçue, au début du mois, ils se disaient fatigués. Ce n'était pas dans leur habitude de se plaindre. Les hivers à Mezano étaient beaucoup plus rudes qu'à

Villanova, le village dans lequel nous habitions, qui était, lui, sous l'influence de l'Adriatique. Mais ce n'était sûrement pas la seule raison. Papa leur répondit rapidement en leur demandant de se rendre chez le médecin. Il les savait durs au mal, et ils n'allaient pas consulter pour un oui ou un non. Ils disaient toujours : « Ça passera bien. » Le 17 février, papa reçut une nouvelle lettre de son père, sa mère venait d'être admise à l'hôpital de L'Aquila. Elle souffrait d'un problème d'estomac, Jacquomino ne pouvait rien lui dire de plus.

Le 22 février, alors qu'il s'apprêtait à partir pour l'hôpital, papa reçut un télégramme, sa maman, notre grand-mère, venait de décéder. Mariéta et moi adorions nos grands-parents, nous passions régulièrement chez eux nos grandes vacances. Nous fûmes tous extrêmement affectés par cette mort très soudaine. Nous n'arrivions pas à comprendre comment sa santé avait pu se dégrader en si peu de temps. Elle n'était âgée que de 55 ans. De plus, lors de notre dernière visite en août, elle était en pleine forme. Papa et maman, se rendirent aux obsèques de Maria. L'hôpital ne leur donna pas beaucoup d'explications concernant sa mort, parla d'hémorragie ulcéreuse, sans fournir plus de précisions. En outre, ils trouvèrent que Jacquomino, notre grand-père, n'était pas très en forme, son visage était très pâle, presque vitreux, il se plaignait, lui aussi, de maux d'estomac. Son médecin mettait cela sur le compte de la mort de sa femme et lui prescrivit un remontant quelconque. Pour l'estomac, il lui recommanda simplement du bicarbonate. Avant de partir, papa et maman arrivèrent à convaincre notre grand-père de prendre rendez-vous pour effectuer des examens. Ils voulaient absolument connaître les causes de ses maux d'estomac. La date fut fixée par l'hôpital de L'Aquila à la semaine suivante, le 1er mars. Papa et maman ne pouvaient pas attendre jusque-là, mais ils quittèrent Jacquomino un peu plus rassurés. Afin qu'on puisse les informer des résultats, ils laissèrent à l'hôpital Santa Lucia le numéro de téléphone de la scierie d'Attilio Maladrini dans laquelle papa travaillait.

Le 5 mars, papa reçut un appel téléphonique d'Éduardo Esposito, médecin-chef de l'hôpital.
– *Monsieur Montazini, nous avons le résultat des analyses de votre père. Nous avons relevé un taux anormalement élevé d'arsenic dans son estomac et dans ses intestins. Je ne vous cache pas que sa situation nous apparaît très, très préoccupante.*

Papa demanda d'où pouvait provenir cet arsenic. Le médecin-chef répondit sans hésiter qu'il provenait de l'alimentation, de l'eau ou des produits consommés. Il avait dû l'absorber par petites doses, et ceci, depuis plusieurs semaines, voire plusieurs mois. Papa lui précisa que sa mère était décédée quelques semaines plus tôt et qu'elle présentait les mêmes symptômes.
– *Est-ce que l'arsenic pourrait avoir été la cause de sa mort ?*

Le médecin-chef Éduardo Esposito parut hésiter quelques instants, puis prétexta qu'il devait consulter le dossier médical de Maria Montazini. Cela prendrait quelques jours

avant qu'il ne puisse répondre. Il insista à nouveau à propos de la santé de Jacquomino Montazini.
– *Vous devriez venir le voir, son cas nous préoccupe beaucoup.*

Le 9 mars, Émilio était au chevet de son père, son état était stationnaire. Il paraissait reprendre un peu de couleur, il avait l'air en meilleure forme. Le médecin-chef lui précisa qu'il ne fallait pas s'y fier, le cas de son père était très grave. Il ne pouvait absolument pas se prononcer, mais il était très pessimiste. En ce qui concernait le cas de sa mère, Maria Montazini, il expliqua que, les dossiers des personnes décédées n'étant pas conservés à l'hôpital, il n'avait pas encore pu le récupérer.

Émilio comprit que le médecin-chef n'était pas très clair sur ce coup-là et qu'il lui cachait quelque chose. L'arsenic ne pouvait se trouver que dans l'eau, les charcuteries, les conserves ou la confiture. Le reste de l'alimentation était acheté au jour le jour. Pour les charcuteries et les conserves, il ne voyait pas comment l'arsenic aurait pu venir les polluer. Lors de son dernier séjour en août, toute la famille en avait consommé, et personne n'avait ressenti le moindre malaise. L'arsenic ne pouvait provenir que de l'eau du puits, et il n'était pas arrivé là par le simple fait du hasard. Émilio ne dit rien à son père et, sous prétexte de récupérer quelques affaires, prit le car pour la maison de ses parents à Mezano. Il tenait à en avoir le cœur net. Parvenu sur place, il alla saluer les voisins, leur donna des nouvelles de Jacquomino, mais ne s'étendit pas sur le sujet. Il ne consomma aucun des aliments qui se trouvaient dans la maison et ne but surtout pas d'eau. Il en préleva dans le puits qu'il mit dans une bouteille. Comme il ne voulait prendre aucun risque, certains voisins s'approvisionnant parfois au puits, il les avertit qu'il venait d'y découvrir un gros rat crevé et qu'il valait mieux qu'ils s'abstiennent d'y puiser de l'eau. Émilio ne perdit pas de temps et repartit l'après-midi même vers L'Aquila. Il emportait également avec lui quelques charcuteries ainsi qu'un pot de confiture et des haricots en conserve.

À son arrivée, l'heure des visites étant terminée, il ne put rendre visite à son père. Il prit une chambre d'hôtel pour la nuit et, le lendemain dès la première heure, il était à l'hôpital. Il demanda à parler à Éduardo Esposito. Le médecin-chef lui précisa que la santé de son père était toujours stationnaire. Émilio lui présenta l'échantillon d'eau, les charcuteries, les pots de confiture et de haricots en lui demandant s'il pouvait les faire analyser, celui-ci accepta d'emblée. Émilio se rendit ensuite au chevet de son père qui semblait en moins bonne forme que la veille. Ils parlèrent un peu, mais Jacquomino était vraiment très fatigué. Émilio retourna à l'hôtel, appela la scierie d'Attilio Maladrini et demanda au patron d'informer Simonetta de la situation. Il laissa à Attilio le numéro de téléphone de l'hôtel Santa Lucia, qui se trouvait en face de l'hôpital du même nom. Les trois jours qui suivirent, l'état de Jacquomino resta stationnaire. Le 14 mars, la situation en était toujours au même point, et Émilio décida de rentrer à Villanova, le lendemain. Mais vers quatre heures du matin, la propriétaire de l'hôtel vint le réveiller.
– Il vous faut aller à l'hôpital, votre père est au plus mal.

Jacquomino rendit son dernier soupir vers huit heures, le 15 mars 1929. Le certificat de décès mentionnait que son décès était dû à une intoxication à l'arsenic. Le maire de L'Aquila, estimant que l'empoisonnement était peut-être le fait d'un geste criminel, ne délivra pas le permis d'inhumer. Ce même 15 mars, le médecin-chef reçut les résultats des analyses effectuées sur les échantillons remis par Émilio. Sur les charcuteries, les haricots et la confiture, aucune trace d'arsenic n'avait été relevée, par contre l'eau en contenait un taux très important. Cela ne faisait aucun doute, l'empoisonnement venait de l'eau du puits. Il avertit les services de police de L'Aquila. L'autopsie eut lieu le 17 mars 1929. Le 21 mars 1929, Jacquomino Montazini fut inhumé dans le cimetière de Mezano, dans la tombe où reposaient déjà son épouse Maria et ses parents. Les services de police de L'Aquila se rendirent directement à Mezano pour effectuer de nouveaux prélèvements dans l'eau du puits. Ils informèrent les carabiniers de Mezano de l'enquête en cours. Par précaution, ils demandèrent aux voisins de ne pas boire l'eau de leur propre puits, dans lesquels ils firent également des prélèvements. Les résultats furent sans appel, seul le puits de Maria et Jacquomino Montazini contenait des traces d'arsenic.

Ce n'était donc pas un problème de sous-sol, mais un geste criminel. On avait volontairement versé l'arsenic dans le puits dans le seul but d'assassiner nos grands-parents. Le 30 mars 1929, le commissaire de police de L'Aquila, Mario Estellio, demanda, à des fins d'autopsie, l'exhumation du corps de Maria Montazini. Le résultat fut également sans appel, les analyses révélèrent un empoisonnement par absorption massive d'arsenic.

Nous n'arrivions pas à nous remettre de la disparition de Maria et de Jacquomino. Mariéta et moi étions très jeunes, maman et papa ne nous avaient bien sûr pas clairement expliqué les causes du décès de nos grands-parents. Mais, pour eux, le doute sur l'identité du criminel n'était pas permis, il s'agissait d'Armando Coligneri. Voulant se venger, il avait lâchement assassiné les parents de notre père.

Papa fit part de ses soupçons à Mario Estellio, le commissaire de police de L'Aquila chargé de l'affaire. Il lui raconta l'incident qui avait eu lieu en mars 1927. Celui-ci resta prudent, mais parut néanmoins très intéressé.

Je suis maintenant persuadé que c'est à partir de ce moment-là que le commissaire Mario Estellio commença à échafauder le plan assez machiavélique qui valut notre exil.

Villanova, le bourg dans lequel nous habitions, faisait partie de la province de Teramo, le commissaire Mario Estellio œuvrait, lui, dans celle de L'Aquila. Les deux provinces étaient limitrophes, mais les relations n'en étaient pas plus faciles pour autant. Il contacta à plusieurs reprises le poste de carabiniers de notre village. Il souhaitait obtenir une copie de la plainte enregistrée le lendemain de l'incident survenu le 12 mars 1927. C'est au cours de celui-ci qu'Armando Coligneri avait, avec son automobile, tenté par deux fois d'écraser notre père. La réponse du responsable du bureau des carabiniers de Villanova ne l'étonna pas.

Tous les documents relatifs à cette affaire avaient mystérieusement disparu. Le responsable n'était arrivé à Villanova qu'en juillet 1927, et coïncidence troublante, les deux autres carabiniers, en poste à l'époque, avaient également été remplacés à peu près à cette même date. Le commissaire ne put donc obtenir des éclaircissements sur cet incident.

Dans le rapport rédigé par le laboratoire, il était précisé que l'arsenic avait sûrement été versé dans le puits des Montazini, en plusieurs fois. Le ou les assassins avaient donc agi sur plusieurs semaines, voire plusieurs mois. Si le ou les coupables étaient étrangers au village, on les avait peut-être aperçus au moins une fois. Les interrogatoires menés auprès des voisins restèrent infructueux, personne ne voulait se risquer à parler. Par contre, le 27 avril 1929, le brigadier-chef reçut une lettre anonyme. Il apprit dans celle-ci que Marco Landini, l'un des acolytes d'Armando Coligneri, avait été vu, au début du mois de janvier, en train de rôder autour de la maison des Montazini. Il habitait de l'autre côté du village et n'avait rien à faire près de cette maison. Ce n'était pas grand-chose, mais c'était un début. Le commissaire Mario Estellio rendit visite aux parents de Marco Landini. Ils ne nièrent pas que leur fils était présent à Mezano à cette époque, mais il était rapidement reparti à Udine dans la région du Frioul, où il travaillait chez un imprimeur. Ce Landini ne serait pas facile à interroger, il faisait partie de la bande d'Armando Coligneri et avait sûrement des protections venant de haut. De plus, maintenant qu'il se savait soupçonné, il ne remettrait pas les pieds à Mezano de sitôt. Dans ces deux affaires, il y avait eu meurtre, mais, compte tenu de la situation, il serait très difficile de punir le ou les coupables. Le commissaire Mario Estellio demanda à la police d'Udine d'interroger Marco Landini. Il reçut quelque temps plus tard une copie du procès-verbal de l'interrogatoire qui avait eu lieu dans les locaux de la police d'Udine le 16 mai 1929. Rien ne pouvait être retenu contre Marco Landini, il était bien à Mezano au début du mois de janvier, mais il nia avoir rôdé autour de la maison des Montazini. Aucune poursuite ne fut engagée contre lui. Armando Coligneri ne fut, quant à lui, même pas interrogé par la police. En réalité, ce type d'individu pouvait agir en toute impunité, il ne serait inquiété par personne.

Papa était très affecté par le malheur qui avait frappé ses parents, il ne s'en remettrait que très difficilement. J'avais l'impression que l'injustice dont nous étions victimes le transformait profondément. Maman et Mariéta aussi s'étaient aperçues de ce bouleversement, mais nous n'en parlions pas. Le paradoxe était que, avec Mariéta, maman et moi, papa se montrait plus attentionné, encore plus près de nous. Comme s'il avait peur qu'un malheur nous arrive. Il nous accompagnait lui-même le matin à l'école et venait nous récupérer le soir. Pour lui permettre d'obtenir plus facilement des nouvelles de l'enquête, le patron de la scierie Attilio Maladrini l'autorisait à utiliser le téléphone de l'entreprise. À chaque fois, le commissaire de police de L'Aquila, Mario Estellio, lui répondait personnellement, mais il ne lui cachait pas qu'il était un peu impuissant dans cette affaire.

Je compris plus tard que c'était de la haine qui commençait à s'installer dans le cœur de papa. Petit à petit, ce mal le rongeait, il se réveillait la nuit tout en sueur et il restait alors sans dormir jusqu'au matin. Il ne pouvait pas admettre que les tueurs, qu'il connaissait personnellement et que, d'ailleurs, tout le monde connaissait, puissent ne pas être inquiétés. Chaque fois qu'il appelait Mario Estellio, il obtenait la même réponse.
– *On ne me permet pas d'interroger Armando Coligneri. Je me suis déplacé à Udine, je n'ai même pas pu le voir.*

Papa savait que le commissaire n'était pas responsable et qu'il était même impuissant devant cette situation. Mais il n'en pouvait plus de ses réponses, et la haine, qui avait pris possession de son corps, en profitait pour faire son chemin. Sans qu'il prenne garde à elle, elle progressait de jour en jour.

Notre père étant enfant unique, il hérita tout naturellement de la maison de ses parents. Mais il n'avait pas le cœur à la vendre, c'était la maison de son enfance, tous ses souvenirs s'y trouvaient. Les derniers étaient terribles, c'était dans cette maison que ses parents avaient été assassinés. Papa savait que Maria et Jacquomino souhaitaient qu'il revienne, un jour, avec sa famille habiter près d'eux. Il était maintenant un peu tard, mais, s'il décidait avec maman de retourner dans cette maison, ils exauceraient le vœu de nos grands-parents. Comme rien ne nous retenait à Villanova, la famille Montazini prit donc la décision de partir s'installer à Mezano. À la fin du mois de juin 1929, nous quittâmes la province de Teramo pour revenir dans la province de L'Aquila. Papa regrettait la scierie d'Attilio Maladrini, mais on lui avait déjà proposé de reprendre le poste d'employé municipal que son père Jacquomino occupait avant son décès. Il serait moins rémunéré qu'à la scierie, mais nous disposerions de notre propre maison et nous n'aurions plus de loyer à payer. L'habitation se composait d'une grande cuisine, de deux chambres, d'un cellier de bonne taille et d'une remise. Papa et maman avaient maintenant leur propre chambre, Mariéta et moi partagions l'autre.

Même si le taux d'arsenic diminuait, l'eau de la maison était toujours impropre à la consommation. Notre famille s'approvisionnait chez les voisins. Rien de suspect n'avait été relevé sur les conserves et les charcuteries, mais, par précaution, papa et maman jetèrent tout ce qui était comestible dans la maison. Ce n'est pas de gaieté de cœur qu'ils avaient pris cette décision. Nous n'étions pas très aisés financièrement, toutefois, c'était plus prudent. Notre famille avait quand même quelques réserves de charcuterie et autres conserves déménagées de Villanova. Cela nous permettrait de tenir jusqu'en février prochain.

Le 1er juillet, papa commença dans son nouvel emploi à la municipalité de Mezano. Son travail consistait à entretenir les routes et les chemins, à faire la fauche des fossés. À partir de la fin de l'année scolaire, le 10 juillet, papa profiterait des vacances pour repeindre l'intérieur des classes. Vittorio Maldonné, l'un de nos voisins, proposa à maman d'aller, si elle le souhaitait, ramasser des prunes de Saint-Jean pour faire des confitures. Ce type de prunier était très précoce, et ceux près de la falaise regorgeaient de fruits. Mais il fallait faire vite, il avait un peu plu, et ces derniers commençaient à se gâter.

Mezano se situait dans une région de basse montagne, assez froide l'hiver, mais très agréable au printemps et en été. Ce 8 juillet, en début d'après-midi, après qu'Émilio et les enfants furent repartis chacun vers leur occupation, Simonetta prit deux paniers et partit à pied faire sa récolte. Les arbres fruitiers se situaient à environ cinq cents mètres de la maison des Montazini. Il fallait monter une petite colline, les pruniers se trouvaient le long d'un chemin, en bordure d'un champ de blé, encore sur pied. De l'autre côté, une petite haie bordait le chemin, et à quelques mètres, la falaise tombait à pic en dominant une magnifique vallée. Le tapis de prunes sous les arbres était dense, et Simonetta eut vite fait de remplir ses deux paniers. Elle n'était jamais encore venue dans ce coin et voulait profiter du temps magnifique pour admirer le paysage. Elle laissa ses paniers au bord du chemin, traversa la petite haie à moitié dévorée par les chèvres et s'approcha tout au bord de la falaise. La vue était fantastique, tout au fond de la vallée, à plus d'un kilomètre, on apercevait le petit village de Montalsi. Simonetta s'assit sur un rocher, le ciel était d'un bleu sans nuages, et de gros oiseaux noirs tournoyaient dans le ciel. Elle repensa à sa vie depuis sa rencontre avec Émilio. Ils avaient eu beaucoup de bons moments, le mariage, les enfants, et puis ces drames horribles avec l'empoisonnement de Maria et Jacquomino. Elle n'arrivait pas à parler d'assassinat, elle savait pourtant que ses beaux-parents avaient été victimes d'un criminel, mais elle préférait parler d'empoisonnement, c'était moins dur à supporter. Émilio et Simonetta abordaient le moins possible cette question. Dès que la conversation partait sur ce sujet, Émilio se mettait dans une colère terrible. Plusieurs heures lui étaient ensuite nécessaires pour reprendre le dessus. Le vol des gros oiseaux noirs qui décrivaient des courbes dans le ciel s'était déplacé, ils étaient maintenant au-dessus d'elle. Leurs cris perçants devaient se faire entendre à des kilomètres. Soudain, Simonetta frissonna, le vent s'était levé. Tout à coup, elle crut percevoir des bruits de pas sur le chemin, des cailloux qui roulaient. Elle prêta l'oreille, attendit un moment, il lui sembla que les bruits s'éloignaient, sûrement une chèvre égarée. Puis elle repensa à toutes les prunes à préparer, il fallait qu'elle rentre. Elle quitta avec regret la falaise, de cet endroit, elle avait eu le sentiment qu'une vie nouvelle pouvait s'ouvrir devant elle et sa famille. Elle décida de revenir le lendemain, c'était dommage de laisser tous ces fruits se perdre. Les paniers bien pleins et lourds, Simonetta redescendit le chemin. Plusieurs fois, elle s'arrêta pour reprendre un peu de force. En atteignant la route, elle entendit une voiture qui démarrait derrière les arbres, dans l'autre sens, mais elle ne la vit pas. Enfin, arrivée à la maison, elle se mit au travail, plus de vingt kilos de prunes à dénoyauter, et elles n'étaient pas très grosses. Il était presque cinq heures, Mariéta et Sylvio n'allaient pas tarder à rentrer, elle pourrait les embaucher, d'autant que tous les deux étaient friands de confiture. La pendule annonçait cinq heures et demie, et les enfants n'étaient toujours pas là. À six heures, elle commença réellement à s'inquiéter. Au moindre bruit, son regard se tournait vers la porte. Simonetta repensa soudain à ces bruits sur le chemin, au moteur de cette voiture invisible sur la route. L'angoisse s'empara d'elle, c'était sûr, il se passait des choses. Elle ne savait pas quoi, mais elle en était maintenant certaine, son intuition lui disait qu'il était arrivé quelque chose de grave à Mariéta et Sylvio. Plus le temps s'écoulait, plus la tension montait. Les enfants n'étaient toujours pas là. Ne tenant plus en place, elle se précipita vers la porte et sortit sur le devant de la maison.

Son angoisse se dissipa d'un coup, à une centaine de mètres, elle reconnut la silhouette de ses enfants.

De loin, nous aperçûmes maman qui courait dans notre direction, nous fûmes un peu surpris, inquiets même. Lorsque notre mère ne fut plus qu'à quelques mètres, la voix de ma sœur et la mienne se joignirent.
– *Maman, mais que se passe-t-il ?*

Elle ne répondit pas, elle nous prit un peu brutalement dans ses bras et nous serra très fort.
– *Ce n'est rien, mes chéris, je ne vous voyais pas arriver, je commençais à m'inquiéter.*
– *Mais, maman, ce soir, nous avions le goûter de vacances de l'école, papa ne t'a rien dit !*
– *Si, peut-être, je ne me souviens plus, ce n'est pas grave, venez, on rentre à la maison.*

Dès notre arrivée, comme pour se donner une contenance et éviter d'ajouter au trouble, maman reprit rapidement la préparation des prunes. Mais elle ne nous demanda pas de l'aider. Après quelques minutes, sans rien dire, Mariéta et moi étions à ses côtés pour prendre part à la tâche. Nous ne savions pas pourquoi, mais nous avions compris que notre mère avait eu très peur.

Papa rentra vers sept heures, il félicita maman pour la quantité de prunes ramassées et le travail déjà accompli. Mariéta et moi revendiquâmes notre part de labeur.

Après le souper, comme souvent depuis notre arrivée à Mezano, papa prit place sur le banc devant la maison. De ce même banc, son père et, avant lui, son grand-père avaient dû, comme lui, contempler les étoiles. Moins de cinq minutes plus tard, maman, ma sœur et moi l'avions rejoint. Nous restâmes là, ne disant presque rien, dans la douceur de la nuit. L'incident de la fin d'après-midi ne fut pas évoqué. La pendule de la cuisine sonna les dix heures, papa se leva.
– Au lit, demain, tout le monde debout, à sept heures.

Simonetta eut du mal à s'endormir, mais au petit matin les angoisses s'étaient enfin dissipées. Dans la matinée du 9 juillet, elle continua la préparation des prunes. Avec celles qu'elle ramènerait dans l'après-midi, la famille Montazini aurait une bonne réserve pour au moins une année. Sur le chemin qui menait aux pruniers, Simonetta avait repéré des mûriers de haies. Fin août, les fruits seraient à point, et elle pourrait également en ramasser et faire des confitures. Comme la veille, dès le début de l'après-midi, après le départ d'Émilio et des enfants, elle prit ses deux paniers et se dirigea vers le chemin qui conduisait sur le plateau. Mais, avant de faire sa deuxième cueillette, elle rendit une

petite visite à Vittorio Maldonné. Elle souhaitait avant tout le remercier et lui demander l'autorisation d'y retourner. Pendant une dizaine de minutes, ils parlèrent de choses et d'autres. Simonetta lui demanda s'il souhaitait qu'elle lui ramène quelques belles prunes, il refusa gentiment.
– *Non, j'irai en chercher moi-même, ça me fera une occasion de marcher.*

Simonetta le remercia et, en partant, elle lui lança :
– *Pour la peine, je vous amènerai deux ou trois pots de confiture.*
– *Ça, ma belle, ce n'est pas de refus, ma pauvre femme en faisait de la bonne, malheureusement, elle n'est plus là !*

Simonetta filait sur le chemin. Tout en chantonnant, elle se disait que, après les terribles tourments qu'ils avaient vécus, la vie leur offrirait peut-être enfin une grande part de bonheur. Plus bas, sur la route qui menait au village, une voiture rouge passa au ralenti, mais elle ne s'arrêta pas. La cueillette fut vite expédiée, et comme la veille, Simonetta posa ses deux paniers sur le bord du chemin. Comme la veille, elle traversa la petite haie de mûriers sauvages et se replongea dans le paysage. Elle rêvait tout éveillée, le ciel était sans nuages et, au loin, les oiseaux noirs tournoyaient toujours en poussant des cris aigus. Tout à coup, il sembla à Simonetta que les oiseaux noirs étaient plus nombreux, de plus en plus nombreux. Ils s'avançaient vers elles, les cris se faisaient de plus en plus pressants. Dans le lointain, au-dessus du petit village de Montalsi, les éclairs zébraient le ciel et les nuages noirs s'amoncelaient. Le vent s'était levé, tout cela annonçait l'orage. Elle commença à frissonner. Puis, comme la veille, elle entendit un bruit de pas et des cailloux qui roulaient. Simonetta se retourna pour partir lorsqu'elle le vit dans sa chemise noire. Il était chaussé de bottes de cuir noir et portait un pantalon resserré aux genoux, également de couleur noire. Sa main droite prolongée d'une cravache de cuir, Armando Coligneri se tenait à une dizaine de mètres. Pendant quelques secondes, la panique l'envahit, avec la terrible impression que ses jambes se dérobaient sous elle. Son regard partit à gauche, puis à droite, mais il n'y avait personne d'autre, elle était seule avec ce voyou. Rapidement, elle reprit le dessus et lui fit face. L'homme était cynique et bouffi d'orgueil. D'un air suffisant, arrogant et hautain, il prononça quelques mots.

– Bonjour ma jolie, tu m'as manqué, tu sais, mais c'est fini, tu ne me quitteras plus jamais, je viens te chercher.

– Armando Coligneri, j'ai entendu parler de tes exploits, tu es pire qu'un porc, tu es un salaud de la pire espèce, c'est toi qui as assassiné les parents d'Émilio, je te vomis.

Le chef fasciste ne réagit pas et, de la même voix fielleuse, il poursuivit.

– Émilio s'est permis de m'agresser, il m'a pris en traître alors que je ne souhaitais que discuter avec lui. Il a eu la punition qu'il méritait. En plus, ça lui a rendu service, ses parents étaient déjà vieux et il a hérité de la maison. Mais, toi, il ne te mérite pas, tu es trop belle pour lui. Moi, je suis devenu un homme important, lui n'est qu'un ouvrier municipal, un raté. Avec moi, tu auras tout ce que tu désires.

Et il poursuivit son discours… Simonetta s'approcha de lui, ses yeux brillaient de colère, dès qu'elle fut tout près, elle lui cracha au visage.
– *Plutôt crever, espèce de bâtard de chien.*

Il l'avait mise hors d'elle… Son sourire venimeux toujours accroché à ses lèvres, Armando Coligneri encaissa sans broncher. D'un revers de main, il s'essuya le visage. Il s'approcha d'elle et tenta de la prendre par la taille, mais elle le repoussa violemment. Il buta sur une souche et tomba à la renverse. Simonetta en profita pour tenter de fuir. Mais le sentier fait par les chèvres n'était pas très large, et lorsqu'elle passa à côté de lui, il lui saisit une jambe et elle chuta à son tour. Il se rua sur elle et essaya de l'embrasser, ce qui eut pour effet de décupler les forces de Simonetta. Elle le mordit cruellement au visage et se rejeta en arrière. Elle parvint à se remettre debout, mais la falaise qui dévalait à pic était juste derrière elle. Pour rejoindre le chemin et s'enfuir, Simonetta devait d'abord passer l'obstacle du chef fasciste. Armando Coligneri se releva également, son visage était en sang, il avait maintenant les yeux pleins de haine. Il s'avança d'un bond vers Simonetta et lui asséna plusieurs coups de cravache. De son beau visage, le sang jaillit. Elle tomba en arrière, mais ne désarma pas. Elle s'empara d'un gros caillou et le lança avec force sur lui. Aveuglé par le sang de la morsure, il ne le vit pas arriver et le reçut sur le nez qui se fracassa. Dans sa fureur, Armando Coligneri se jeta sur Simonetta qui n'avait pu se relever. Mais elle ne cédait pas, elle ramassa un autre caillou et lui martela la tête avec. Fou de rage et de douleur, Armando Coligneri réussit à saisir la pierre des mains de Simonetta. Sans hésiter, il lui porta un coup fatal sur le crâne. La vie de Simonetta s'échappa sur le coup. Le chef fasciste se releva. Il lui fallut plusieurs minutes avant de reprendre ses esprits. Après s'être assuré que personne n'avait été témoin du meurtre, il saisit Simonetta par les bras, la traîna vers le bord de la falaise et fit basculer son corps sans vie dans le vide.

Armando Coligneri remonta sur le chemin, donna un coup de pied dans les deux paniers de prunes et remit de l'ordre dans ses vêtements. Il regagna ensuite rapidement sa voiture rouge garée un peu plus bas sur le chemin. Il s'installa sur son siège et utilisa le rétroviseur en guise de miroir. Les blessures infligées par Simonetta étaient assez profondes, et le sang continuait à couler. Il s'essuya partiellement le visage avec un mouchoir, prit un peigne dans la boîte à gants, remit en place sa coiffure et repartit sans état d'âme vers Udine.

Ce soir-là, lorsque papa rentra, il nous trouva, Mariéta et moi, devant la porte. Maman n'était pas revenue à la maison, nous étions très anxieux. Il ne nous montra pas son inquiétude, nous demandant seulement de rester à l'intérieur, portes fermées. Il prit son vélo et fonça vers les pruniers.

En passant devant la maison de Vittorio Maldonné, il aperçut le vieil homme à sa porte. Il lui demanda s'il avait vu Simonetta. Vittorio lui répondit qu'elle était venue vers trois heures, puis qu'elle était repartie. Le vieil homme n'ayant rien d'autre à faire que de discuter avec les voisins, il essaya de prolonger la discussion, mais Émilio ne l'écouta pas et fonça vers les pruniers en pédalant comme un fou. Émilio n'était pas homme à laisser tomber une conversation de cette façon, à moins qu'il n'ait eu pour cela une très bonne raison. Vittorio Maldonné comprit qu'il se passait des choses anormales, il s'empara de son vélo pour aller avertir le maire de Mezano, Ennio Barssati. Arrivé sur le chemin, Émilio découvrit sur le sol pierreux quelques traces de sang. Il se dirigea comme un fou vers les pruniers, il vit très vite les deux paniers renversés. Simonetta lui avait parlé, la veille, du paysage fantastique qu'elle avait pu admirer du bord de la falaise. Il se précipita de l'autre côté de la haie et remarqua des traces dans l'herbe haute. Peut-être des traces de lutte ! Puis ses yeux se figèrent sur le caillou couvert de sang. Émilio eut le réflexe de ne pas s'en saisir. Il courut vers le bord de la falaise et regarda vers le bas. À cause des taillis et des arbres, il ne pouvait voir le fond. Il inspecta à nouveau les environs et décida de descendre tout en bas. Pour cela, il lui fallait repartir et emprunter un autre chemin. Il laissa le vélo au bord de la route et prit le sentier en courant. Émilio mit presque dix minutes pour parvenir au pied de la falaise et sur le lieu du drame. Il vit tout de suite le corps sans vie de Simonetta. Elle était allongée sur le dos, sa tête et son visage étaient couverts de sang. Il s'agenouilla auprès d'elle, lui ferma les yeux et, avec son mouchoir, lui essuya le visage. La haine avait maintenant envahi tout le corps d'Émilio, son visage était fermé, sa douleur était trop sourde, impossible à décrire. Il prit Simonetta dans ses bras et la porta jusqu'au bord de la route. Le maire de Mezano, Ennio Barssati, Vittorio Maldonné et d'autres personnes venaient tout juste d'arriver. Ils attendaient à l'endroit où Émilio avait laissé son vélo. Le brigadier-chef des carabiniers de Mezano, Fabio Tiramo, parvint à hauteur du maire au même instant qu'Émilio. Ce qu'il vit dans le regard de ce dernier ne l'encouragea pas à lui poser la moindre question. Émilio semblait vouloir ramener Simonetta vers sa maison, où étaient restés ses enfants. Seul Vittorio Maldonné osa lui parler, il le connaissait depuis qu'il était tout enfant.

– *Tu sais, petit, il vaudrait mieux que tu amènes Simonetta dans ma maison. Il ne faut pas que Mariéta et Sylvio voient leur mère comme ça.*

Émilio continuait d'avancer. Arrivé devant la maison de Vittorio, il s'arrêta et réussit à articuler quelques mots.

– *Oui, tu as raison !*

Il entra dans la maison, suivit le vieil homme dans sa chambre et déposa Simonetta sur le lit. Il demanda une serviette et de l'eau, Vittorio les lui donna et referma la porte derrière lui. Fabio Tiramo arriva dans la maison de Vittorio et demanda à ce dernier où était Émilio. Le vieil homme le lui dit, en précisant qu'il valait mieux le laisser pour le moment.

– *Vous savez que la police est en partie responsable de la mort de Simonetta. Vous saviez que ce salaud avait déjà assassiné ses parents et vous n'avez rien fait. Aujourd'hui, c'est Simonetta, et après, à qui le tour ? Toute la famille va y passer ! Jusqu'où allez-vous laisser faire ? Cette après-midi, j'ai aperçu une voiture rouge sur la route, je n'ai pas vu qui était au volant, mais je suis persuadé que c'était ce salopard d'Armando Coligneri.*

Fabio Tiramo comprenait la réaction du vieil homme, il savait qu'il avait raison. Il n'insista pas et repartit vers le poste pour avertir Mario Estellio, le commissaire de police de L'Aquila en charge de l'enquête sur l'empoisonnement des parents d'Émilio. Les deux affaires étaient sans nul doute liées. Mario Estellio ne fit aucun commentaire. Il précisa seulement qu'il arriverait le lendemain à la première heure et demanda au brigadier-chef de veiller à ce que rien ne bouge sur les lieux du crime.

Lorsque Mariéta et moi vîmes arriver Vittorio Maldonné, nous sûmes qu'un malheur s'était produit. En nous conduisant chez l'institutrice du village, avec maintes précautions, le vieil homme nous apprit que notre maman avait eu un accident et qu'elle était partie au ciel.

Mariéta se mit tout de suite à pleurer, moi, j'eus beaucoup de mal à croire à cette réalité. J'espérais de toutes mes forces être victime d'un simple cauchemar. Lorsqu'on nous expliqua que maman avait fait une chute de la falaise, je me forçai à le croire. Mais je savais parfaitement que c'était juste une façade derrière laquelle je me cachais. Je savais que l'homme qui était responsable de la mort de nos grands-parents avait aussi tué maman. Je savais aussi que papa ne le supporterait pas et que des choses très graves allaient se produire très rapidement.

Émilio ne ressortit de la chambre que le lendemain matin. Vittorio l'avait entendu pleurer dans la nuit. Ses yeux

étaient rougis, ses épaules courbées, son visage et tout son corps étaient pénétrés de chagrin. Le commissaire Mario Estellio arriva à ce moment précis, il s'avança vers Émilio, en lui tendant la main.
– *Monsieur Montazini, vous ne pouvez pas savoir à quel point je suis attristé par le drame qui vous touche aujourd'hui. D'autant plus attristé que je me sens en partie responsable de la mort de votre épouse. Je vous demande de venir avec moi, je souhaiterais vous parler sans témoin.*

Émilio fut très surpris de ces propos. Il appréciait le commissaire : il lui avait maintes fois parlé au téléphone et était persuadé que ce dernier faisait l'impossible. Émilio et Mario Estellio restèrent dehors à discuter sans témoin pendant plus d'une heure. Ils marchaient de long en large en discutant. Ils échangèrent ensuite une poignée de main. Émilio partit vers le village rejoindre Mariéta et Sylvio. Le commissaire se dirigea vers le petit chemin qui menait à la scène du drame.

Chapitre 5 – Le complot

Le commissaire Mario Estellio était seul, il inspectait les lieux du crime. Il avait déjà récupéré l'arme : la pierre utilisée par Armando Coligneri pour assassiner Simonetta. Le sol était caillouteux, et les indices difficiles à repérer. Il avait passé plus d'une heure sur la scène du drame. Il venait enfin de trouver ce qu'il cherchait, la preuve incontestable de la culpabilité du haut responsable fasciste. Mario Estellio était, lui aussi, membre du mouvement fasciste. Pour obtenir son poste, il ne lui avait pas été possible de faire autrement, mais il n'était pas très actif et pensait sincèrement que la voie tracée par le Duce n'était pas la bonne pour l'Italie. Il était également persuadé que les individus, tels qu'Armando Coligneri, et leurs exactions desservaient le parti fasciste. Il avait pu en discuter avec des personnes influentes et il comptait jouer là-dessus pour se débarrasser à tout jamais du chef fasciste. Le commissaire avait constitué un dossier très épais, toutefois, il savait qu'il ne pouvait pas affronter de face Armando Coligneri. Celui-ci servait très bien le parti et disposait d'appuis importants, ce n'était pas un crime de plus qui allait changer le cours des événements. Il devait avancer ses pions tout en finesse. Les indices sur les lieux du drame et sur le chemin laissaient supposer qu'il y avait eu lutte. La première des choses à faire était d'essayer de savoir si Armando Coligneri présentait des traces de blessures.

Quelques jours après l'assassinat de Simonetta Montazini, le commissaire de police de L'Aquila fit le voyage jusqu'à Udine. Il souhaitait faire une visite discrète à une certaine personne. De façon tout à fait improvisée, et sans l'avoir auparavant avisée, il se rendit à son domicile. La conversation dura plus de deux heures. Le soir même, il reprit, avec sa voiture, le chemin de L'Aquila. Pendant plus d'un mois, les contacts secrets se multiplièrent.

Maman fut inhumée, le 12 juillet 1929, dans le caveau familial de Mezano. Papa avait repris son travail, mais quelque chose en lui s'était cassé, tant que le meurtrier n'aurait pas payé, je savais qu'il ne pourrait plus vivre en paix. Pour plus de sécurité, Mariéta et moi avions été confiés à tante Julia, la sœur de maman, elle habitait Pesaro dans la région de Marche.

Début septembre, Mario Estellio pria Émilio de lui rendre visite à L'Aquila. Le commissaire le reçut dans son bureau, mais leur véritable conversation ne se déroula pas là. Sous prétexte d'effectuer certaines vérifications, il lui demanda de l'accompagner à l'hôpital Santa Lucia. Tout au long du chemin qu'ils firent à pied, Mario Estellio lui confirma qu'Armando Coligneri était responsable de l'assassinat de Simonetta. Les empreintes relevées sur le caillou et les plaies sur son visage étaient sans équivoque, il lui présenta également l'insigne retrouvé sur les lieux du drame. Ce type d'insigne, remis personnellement par le Duce, était destiné à des personnes méritantes. Au verso, un numéro, c'était bien celui reçu par Armando Coligneri. Le commissaire précisa toutefois à Émilio que cela ne suffirait pas pour faire condamner l'assassin de sa femme et de ses parents. Il fallait agir autrement.

Le plan du commissaire Mario Estellio prenait forme. Il avait depuis longtemps prévu de se servir de papa, mais je ne pense pas que l'assassinat de maman en faisait partie.

Mario Estellio sentait qu'Émilio n'était pas encore prêt et il ne voulait surtout pas le brusquer. Il s'attaquait à forte partie, le plan devait être sans faille, et la méthode qu'il souhaitait utiliser n'était pas sans risque. Il savait que, à la moindre erreur, il risquait la vie d'Émilio et... la sienne. Mais il n'avait pas le choix, il devait poursuivre l'instrumentalisation d'Émilio pour le mettre en condition. Le 4 octobre 1929, Mario Estellio rendit visite à Émilio, de façon impromptue, sans l'avertir. Vers six heures du matin, il frappa à la porte de sa maison à Mezano. Le commissaire avait l'air sombre, Émilio lui ouvrit et comprit qu'il se passait des choses graves.
– *J'ai reçu de mon contact des informations pouvant laisser penser qu'Armando Coligneri serait dans la région de Pesaro dans les 48 heures.*

Mario Estellio n'aimait pas ce qu'il était en train de faire. Il n'avait bien sûr jamais reçu une telle information, mais il n'avait pas le choix, il devait continuer à parfaire son plan.
– *Émilio, je ne sais pas si ce criminel est au courant pour vos enfants, mais il ne faut prendre aucun risque. Mariéta et Sylvio sont peut-être en danger et ils doivent être mis en sécurité.*

Le commissaire n'avait pas utilisé le terme de criminel par hasard, il savait qu'il devait progressivement augmenter la pression sur Émilio.
– *Je pourrais demander à mes collègues de Pesaro de les mettre sous protection, mais pour cela il faudrait que je sois sûr d'eux, et ce n'est pas le cas.*

Pour Émilio, cela ne faisait aucun doute, l'autre salaud d'Armando Coligneri voulait maintenant s'en prendre à ses enfants. Afin de donner plus de véracité à ses allégations, Mario Estellio avait été jusqu'à demander à ses collègues de Pesaro de surveiller la maison de Julia Lourqui. Les hommes devaient être en civil, tout en n'étant toutefois pas trop discrets afin qu'ils puissent se faire repérer facilement.

Papa réussit à joindre sans tarder tante Julia, elle le rassura, Mariéta et moi serions rapidement mis en lieu sûr, dans sa famille. Elle lui précisa qu'elle avait effectivement remarqué des personnes suspectes surveillant sa maison. Trois jours plus tard, papa contacta à nouveau tante Julia, nous avions été conduits dans une autre cachette. Papa ne voulut pas connaître la nouvelle adresse, c'était plus prudent.

Cela arrangeait bien le commissaire Mario Estellio qu'Émilio ne puisse pas lui donner la nouvelle adresse. Mais pour parachever son plan de manipulation, il devait, lui, absolument connaître ce lieu. Une fois de plus, il mit ses collègues de Pesaro à contribution. Ils devaient effectuer une filature, mais cette fois cela devait se faire très discrètement.

Quelques jours plus tard, le commissaire Mario Estellio savait tout sur notre nouvelle cachette.

Le 27 octobre, dans la petite ville de Macerata, via del Santuario, deux voitures suspectes ou supposées telles commencèrent à se faire discrètement remarquer. Mariéta et moi avions été cachés au 3 de cette rue. Tante Julia reçut un appel de la personne qui nous avait recueillis et fut mise au courant de ce nouveau sujet de crainte. Cette mystérieuse personne, qui faisait partie d'un mouvement antifasciste, était habituée à ce type de situation. Elle précisa à Julia de ne pas s'en faire, et nous fûmes rapidement conduits dans un autre endroit. Comme l'espérait le commissaire Mario Estellio, papa fut tenu informé par tante Julia.

Le plan du commissaire fonctionnait à merveille. Le 4 novembre, il rendit une nouvelle visite impromptue à Émilio. Il lui expliqua, encore une fois, qu'il ne pouvait que faire surveiller discrètement Armando Coligneri.
– *Nous avons des hommes à nous qui le suivent en permanence. Nous savons qu'il est coupable, mais il est intouchable, nous faisons le maximum pour deviner ses faits et gestes, j'espère que cela suffira.*

Le commissaire Mario Estellio sentit que l'homme était à point, sa haine pour Armando Coligneri était à son maximum. Émilio n'avait jamais trop compris pour quelle raison le chef fasciste cherchait à détruire sa famille, mais il était persuadé que, s'il voulait sauver ses enfants, il devait s'occuper lui-même d'Armando Coligneri. Mario Estellio

demanda à Émilio s'il détenait une arme pour se protéger au cas où Armando Coligneri s'en prendrait directement à lui. Émilio avait bien sûr déjà utilisé une arme à l'armée, mais il n'en possédait pas. Le commissaire repartit vers sa voiture et revint avec un paquet. Après avoir refermé la porte de la maison, il le déposa sur la table de la cuisine. Mario Estellio présenta alors à Émilio un Beretta modèle 1915, 9 mm Glisenti. Afin de rendre cette arme plus discrète, le numéro de série avait été limé. Il avait deux chargeurs pleins, ce qui était amplement suffisant. Le commissaire initia Émilio au fonctionnement du Beretta et ajouta hypocritement :
– *Si ce salaud s'en prend à vous, vous pourrez le recevoir dignement. Vous pourrez toujours dire que vous avez ramené cette arme de l'armée.*

En clair, cela signifiait : « Allez le trouver à Udine et liquidez-le. » Au cours de la conversation, le commissaire donna sans y paraître le nom de la rue du domicile du chef fasciste ainsi que la marque de sa voiture. Le bras était maintenant armé, il suffisait d'attendre. Cette opération n'était pas sans risque, Émilio pouvait se faire prendre, ou se faire tuer. Mais c'était l'unique solution pour se débarrasser d'Armando Coligneri sans que lui-même ou ses amis soient directement impliqués. Seule la haine qui animait Émilio pouvait venir à bout de ce criminel, et cela arrangeait beaucoup de monde. Le 12 novembre, Émilio pria le maire de Mezano, Ennio Barssati, de lui accorder quelques jours pour aller rendre visite à ses enfants. Le lendemain, Émilio quitta Mezano par le car à destination de L'Aquila. À partir de là, il prendrait le train pour Udine, via

Milan. En partant il avait laissé, au cas où, une lettre pour Mariéta et Sylvio, dans laquelle il expliquait son geste. De son côté, le commissaire Mario Estellio avertit son contact à Udine et lui donna le signalement d'Émilio, en lui demandant d'intervenir si éventuellement les choses se présentaient mal. Le 14 novembre, Émilio était à Udine, discrètement il surveillait le 5 via Italia, une rue tranquille dans le quartier chic. Vers neuf heures du soir, il aperçut la Fiat 521 rouge venir se garer devant le 5. Sans même vérifier la plaque minéralogique, il reconnut facilement Armando Coligneri qui en descendait. Il était seul et, sûr de lui, il ne ferma même pas sa voiture à clé. Émilio prit une chambre dans un hôtel, à quelques rues de là. Vers onze heures, il sortit de nouveau et fit un détour pour repasser par la via Italia. La voiture était toujours là, il retourna dans sa chambre et ne la quitta que le lendemain 15 novembre. Vers sept heures du matin, il était en faction via Italia. Il fallait qu'il trouve maintenant le moyen d'approcher ce salopard. Les plans les plus simples étant souvent les plus efficaces, il avait d'abord pensé se glisser simplement à l'arrière de l'imposante voiture et attendre. Dès que le chef fasciste Armando Coligneri se serait installé, il lui aurait suffi de se relever et de lui tirer une balle dans la nuque. Mais ce plan ne lui convenait pas, il voulait, par-dessus tout, que ce salaud le voie appuyer sur la détente. Il voulait que cette ordure voie la mort arriver en face. Non, il fallait absolument qu'il trouve autre chose. Le second plan était de s'introduire chez lui et de l'attendre. Mais comment pénétrer dans son appartement, il devait être fermé à clé pendant la journée. De plus, il y avait peut-être une femme, ou une autre personne à l'intérieur. Le chef fasciste sortit de l'immeuble vers huit heures du matin, il devait en être de même tous les jours. Émilio devait donc être sur les lieux vers sept heures cinquante-cinq. Avant d'échafauder un plan définitif, il devait s'introduire dans l'immeuble pour faire quelques repérages. Il passa la porte qui donnait sur la rue principale. L'intérieur était cossu, sur la façade, Émilio remarqua une plaque commerciale. Un dentiste, Alphonso Daliéra, y avait son cabinet. La loge du concierge était dans le hall, sur le côté droit à environ une dizaine de mètres de l'entrée. Le cabinet du dentiste se situait également dans le hall, avec trois autres appartements. Sur la porte du cabinet, un panneau affichait les jours et les heures d'ouverture. Un escalier assez large menait aux étages. Sous l'escalier, une porte, sans aucune inscription. Il alla vers la porte du dentiste et fit semblant de consulter les horaires. Il vérifia sur sa montre à gousset, attendit un instant, puis se dirigea vers la porte sous l'escalier. Il tourna la poignée, elle s'ouvrit. À l'intérieur, des parapluies, une poussette d'enfant, un petit chariot pour transporter les courses, des chaussures. Ce réduit servait aux locataires à ranger quelques affaires. Il s'approcha des boîtes aux lettres situées sur le mur de gauche, il y en avait douze, Armando Coligneri habitait au deuxième. L'immeuble comportait deux étages en plus du rez-de-chaussée. Il entendit des bruits de pas dans l'escalier. Émilio se précipita devant la porte du dentiste et fit de nouveau semblant de consulter les horaires. Une femme sortit de l'immeuble, sans faire attention à lui. Il était huit heures vingt, et le cabinet n'ouvrait pas avant neuf heures. Il décida de poursuivre sa reconnaissance jusqu'au premier, il monta les escaliers sans se presser. Il y avait quatre appartements, il continua jusqu'au deuxième, l'escalier menait ensuite vers un troisième étage, peut-être des chambres de bonnes. La curiosité le conduisit à aller y jeter un coup d'œil. Il découvrit une dizaine de portes donnant sur le couloir, sans nom ni numéro. À partir du palier du troisième étage, il pouvait voir sortir les personnes des quatre appartements du deuxième. Il poussa la première porte qui était entrouverte. Elle s'ouvrit sur une petite chambre, avec vue directement sur les toits. La pièce était totalement vide, même chose pour la deuxième, il arrêta là sa visite. Émilio repéra l'appartement d'Armando Coligneri, il était sur le côté droit au bas de l'escalier. Il en avait maintenant assez vu et, ne souhaitant pas se faire remarquer, il redescendit tranquillement. Émilio repartit nonchalamment dans la rue. Au moment où il sortait, une porte se referma au rez-de-chaussée, mais Émilio ne put s'en apercevoir. Souhaitant connaître les horaires des trains, il prit la direction de la gare. S'il abattait Armando Coligneri vers huit heures, en dix minutes, il pouvait être à la gare. Il fallait donc qu'il trouve un train en partance vers huit heures quinze, peu importait la destination. Il en trouva un pour Rome à huit heures dix-sept et prit un billet pour le lendemain 16 novembre. La haine l'emportait sur la raison. Émilio savait que son plan était un peu tiré par les cheveux, mais il s'en remettait à la Providence. Avec tous les malheurs qu'il avait dû affronter, le Bon Dieu lui enverrait peut-être cette fois un peu de chance. Pour le repas du soir, Émilio ne regarda pas à la dépense. Il s'offrit des mets qu'il n'avait pas l'habitude de déguster, comme si ce repas pouvait être le dernier. Il but même un peu de vin, mais il lui fallait conserver toute sa lucidité pour le lendemain. Dans la nuit du 15 au 16 novembre, Émilio ne ferma pas l'œil. Entre prendre la décision de tuer un homme et passer à l'acte, il y avait tout un monde. Même si la haine l'envahissait, il n'avait pas l'âme d'un tueur. Pourtant, il devait exécuter cette ordure. Comme pour se persuader qu'il agissait bien ou pour ajouter à sa motivation, il se répétait sans cesse que ce chien galeux n'avait pas hésité à assassiner sa mère, son père et sa femme. Il avait également beaucoup d'autres crimes sur la conscience et il voulait maintenant s'en prendre à Mariéta et à Sylvio. Ce matin du 16 novembre 1929, Émilio était prêt, il avait beaucoup pensé à ses enfants. Il savait que la mission entreprise était très périlleuse, il pouvait y perdre la vie. Mais il ne pouvait pas laisser les crimes de ses parents et de sa femme impunis. Il ne pouvait pas laisser le danger planer en permanence sur Mariéta et Sylvio. Vers sept heures, Émilio quitta sa chambre avec sa valise, il déposa la clé sur le petit comptoir. Il avait payé sa chambre la veille et sortit sans se retourner. Dès qu'il fut sur le trottoir, il respira un bon coup, le temps était à la pluie. La température avait chuté de plusieurs degrés, mais, très concentré, Émilio n'avait pas froid. De sa main gauche, il portait sa valise, de la droite, il palpait de temps à autre le Beretta placé dans la poche de son pardessus. Plusieurs fois dans sa chambre, il s'était mis en situation. Dans sa main gauche, il avait la valise et, de la main droite, il tirait le 9 mm de sa poche. Il avait prévu d'attendre sur le palier du troisième qu'Armando Coligneri sorte de chez lui. Dès qu'il l'entendrait ouvrir sa porte, il redescendrait et le surprendrait au moment où il refermerait l'appartement. Il devait dissimuler l'arme jusqu'au dernier moment, il s'en saisirait en haut de l'escalier, mais garderait

sa main dans sa poche. À l'ultime seconde, sans perdre de temps, mais sans précipitation et dès que ce salaud l'aurait reconnu, il l'abattrait comme un chien. Émilio s'était rejoué la scène plus d'une dizaine de fois. Il arriva au bout de la via Italia, il sortit sa montre qui indiquait sept heures quarante. Dans moins d'un quart d'heure, il serait à pied d'œuvre. Il était à présent devant le 5. Sans hésiter, il entra et, sans se presser, il se dirigea vers l'escalier. Au moment de poser le pied sur la première marche, il réalisa qu'une discussion se tenait sur le palier du deuxième. Il hésita quelques secondes, des bruits de bottes se faisaient déjà entendre dans l'escalier. Peut-être Armando Coligneri était-il en avance ? Il ne pouvait pas rebrousser chemin maintenant. Il ne pouvait pas non plus se dissimuler dans le réduit, l'une des personnes qui étaient en train de descendre y avait peut-être un parapluie. Les quatre militaires atteignaient déjà le palier du premier, Émilio était pris de court, il fallait qu'il fasse quelque chose, sinon il serait découvert. Tout à coup, il sentit une main sur son épaule gauche. Surpris, il tourna vivement la tête. Dans sa poche, sa main se resserra un peu plus sur la crosse du Beretta, il était prêt à vendre chèrement sa peau. Le visage d'une femme apparut dans l'entrebâillement de la porte du dentiste. Elle mit un doigt sur sa bouche pour lui imposer le silence et le fit entrer. La porte se referma sans bruit, les quatre hommes avaient descendu les dernières marches et ne s'étaient aperçus de rien. Quand ils furent sortis, la femme lui parla à voix basse :
– *La porte d'Armando Coligneri n'est jamais fermée à clé, vous pouvez aller le surprendre dans son appartement.*

Vous n'avez qu'à laisser la valise dans le hall, vous la récupérerez en partant.

Émilio ne comprenait pas, mais il avait trouvé une alliée qui venait de lui sauver la mise. Il fallait lui faire confiance jusqu'au bout et ne pas se déconcentrer. Sans perdre de temps, la femme rouvrit, lui fit signe de sortir et de monter. Émilio laissa sa valise un peu en retrait, la porte du dentiste s'était déjà refermée. Il grimpa les marches deux à deux, sa cible pouvait quitter son appartement à tout moment. Pour espérer réussir, il était indispensable de jouer sur l'effet de surprise. Émilio arriva devant la porte d'Armando Coligneri. Il prit une grande bouffée d'air, sa main droite tenait la crosse du pistolet, de la gauche il tourna la poignée, la porte s'ouvrit. Tout de suite, il entendit le bruit de l'eau dans la salle de bain. Il referma la porte, l'eau coulait toujours. Maintenant, Émilio était calme et déterminé, sûr de lui. Il allait tranquillement attendre Armando Coligneri. L'eau s'arrêta de couler, Émilio se mit légèrement sur le côté, lorsque Armando Coligneri l'apercevrait, il serait déjà trop tard. Il sortit son arme et retira le cran de sûreté. Il avait engagé la première balle dans le canon avant de partir, dans sa chambre d'hôtel. Tout était prêt pour l'exécution. La porte de la salle de bain s'ouvrit, et les deux hommes se virent au même instant, mais l'avantage était pour Émilio. La stupéfaction se lut sur le visage du chef fasciste. Armando Coligneri reconnut tout de suite Émilio, mais il lui fallut quelques secondes pour réaliser pleinement que ce dernier se trouvait dans son appartement, une arme pointée sur lui. Émilio lui parla à voix basse et sans précipitation :

– Armando Coligneri, les gens de ton espèce ne méritent pas de vivre. Je vais te tuer parce que tu es une pourriture, un être infâme. Je pouvais t'abattre dans ta salle de bain, mais je tenais à ce que tu voies la mort venir en face.

Il leva son arme sur Armando Coligneri qui n'eut même pas un geste de défense, la première balle l'atteignit entre les deux yeux. L'impact du puissant calibre 9 mm le propulsa en arrière. Il glissa lentement le long du mur. Dès qu'il fut au sol, Émilio s'approcha. Il avait devant lui le salopard qui avait fait tellement de mal à sa famille. Froidement, il lui tira une seconde balle dans la bouche. À ce moment, Émilio ressentit un grand soulagement, comme un énorme poids qui s'échappait de lui, mais il ne fallait pas qu'il s'éternise là. Le bruit des détonations avait sûrement alerté les autres locataires. Il remit son arme dans la poche intérieure de son pardessus et sortit sans empressement. Il fut étonné de ne voir personne sur les paliers ni dans les escaliers. Il récupéra sa valise et quitta l'immeuble. Sur le trottoir, aucune animation particulière. Il se dirigea comme prévu vers la gare. Jusque-là, son affaire s'était plutôt bien déroulée. Émilio n'arrêtait pas de penser à cette femme qui l'avait aidé. Elle ne se trouvait pas là par hasard, pourtant, personne n'était au courant qu'il était à Udine ni surtout ce qu'il était venu y faire. Par quel mystère cette femme savait-elle qu'il était à Udine avec l'intention d'abattre Armando Coligneri ? Il se dit que le chef fasciste devait avoir un nombre important d'ennemis qui souhaitaient tous sa mort, mais cela ne répondait pas à sa question. Arrivé à proximité de la gare, il vit soudain une grande agitation, des policiers armés qui couraient dans tous les sens. Ils interpellaient les passants, les fouillaient et vérifiaient leurs papiers. Certaines personnes étaient amenées dans les voitures. Il était huit heures et quart. Dans deux minutes, le rapide pour Rome devait normalement quitter la gare. Compte tenu des événements, les trains en partance seraient peut-être retardés. Tout s'était bien passé jusque-là, et ce n'était pas le moment de paniquer. Émilio entra dans le premier café, demanda un petit noir et se dirigea vers les toilettes. Il s'y enferma, prit son Beretta, essuya les empreintes, monta sur la cuvette et le laissa glisser dans le réservoir de la chasse d'eau. Émilio retourna ensuite au bar, but son café d'un trait, le paya et sortit tranquillement. Devant la gare, un policier en armes s'avança vers lui. Avant même qu'il ne commence à le fouiller, un de ses collègues s'approcha rapidement et précisa que tout allait bien et qu'il pouvait le laisser passer. Émilio ne s'attendait pas à ça, c'était la deuxième personne qui le tirait d'affaire aujourd'hui, ça ne pouvait plus être le fruit du hasard. Il ne chercha toutefois pas à comprendre, il était pratiquement huit heures et demie, et il fila sur les quais. Son train n'était toujours pas parti, mais, cette fois, il pouvait s'agir d'un simple retard. À la minute même où Émilio fut dans la voiture, avant même qu'il ne s'assoie, le chef de gare donnait le départ. Émilio choisit un compartiment qui était presque vide, seuls un homme et une femme occupaient la banquette en face de lui. Trois à quatre minutes s'écoulèrent, puis deux hommes, habillés de longs pardessus noirs, entrèrent et s'installèrent dans le compartiment. Ils avaient l'air de policiers. Émilio pensa qu'ils étaient là pour lui et, pendant de longues minutes, il s'attendit à ce que les deux hommes l'interpellent. Mais rien ne se produisit. Émilio était exténué, il s'était passé tellement de choses depuis le matin. Il ne réalisait pas encore très bien ce qu'il avait fait. À bout de force, il finit par s'endormir. Lorsqu'il se réveilla vers deux heures de l'après-midi, il était tout seul dans le compartiment. Tous les autres passagers étaient descendus, ou avaient changé de compartiment. Le train arriva en gare de Rome à huit heures trente-cinq, Émilio se présenta tout de suite au guichet, mais le premier train pour L'Aquila n'était prévu que le lendemain à neuf heures et demie. Il sortit de la gare et se mit en quête d'un hôtel bon marché. La seule chambre qu'il put obtenir n'avait même pas de fenêtre, mais cela lui était bien égal. Il venait d'exécuter un homme de sang-froid, et plus rien ne le dérangeait vraiment. Le lendemain, à midi et demi, Émilio était à L'Aquila. À trois heures de l'après-midi, il prenait le car pour son village de Mezano. Le 17 novembre, à cinq heures, Émilio était revenu dans sa maison, qu'il avait quittée le 13 au matin. Il aurait voulu aller au village pour téléphoner et avoir des nouvelles de Mariéta et Sylvio, mais il était censé leur avoir rendu visite. Il devrait s'obliger à attendre quelques jours. Émilio devait également réfléchir à la réponse qu'il pourrait donner au commissaire Mario Estellio, si celui-ci lui réclamait le pistolet laissé dans le café à Udine. Vers six heures, il partit sur la tombe de sa femme et de ses parents, pour se recueillir et aussi pour leur apporter la bonne nouvelle. « Maintenant, vous êtes vengés, cette ordure ne fera plus de mal à personne. » Il y resta plus d'une heure. Il soupa de quelques tranches de saucisson et se coucha très tôt. Il pourrait reprendre son travail avec un jour d'avance. Le lendemain matin, il se leva vers sept

heures. Pendant qu'il préparait son café, il entendit frapper à la porte. Il hésita quelques secondes. Qui cela pouvait-il bien être à cette heure-là ? Il se dirigea vers la porte et l'ouvrit d'un coup, le commissaire Mario Estellio était devant lui.
– *Monsieur Montazini, j'ai une nouvelle très importante et très grave à vous apprendre. Rassurez-vous, il ne s'agit pas de vos enfants, mais d'Armando Coligneri. Il a fini par payer ses crimes, il a été exécuté avant-hier chez lui, dans son appartement à Udine. Un vrai travail de professionnel, deux balles dans la tête, on ne lui a laissé aucune chance, le coup devait se préparer depuis longtemps.*

Le commissaire savait très bien d'où les balles provenaient, mais il continuait à donner des détails. Émilio invita le commissaire à prendre un café. Pendant plusieurs minutes, les deux hommes restèrent silencieux, l'un en face de l'autre, en dégustant ce café qui avait un certain parfum.
– *J'ai incidemment appris que vous étiez allé voir vos enfants. Comment vont-ils ?*

Émilio répondit qu'ils allaient très bien et ajouta que, maintenant qu'il n'y avait plus la menace d'Armando Coligneri, ils iraient encore mieux. Le commissaire ne demanda pas à Émilio de lui restituer le Beretta, par contre, il lui suggéra de ne pas faire rentrer les enfants tout de suite. Il fallait que cette affaire se tasse un peu. Dans une quinzaine de jours, on n'en parlerait plus, et ils pourraient revenir. Émilio reprit son travail à huit heures. Petit à petit, il commençait à mesurer la véritable dimension de son acte, et beaucoup de choses et de questions lui traversaient l'esprit. Pourquoi cette femme l'avait-elle aidé ? Et ensuite, à la gare, ce policier qui était arrivé à point nommé. Alors que tous les passants étaient fouillés et identifiés, lui était passé au travers. Puis le retard du train, sans compter ces deux hommes, qui étaient entrés dans le compartiment, comme pour s'assurer que tout allait bien. Sûrement des policiers. Tout cela n'était pas dû au simple fait du hasard. Enfin, il repensa au pistolet que le commissaire lui avait remis soi-disant pour qu'il se protège d'Armando Coligneri, à l'adresse qu'il lui avait, comme en passant, soufflée. À peine était-il revenu de son voyage que ce même commissaire était là pour, soi-disant encore, lui apporter la nouvelle et, en réalité sans doute, vérifier qu'il était bien de retour. La menace disparue, il aurait dû lui demander de restituer l'arme. Mais non, il ne lui avait rien réclamé, comme s'il savait que l'arme avait été abandonnée, dans ce café à Udine. Petit à petit, le puzzle se reconstituait, Émilio était maintenant presque certain d'avoir été manipulé. Il s'était retrouvé, malgré lui, au centre d'une machination orchestrée par le commissaire Mario Estellio. Cet homme et d'autres responsables s'étaient servis de sa haine comme d'une arme pour atteindre le chef fasciste. Mais Émilio ne lui en voulait pas, il savait que la seule façon d'arrêter Armando Coligneri était de l'abattre, sans autre forme de procès. Peu importait le nom de la personne qui se chargerait d'appliquer la sanction.

Le 25 novembre, Mariéta et moi étions de retour dans notre maison de Mezano. Papa nous apparut en bonne forme, bien meilleure qu'à notre départ. Nous avions quitté notre foyer depuis fin juillet. C'était la première fois que nous avions été séparés pendant aussi longtemps. Nous racontâmes à notre père notre périple. Comment nous étions partis de chez tante Julia pour aller dans une autre maison. Puis que nous avions quitté cette maison pour nous retrouver à la campagne dans une grande ferme. Cette partie de cache-cache nous avait bien plu, mais nous étions maintenant très heureux de le revoir et d'être enfin rentrés à Mezano. Papa, lui, ne nous parla pas de ce qu'il avait fait durant notre absence.

Le 4 décembre au petit matin, le commissaire Mario Estellio frappait de nouveau à notre porte. Il informa papa que l'affaire Armando Coligneri n'était malheureusement pas encore réglée. Il attendit que nous soyons partis à l'école pour lui annoncer que l'exécution d'Armando Coligneri avait été diversement appréciée. Les fidèles de ce dernier avaient juré qu'ils auraient la peau du salaud qui avait froidement exécuté leur vénéré chef.
– *Monsieur Montazini, nous savons que vous n'êtes pour rien dans l'exécution du chef fasciste. Toutefois, certains de ses proches pensent que, s'il a été tué, c'est parce qu'on lui reprochait à tort d'avoir assassiné votre femme. J'ai des informations qui laissent à penser que vous et votre famille êtes encore en danger.*

Émilio avait déjà entendu ce discours, et ses bras lui en tombèrent, ils ne pourraient donc jamais plus vivre en paix. En réalité, le commissaire Mario Estellio mettait en place la dernière partie de son plan, qui était d'éloigner rapidement Émilio et sa famille. Il devait le convaincre de s'expatrier. Certes, il avait rendu un grand service en exécutant

Armando Coligneri, mais il pouvait un jour se confier, et on ne savait pas dans quelles oreilles ses confidences pourraient tomber. Les personnes qui étaient derrière cette affaire ne voulaient prendre aucun risque. Il fallait par conséquent poursuivre l'œuvre de manipulation jusqu'au bout et faire croire à Émilio que sa famille et lui-même ne seraient vraiment à l'abri que dans un pays étranger. Mario Estellio continua donc son discours. Il précisa que la police avait pris conscience des erreurs commises en n'assumant pas la responsabilité d'arrêter le chef fasciste. Il essaya de convaincre Émilio que, maintenant, les autorités étaient conscientes de la gravité de la situation. Elles étaient prêtes à l'aider s'il décidait de mettre en sécurité sa famille. Les services concernés pourraient favoriser leur départ et leur accueil dans le pays qu'il pourrait éventuellement choisir. Avant de prendre congé, le commissaire Mario Estellio prit soin de suggérer à Émilio de réfléchir rapidement au problème et, surtout, de n'en parler à personne. Durant la discussion, Émilio avait paru un peu désemparé, et le commissaire s'en était aperçu.
– *Monsieur Montazini, quelle que soit votre décision, je ne vous laisserai pas tomber. J'essayerai de vous aider à trouver la bonne solution, je reviendrai vous voir la semaine prochaine.*

Le policier savait que pour convaincre Émilio il ne devait pas perdre de temps. Il en avait un peu rajouté sur les menaces, mais il n'était peut-être pas très loin de la vérité, en affirmant que lui et sa famille étaient encore menacés. Dans les jours qui suivirent, le commissaire Mario Estellio donna mission à deux policiers de se rendre à Mezano. Ils devaient filer les enfants d'Émilio Montazini sur le chemin du retour de l'école, juste quelques minutes et sans trop les effrayer. Le soir, Mariéta et Sylvio racontèrent à Émilio qu'une grosse voiture noire, avec deux hommes à l'intérieur, les avait suivis pendant quelques centaines de mètres. Émilio fut sous le choc, mais n'en laissa rien paraître devant les enfants. Dès le lendemain, le 12 décembre, il partait pour L'Aquila. Lorsque le commissaire le vit arriver, il sut que c'était gagné, mais il devait modérer la pression. Dans l'état où Émilio était, il pouvait faire une bêtise, et le commissaire avait eu la preuve qu'il était capable de beaucoup pour protéger ses enfants. Émilio expliqua que Mariéta et Sylvio avaient été suivis sur le chemin du retour de l'école. Il précisa qu'il était d'accord pour quitter l'Italie, mais qu'il ne savait pas où aller. Mario Estellio lui demanda d'attendre dans son bureau. Quelques minutes plus tard, il revint avec une dame et fit les présentations.

– *Émilio Montazini, Maria Bulfoni.*

En présentant Maria Bulfoni, le commissaire précisa qu'elle était chargée des questions d'émigration pour la province de L'Aquila. Sans perdre une minute, elle demanda à Émilio de la suivre. Le dossier fut rondement mené, on lui exposa plusieurs possibilités, toutes pour la France. Avant de choisir leur future destination, il aurait bien voulu en parler à ses enfants. Mais le temps pressait, il se décida pour le département du Gers en Gascogne, dans le sud-ouest de la France. Le capitaine Aristide Clément Autun, propriétaire du château Tourne Pique dans le bourg de Floréal, chef-lieu du canton, proposait un emploi permanent d'ouvrier agricole. La famille qui bénéficierait de cet emploi disposerait d'un logement de deux pièces dans les dépendances du château. Cette offre avait été transmise par les autorités françaises au consulat d'Italie à Toulouse. Une prime était même accordée par l'État français. Toutefois, cette aide était assortie de l'obligation de rester travailler sur le territoire français pendant un minimum de quatre années. La prime ne serait versée qu'à l'issue de cette période. Le commissaire Mario Estellio savait que tous les émigrés étaient tentés au bout de quelques années, voire de quelques mois, de revenir dans leur pays. Afin que la famille Montazini reste en France, il lui fallait le moins d'attaches possible en Italie. Pour cela, il devait absolument faire vendre à Émilio la maison familiale de Mezano. Sous le prétexte que ses ennemis ne puissent pas remonter jusqu'à sa famille, Mario Estellio devait le persuader de ne garder aucune attache en Italie. Maria Bulfoni indiqua à Émilio qu'elle pourrait lui donner une réponse, dans deux ou trois semaines. Elle devait d'abord s'assurer que sa demande d'émigration était acceptée par l'État italien et que l'offre de l'employeur français était toujours d'actualité. Dès qu'Émilio eut terminé les formalités, le commissaire lui proposa de repasser par son bureau. Il le félicita pour sa prise de décision rapide, mais il le mit également en garde.

– *Monsieur Montazini, il ne faut pas laisser la possibilité à ceux qui vous veulent du mal de remonter jusqu'à vous. Que comptez-vous faire de votre maison de Mezano ? Si vous la conservez, vous serez obligé de communiquer votre nouvelle adresse aux autorités de Mezano, ce ne serait pas très prudent.*

Plus Mario Estellio argumentait et plus le doute s'installait dans l'esprit d'Émilio. Après quelques minutes, il répondit simplement qu'il ne savait pas pour le moment ce qu'il allait envisager. Ils se séparèrent par une poignée de main.

Papa nous avait demandé de ne plus rentrer seuls de l'école, nous devions toujours être en compagnie d'une grande personne. Ce soir, c'est lui qui viendrait nous chercher. Il avait fait part de ses craintes à notre voisin Vittorio Maldonné, qui lui avait proposé de s'occuper de nous chaque fois qu'il ne pourrait pas le faire. Pendant le repas, papa nous parla. Il nous expliqua que, pour notre sécurité à tous, nous devions rapidement quitter l'Italie, au moins pendant quelques années. Un jour peut-être, nous pourrions revenir. Mariéta avait maintenant presque 11 ans, et moi, Sylvio, je fêterais mes huit ans au début du mois de janvier. Nous n'étions que des enfants, mais nous avions très bien compris qu'il se passait des choses graves. Avec la mort subite des grands-parents, la disparition de maman, puis notre séjour chez la tante Julia, nous savions que certaines personnes nous voulaient du mal. Il y avait eu ensuite cette voiture qui nous avait suivis au retour de l'école. Nous demandâmes simplement à papa dans quel pays nous irions vivre. Notre père nous dévoila qu'il avait choisi la France, on lui avait proposé un travail pour cultiver la terre et la vigne dans un château en Gascogne. Il saurait dans quelques semaines si la place était toujours disponible. Nous pourrions habiter dans une maison juste à côté du château. Mariéta et moi étions plutôt ravis de cette nouvelle. Nous posâmes à papa des tas de questions, auxquelles il avait du mal à répondre. Il nous

demanda de garder secret notre éventuel prochain départ. Le 2 janvier 1930, papa reçut un courrier de Maria Bulfoni, l'attachée aux questions d'émigration de L'Aquila. Elle précisait que sa demande d'émigration pour la France avait été acceptée et que l'emploi d'ouvrier agricole au château Tourne Pique lui avait été réservé. Il devait se présenter à son bureau le plus rapidement possible afin de finaliser la procédure. Ce type de dossier mettait d'ordinaire huit à douze mois pour être traité, parfois même plus. Mais le commissaire Mario Estellio ainsi que d'autres personnes avaient su user de leur influence. Personne n'avait ménagé sa peine pour faire en sorte que ce dossier aboutisse favorablement et dans un temps record. Leur but était maintenant presque atteint, la famille Montazini quitterait l'Italie dans un très proche avenir. Le 3 janvier, papa était dans le bureau de Maria Bulfoni, à peine quelques minutes s'étaient-elles écoulées que le commissaire Mario Estellio fit son apparition. Ils échangèrent une poignée de main.
– *Émilio, pour votre maison, si vous avez pris la décision de la vendre, j'aurais peut-être un acquéreur. J'ai des amis qui résident à Rome, ils cherchent un pied-à-terre dans la région, je leur ai parlé de votre maison, ils semblaient très intéressés.*

Papa répondit qu'il fallait voir, il était d'accord pour vendre dans la mesure où l'offre était correcte. Le commissaire ne perdit pas de temps, il demanda à papa de l'excuser quelques minutes, il allait contacter ses amis. Moins de dix minutes plus tard, il était de retour.
– *Mes amis peuvent venir voir la maison samedi en début d'après-midi. Ils arriveront de Rome par le train dans la*

matinée, je les récupérerai à la gare et les accompagnerai jusque chez vous.

Le rendez-vous était pris, toutefois papa n'était pas dupe. Il y avait sûrement du danger pour nous si nous restions en Italie, mais d'autres personnes avaient également intérêt à ce que nous quittions le pays au plus vite. Maintenant, c'était au tour de notre père de profiter un peu de la situation. Vers deux heures de l'après-midi, le commissaire Mario Estellio et ses amis, Aldo et Félicia Roma, arrivèrent devant notre porte. La dame nous avait apporté un gros paquet de bonbons. Pendant que papa faisait visiter la maison, elle nous prit par la main et fit quelques pas avec nous sur le bord de la route.

Notre maison était située à la sortie du village, elle comportait une grande cuisine, deux chambres, un cellier ainsi qu'une grande remise. Il y avait en plus quelque deux mille mètres carrés de terrain. De retour devant la maison, Aldo Roma semblait satisfait. Madame Roma ne visita même pas. Cet engouement un peu prompt pour cette demeure qui n'avait rien d'exceptionnel conforta papa dans l'idée que notre départ rapide était désiré par certaines personnes. Aldo Roma demanda à papa le prix qu'il souhaitait obtenir pour la maison. Notre père s'était informé auprès du notaire qui lui avait donné une estimation. Il n'hésita pas, il multiplia le prix par trois et l'annonça. Aldo et Félicia Roma ne furent même pas surpris et proposèrent de prendre rapidement rendez-vous chez un notaire de L'Aquila. Je pense que papa regretta de ne pas avoir donné un prix encore plus élevé, mais la somme obtenue était déjà plus que correcte. Elle nous permettrait sûrement d'acheter une autre maison dans notre nouveau pays. Maria Bulfoni offrit à papa de s'occuper du transfert des fonds vers la banque de Gascogne à Auch. L'affaire fut rondement menée, le 20 janvier 1930, soit moins de quinze jours après la visite d'Aldo et Félicia Roma, la vente était effective, encore un record. La paranoïa s'était installée, et papa voyait du danger dans chaque voiture qui passait. Aussi, pendant les jours qui suivirent, les préparatifs allèrent-ils bon train. Les meubles furent expédiés le 28 janvier. Le transport s'effectuerait par train de marchandises, ils arriveraient à notre adresse, au château Tourne Pique, vers la mi-février. Papa, Mariéta et moi quittâmes Mezano le lendemain, le 29 janvier, avec nos bagages personnels, linge, vêtements et quelques provisions. Assis au fond du car qui nous amenait à L'Aquila, nous n'avions d'yeux que pour notre village qui s'éloignait. Notre exode commençait. Nous passâmes devant notre maison, celle où papa était né et dans laquelle il avait grandi, entouré de ses parents et de ses grands-parents. Notre père se rappelait fort bien ses grands-parents paternels qui avaient disparu assez jeunes. Il nous en parlait très souvent. Ensuite, le car longea le cimetière. Nous laissions, là, maman, Maria, Jacquomino et nos arrière-grands-parents. Toute notre vie défila en quelques minutes. Les larmes apparurent dans nos yeux, mais chacun de nous évita que les autres puissent les remarquer. En moins de six mois, notre existence avait basculé, nous partions vers l'inconnu en quittant tout. Nous partions vers ce pays de France que nous ne connaissions pas. La Gascogne, qui nous avait donné rendez-vous pour ce nouveau départ dans la vie, se situait à proximité de l'océan Atlantique, complètement à l'opposé de la frontière italo-française. Papa regardait cette terre qui l'avait vu naître, cette terre qui lui avait beaucoup donné, mais qui lui avait aussi beaucoup repris. Je suis à peu près certain des pensées qui étaient les siennes à ce moment précis. Il devait se dire que c'était sûrement la dernière fois qu'il voyait ce pays, que nous, ses enfants, pourrions peut-être revenir, mais pas lui. Notre famille se retrouva ensuite dans le train, direction Rome. Les paysages nous étaient moins familiers, nous n'étions déjà plus chez nous. Le dimanche 2 février 1930, papa, Mariéta et moi foulions le sol de France pour la première fois. Le soleil brillait sur Nice, et une nouvelle vie pouvait enfin commencer. Le 3 février 1930, à dix heures et demie, notre train arrivait en gare de Condom. Ce jour-là, le soleil n'était pas au rendez-vous, il tombait même quelques gouttes, le temps était assez froid. Une camionnette nous attendait à la gare. Nous fûmes accueillis par le régisseur du château Tourne Pique, Théodore Chandon. Dès le premier coup d'œil, cet homme me déplut. Il n'était pas très bavard, très distant même. Il n'y avait qu'une place de disponible à côté du chauffeur, papa se dévoua. À l'arrière, cheveux au vent, Mariéta et moi découvrions notre nouveau pays. Le régisseur nous emmena directement au château.

À peine étions-nous arrivés qu'il nous conduisit à notre petit logement de deux pièces. Pour le moment, nous devions nous en satisfaire. Toujours aussi distant, Théodore Chandon fit comprendre à papa que le travail commencerait dès le lendemain et qu'il devait se présenter devant le chai à sept heures trente. En plus de l'accueil qui n'avait pas été très cordial, et même plutôt glacial, aucune flamme n'avait réchauffé cette maison depuis bien longtemps. L'humidité ressortait d'un peu partout. Papa lui désigna du doigt l'âtre et fit signe qu'il faisait très froid. Le régisseur ouvrit la porte et pointa du doigt un tas de bois. Ensuite, il prit congé, en laissant notre famille un peu désemparée. Le régisseur n'avait pas passé plus de cinq minutes avec nous. La cuisine n'était meublée que d'une grande table, de quatre chaises, de quelques étagères au mur et d'une cuisinière très fatiguée. Dans la seconde pièce trônaient un grand lit ainsi qu'une vieille armoire. Papa entreprit d'allumer le feu, moi, je l'aidai. Pendant ce temps, Mariéta rangea les quelques vêtements qui nous avaient accompagnés. La cheminée crépita enfin dans la cuisine, petit à petit, l'atmosphère se réchauffa. Il était midi et demi, et la faim commençait à tenailler nos estomacs. Dans nos bagages, nous avions apporté assez de nourriture pour nous restaurer pendant au moins quatre jours. Mariéta déballa nos provisions, papa trancha le saucisson, puis la coppa, des rondelles bien fines, légèrement de biais, comme il savait si bien le faire. C'était bon de se retrouver dans notre nouvelle maison, même si le pain était un peu dur, nous nous en contenterions. Vers deux heures et demie de l'après-midi, un « toc toc toc » discret se fit entendre à la porte d'entrée. Papa alla ouvrir, un homme d'une trentaine d'années, habillé en militaire, se tenait dans l'encadrement. Il tendit la main tout en se présentant.

– *Capitaine Aristide Clément Autun.*

Il ajouta quelques mots de bienvenue en mauvais italien, mais papa comprit fort bien et nous présenta à son tour. Au contraire du régisseur, cet homme me plaisait bien.

La discussion se poursuivit pendant plus d'un quart d'heure, le capitaine nous paraissait être un homme très chaleureux. Papa lui montra nos cahiers et nos livres et trouva les mots pour lui demander de quelle façon il devait s'y prendre pour que nous puissions aller sans tarder à l'école. Aristide Clément Autun sembla apprécier la démarche, seuls des gens de qualité pouvaient faire passer l'éducation en priorité. Il proposa immédiatement de nous accompagner à Floréal pour rendre visite à monsieur et madame Sourtis, le couple d'instituteurs. Il pourrait ensuite en profiter pour nous présenter au maire, Gaston Lanterre, ainsi qu'aux commerçants du village. À l'école, le capitaine entra directement dans la classe de monsieur Sourtis et lui expliqua la situation. Tous deux nous rejoignirent rapidement dans le couloir. Moins de cinq minutes plus tard, nous étions présentés aux élèves.

L'instituteur précisa que la famille Montazini venait tout juste d'arriver d'Italie et que Mariéta et moi serions parmi eux, dès le lendemain. Monsieur Sourtis ajouta que quitter sa maison et tous ses proches pour s'expatrier loin de son pays n'était pas facile à vivre. Il comptait sur eux pour nous aider à nous adapter le plus vite possible à notre nouveau pays. Le capitaine nous présenta ensuite à Félicien et Marthe Departout, propriétaires de l'épicerie, droguerie, quincaillerie. Il expliqua à monsieur Departout, qui s'occupait des comptes, que papa travaillait désormais au château et qu'il se portait garant de ses dettes. C'était là faire preuve d'une grande confiance. Puis, ce fut le tour de la boucherie de Félicien Briscadieu, de la boulangerie de Noël et Lucette Fabre et du maire de Floréal, Gaston Lanterre. Malin et tenace, Gaston Lanterre était un opportuniste, il avait en réalité toutes les qualités requises pour faire un bon commerçant. Il vendait des engrais, des semences et autres outillages agricoles, mais il était également négociant en grains. Bref, il tenait les bons leviers. Le capitaine Aristide Clément Autun et le maire n'étaient pas tout à fait du même bord politique, mais c'était le maire, et le capitaine se devait de lui présenter ses nouveaux administrés. Il nous invita ensuite au café de Pierrette Malfeu qui insista pour nous offrir le verre de l'amitié. Papa fut très touché par cette délicate attention. Le capitaine fit curieusement l'impasse sur un autre commerçant dans le bourg, madame Gourdes, la buraliste. Cette cancanière n'apprendrait que trop tôt l'arrivée de la famille Montazini et elle pourrait commenter l'information à sa façon. Il y avait également une autre raison à ce qu'il ne nous fasse pas faire connaissance avec elle.

De retour au château, le capitaine nous présenta à son épouse Éliette Clément Autun. Cette dame très belle et très élégante portait une magnifique robe d'un vert très pâle. Je ne mis que quelques secondes pour découvrir la petite fleur de même couleur qui agrémentait ses chaussures. Son parfum n'était pas ordinaire, très discret, mais d'une senteur très agréable. En Italie, les gens s'habillaient bien pour les grandes occasions ou pour aller à la grande ville, mais pas pour rester chez eux un jour de semaine. Peut-être que, en France, les choses étaient différentes, bien que la plupart des autres personnes que nous avions vues ou rencontrées depuis notre arrivée n'étaient pas spécialement bien vêtues.

Le capitaine demanda ensuite à la bonne Lisette Vaillant de prendre quelques couvertures et quelques draps et de les apporter dans notre appartement.
– *Lisette, la famille Montazini n'a pas encore reçu ses meubles. Demandez à Alban de mettre le lit qui est dans la réserve à leur disposition.*

Éliette Clément Autun était un peu émue et peut-être aussi un peu intriguée par notre famille. Par l'intermédiaire du capitaine, elle nous proposa de rester à souper. Papa refusa, mais le capitaine insista. Il lui fit comprendre que, dans la mesure où il s'absentait souvent et pour de longues périodes, il souhaitait mieux connaître les personnes qui étaient amenées à vivre au château. À notre grande satisfaction, papa se laissa convaincre. Le capitaine et son épouse avaient un fils de cinq ans, Édouard, qui séjournait actuellement chez les grands-parents paternels. Le repas était simple, mais copieux : soupe, poularde farcie avec des légumes, fromage, et même une tarte aux pommes. L'accueil du capitaine et de son épouse contrastait du tout au tout avec celui que nous avait réservé le régisseur. Ce que papa ignorait, c'était que le capitaine avait reçu un dossier concernant la famille Montazini. Celui-ci ne mentionnait sûrement pas tout, loin de là, notre famille portait trop de secrets. Mais il donnait toutefois beaucoup de points de détail. Nous remerciâmes chaleureusement nos hôtes. Au moment de partir, le capitaine proposa comme cadeau de bienvenue de nous amener dès le lendemain matin, Mariéta et moi, à l'école de Floréal. Il savait que se montrer avec nous nous aiderait à nous faire respecter. Le capitaine précisa qu'il viendrait également nous chercher le soir à la sortie. Cette chaleur humaine nous faisait vraiment beaucoup de bien, elle nous apportait un très grand réconfort.

Comme convenu, dès sept heures trente le lendemain matin, Émilio était devant le chai, il y avait déjà quelques ouvriers. Le régisseur Théodore Chandon et le capitaine arrivèrent tout de suite après. Aristide Clément Autun présenta lui-même Émilio aux autres hommes. Il connaissait les sentiments mitigés que portait le régisseur aux immigrés, il ne voulait pas qu'Émilio en fasse les frais. La veille, il lui avait glissé :
– *Je suis souvent absent. Si vous avez un problème quelconque, vous en parlez sans délai à mon épouse.*

L'italien du capitaine n'était pas parfait, mais Émilio avait parfaitement saisi. Le régisseur estimait, comme quelques autres indécrottables, que le pays n'avait que faire d'immigrés y résidant en permanence. Il suffisait de les faire venir en fonction des besoins, pendant quelques semaines, voire quelques mois, et de les réexpédier ensuite dans leur pays d'origine. Le capitaine avait, lui, un tout autre avis, il pensait qu'un pays appartenait à ceux qui étaient capables de le faire prospérer. Cette position était très loin de faire l'unanimité. Ce matin-là, le régisseur envoya Émilio avec une équipe de tailleurs. Sa tâche consistait à ramasser les sarments déjà taillés pour les ramener dans les allées et à les brûler. La première journée de travail se passa plutôt bien. Émilio était volontaire, et les autres ouvriers l'adoptèrent rapidement.

Vers huit heures trente, la Citroën B14 du capitaine s'arrêta devant l'école, une trentaine d'élèves étaient déjà là. Parmi eux, quelques adultes, sûrement des parents qui avaient trouvé un quelconque prétexte pour assouvir leur curiosité. Des immigrés qui allaient à l'école, ce n'était pas très habituel. Le capitaine sortit lui-même de son automobile pour nous ouvrir la portière. Il lança à notre adresse :
– *Bonne journée, les enfants, je viendrai vous reprendre ce soir.*

Puis, d'un geste, il nous salua et repartit vers le château.Cette démonstration et ces quelques mots suffirent pour impressionner petits et grands.

Le soir, à notre retour, nous étions ravis de notre journée. Nous avions déjà chacun un livre de lecture que les instituteurs nous avaient confié. Nous n'y comprenions pas grand-chose, mais ce n'était pas là le principal. À son arrivée, papa nous demanda de lui raconter notre premier jour de classe.

Au début du mois de juin 1930, soit quatre mois seulement après notre arrivée en France, le capitaine Aristide Clément Autun proposa à papa d'acheter la ferme de L'Arcange. Il sut user de persuasion en offrant des arrangements. Notre père se laissa convaincre, à notre plus grande joie. Papa, Mariéta, et moi allions avoir notre propre ferme.

Chapitre 6 – Le trésor de L'Arcange

Depuis maintenant près d'une heure, le chef Laterre écoutait Émilio. Le français de ce dernier n'était pas encore parfait, mais les leçons de monsieur Sourtis et son assiduité à la lecture portaient assurément leurs fruits. De temps à autre, Yvan Laterre lui demandait de reprendre, mais dans l'ensemble il saisissait parfaitement tous les détails du récit d'Émilio. Même si aucun trait de son visage ne trahissait ses émotions, il était véritablement abasourdi par les drames que cet homme et ses deux enfants avaient endurés. Il ne saisissait pas encore très exactement le rôle qu'avait joué le commissaire de police de L'Aquila, Mario Estellio, mais celui-ci devait savoir beaucoup de choses. Yvan Laterre comprenait maintenant pourquoi, malgré les lois en vigueur en Italie, Émilio et sa famille avaient réussi à émigrer aussi facilement. Et comment il avait transféré, tout aussi facilement, à la banque de Gascogne à Auch la belle somme d'argent que lui avait rapportée la vente de sa maison de Mezano. Les sentiments d'Yvan Laterre étaient partagés : qui était réellement l'homme qui se tenait devant lui, une victime ou un justicier ? Sûrement les deux à la fois. Même si l'instrumentalisation d'Émilio ne faisait plus aucun doute, il avait quand même abattu de sang-froid un homme. Mais, compte tenu des événements, on pouvait assimiler cette exécution à de la légitime défense. La France n'avait rien contre Émilio Montazini, bien au contraire, elle lui était redevable de ne pas avoir su protéger sa famille. Les autorités italiennes ne demanderaient pas non plus des comptes, elles s'étaient débarrassées du problème en envoyant la famille Montazini en France.

Émilio avait fini de raconter sa dramatique histoire. Yvan Laterre lui proposa de le raccompagner en voiture. Émilio refusa, marcher lui ferait le plus grand bien, et il avait besoin de faire le point. En passant devant la ferme des Bimes, il récupérerait Sylvio : son garçon était chez Antoinette Rosannés depuis la veille, il avait hâte de le retrouver. En se confiant à Yvan Laterre, Émilio avait fait resurgir des souvenirs très douloureux. Sur le chemin du retour, son moral n'était pas au mieux. Même à des milliers de kilomètres de Mezano, leurs ennemis les poursuivaient, ils ne seraient jamais plus à l'abri nulle part. Cette pensée le désemparait, il ne savait plus ce qu'il devait faire. En Italie, les autorités n'avaient pas réussi à protéger sa famille, il avait été obligé de faire lui-même le travail en éliminant Armando Coligneri. Il pensait alors que cela serait la fin du cauchemar. Mais il se trompait, on les avait ensuite, lui et sa famille, contraints à s'expatrier en lui expliquant qu'en France ils seraient en sécurité. Après à peine six mois passés dans leur nouveau pays, les tourments et les persécutions avaient recommencé. Aujourd'hui, c'étaient les autorités françaises qui étaient impuissantes et ne pouvaient assurer leur protection. Leurs ennemis n'avaient pas tardé à les retrouver. Après avoir incendié leurs terres, peut-être tiré sur lui, essayé de tuer Sylvio, ils s'en étaient pris à Mariéta qui était entre la vie et la mort. Pour Émilio, cela ne faisait aucun doute, les responsables étaient les deux Italiens en fuite, Massimo Santini et Arturo Fabiano. Mais qui étaient les commanditaires ? Ne pas pouvoir répondre à cette question lui était insupportable. Les deux hommes avaient vécu plusieurs mois à leur côté au château et ils avaient pu agir à trois, voire quatre reprises, en toute impunité. Leur dernier méfait accompli, ils s'étaient envolés, sans être inquiétés. Le plus terrible était de ne pas pouvoir aujourd'hui identifier l'ennemi. En Italie, il avait pu mettre un nom sur l'adversaire et l'éliminer, mais, à présent, l'attaque pouvait venir de toutes parts. Les deux assassins s'étaient enfuis, mais les commanditaires en enverraient de nouveaux. Cette sensation d'impuissance faisait ressurgir en lui cette haine qui l'avait quitté à l'instant même où il avait abattu Armando Coligneri. Il était désespéré de penser que sa famille ne serait plus à l'abri nulle part.

Yvan Laterre se rendit directement à la brigade de Condom. Les révélations d'Émilio ne pouvaient faire l'objet d'un rapport écrit. Il fallait qu'il en réfère de vive voix à son supérieur, l'adjudant-chef Bertomieux. Celui-ci écouta attentivement le récit du chef Yvan Laterre, il comprit qu'Émilio et sa famille avaient vécu de terribles moments.
– *Chef Laterre, ces révélations sont d'une extrême gravité, mais elles doivent rester secrètes et ne seront en aucun cas consignées. Je ne peux même pas en parler à mon contact en Italie, je ne sais pas exactement ce qu'il connaît de cette affaire.*

Papa me retrouva à la ferme des Bimes. Patou lui fit la fête en sautant et en aboyant comme un fou. Je ne lui posai pas trop de questions au sujet de Mariéta, je savais qu'il me dirait l'essentiel. Antoinette insista pour nous garder à manger et à dormir. Papa accepta pour le repas, mais il voulait ensuite retrouver notre chez-nous.

Dans la matinée, j'avais eu la visite de Lisette, la bonne du château Tourne Pique. Cette banale visite m'avait énormément réconforté, soulagé d'un grand poids et redonné confiance en l'avenir. Lisette venait prendre de mes nouvelles. En même temps, elle me précisa qu'Éliette Clément Autun lui avait demandé de remettre un peu d'ordre, avec l'aide de son mari, dans la cuisine à L'Arcange.

– *Lisette, vous avez mis la robe et les chaussures de madame Éliette ?*

– Mon petit Sylvio, madame m'a fait cadeau de cette robe et des chaussures depuis bien longtemps.

– *Lisette, je sais que ma question va vous paraître bizarre, mais depuis quand exactement vous en a-t-elle fait cadeau ?*

– *C'était pour mon anniversaire, le 2 novembre dernier, pourquoi cette question ?*

Durant plusieurs semaines, j'avais porté en moi un lourd et terrible secret. J'avais soupçonné, et même plus, madame Éliette d'avoir des rendez-vous galants avec Théodore Chandon. Je l'avais évitée et avais ressassé de très méchantes pensées à son sujet. Et aujourd'hui, alors qu'un drame épouvantable venait de nous frapper, je découvrais que je m'étais trompé. La femme qui était avec le régisseur à La Grange n'était pas madame Éliette, mais Lisette, la bonne du château. Cette nouvelle me soulageait d'un grand poids et vint apporter une petite note d'optimisme dans notre malheur.

En sortant de la gendarmerie, Émilio avait eu un petit coup de déprime, mais, maintenant qu'il retrouvait Sylvio, l'énergie de vaincre était de nouveau là. Il bouillonnait et était même très remonté. On les avait jetés hors de chez eux en Italie, maintenant cela suffisait, il n'était plus question de partir. Il avait réussi à régler le problème une première fois et il allait continuer à faire face.

Vers quatre heures de l'après-midi, papa, Patou et moi, nous retournâmes à L'Arcange. En chemin, mon père se mit à siffloter : « *j'ai du bon tabac dans ma tabatière, j'ai du bon tabac, tu n'en auras pas…* » Je le sentais maintenant déterminé, prêt à faire face à ce nouveau coup du sort. À peine franchissait-il le pas de la porte qu'il se dirigea droit vers la chambre. Il se pencha rapidement, regarda sous le lit et parut soulagé, le fusil était toujours là. Il le sortit, le posa sur le lit, vérifia que les cartouches étaient également en place et remit tout au même endroit. La cuisine avait été nettoyée, la vieille cuisinière n'était plus dans la pièce, elle avait été remplacée par une autre plus récente. Seuls, les murs portaient encore des traces de l'explosion. Une voiture arriva devant la porte, je reconnus la Delage de madame Éliette. Elle tendit la main à papa et vint vers moi. Elle me prit dans ses bras pour me réconforter, et comme pour me faire pardonner, je la serrai très fort.
Une vérité qui vous redonne confiance, et c'est l'optimisme qui réapparaît à l'horizon. Maintenant, j'étais certain que Mariéta ne mourrait pas.

– Bonjour monsieur Montazini, j'ai appelé l'hôpital d'Auch, mais ils ne m'ont rien appris de nouveau. Le capitaine et moi-même, nous nous sommes permis d'envoyer Lisette et son mari afin de mettre un peu d'ordre après l'explosion. Nous avions également une cuisinière qui n'attendait qu'une occasion pour reprendre du service, elle n'est pas neuve, mais elle est en très bon état.

Papa était très touché par tant de sollicitude, il remercia en précisant qu'il tenait à payer la cuisinière. Madame Éliette répondit simplement qu'elle verrait cela plus tard.
– Le capitaine est reparti dans son régiment, il m'a demandé de vous faciliter les visites à l'hôpital. Ma voiture est à votre disposition, vous pourrez aller voir Mariéta quand il vous plaira. Pour téléphoner, Lisette a reçu des instructions, vous pouvez venir au château, même si je ne suis pas là. Vous pourrez joindre directement Hector Valloire, le chirurgien qui s'occupe de Mariéta.

Éliette Clément Autun s'inquiéta encore de choses et d'autres, puis elle repartit vers le château.

L'adjudant-chef Bertomieux et le chef Laterre poursuivaient leur discussion. Le mandat d'arrêt lancé contre les deux Italiens n'avait rien donné pour le moment. La police perdait leur trace à la gare de Toulouse. Alors qu'ils parlaient, l'adjudant-chef avait bien remarqué qu'Yvan Laterre avait d'autres pensées en tête.
– Laterre, si vous avez une idée à me soumettre, allez-y. Il ne faut exclure aucune hypothèse, et surtout, on ne peut

pas laisser cette famille à la merci de tueurs venus de l'étranger.

– Mon adjudant-chef, et si les deux Italiens n'y étaient pour rien. Après tout, ils ont été licenciés tous les deux, juste avant le drame. N'ayant plus de travail, ils ont pu tout simplement partir ailleurs, pour chercher un emploi. Ils ne souhaitaient peut-être pas retourner en Italie.

– D'accord, Laterre, il ne faut négliger aucune piste. Nous devons reprendre cette affaire depuis le début. Il faut ressortir le dossier de l'incendie, quelque chose nous a peut-être échappé. Je vais de nouveau contacter mon confrère italien et demander des informations sur Massimo Santini et Arturo Fabiano. Mon cher Laterre, en ce qui concerne la sécurité de la famille Montazini, vous avez déjà failli par deux fois. Nous savions qu'ils étaient menacés, et rien n'a été fait pour les protéger. Attention, il ne doit plus rien leur arriver, ils doivent être sous surveillance permanente, tout au moins dans la journée. J'ai téléphoné au château, le capitaine Aristide Clément Autun est reparti dans son régiment, mais j'ai pu parler à son épouse. Madame Clément Autun m'a assuré qu'elle avait donné des instructions au régisseur afin qu'Émilio Montazini ne soit jamais seul à son travail. J'ai également demandé à la police d'Auch de placer un garde devant la chambre de Mariéta, le jeune Sylvio ne doit pas aller ni revenir de l'école seul. À vous de trouver une solution. De plus, n'hésitez pas à faire des rondes, surtout de nuit, et rendez-leur visite régulièrement. Nous devons montrer que la gendarmerie veille au grain. Le tas de bois suspect a été vérifié, apparemment, il n'y avait pas d'autre bûche piégée.

Vous allez demander à Émilio Montazini de stocker tout son bois à l'intérieur.

Tous les jours, papa appelait l'hôpital d'Auch, mais la réponse était inéluctablement la même : « Nous ne pouvons pas nous prononcer. »

Au château Tourne Pique, la distillation se poursuivait. Le maître de chai Alphonse Diodin avait proposé à papa de ne travailler que dans la journée. Il avait refusé, les soirs où il était de service, je dormais à la ferme des Bimes. Antoinette avait ressorti le fusil de son défunt mari et le tenait à portée de main, au cas où…

Ce 12 janvier, lorsque papa appela, il s'attendait à la même réplique. Ce n'est pas le chirurgien qui lui répondit, mais l'infirmière en chef.
– *Nous pensons que Mariéta va s'en sortir, elle a repris le dessus. Vous pouvez maintenant venir la voir, elle vous attend.*

Émilio était fou de joie, sa petite Mariéta allait guérir. Dans l'euphorie de l'instant, il prit Éliette Clément Autun dans ses bras et l'embrassa sur les joues. Il se reprit très vite et s'excusa. Éliette en resta quelques secondes sans réaction. Remise de ses émotions, elle proposa de partir sur-le-champ à Auch pour rendre visite à Mariéta. Émilio eut une petite hésitation, il fallait qu'il reprenne son travail.
– *Vous avez congé pour la matinée. Je vais arranger cela avec Théodore Chandon. En passant, nous prendrons Antoinette Rosannés et Sylvio à l'école.*

Mariéta était allongée sur la poitrine, la tête recouverte de bandages légèrement tournée sur le côté. Lorsque papa la vit au milieu de tout cet équipement, de ces tuyaux et de ces fils qui partaient dans tous les sens, il eut un petit temps d'arrêt. Pourtant, bien vite, il s'approcha de sa fille et lui déposa un baiser sur le front. Hector Valloire lui avait recommandé de ne pas la fatiguer et de la faire parler le moins possible. Papa chuchota à Mariéta qu'elle leur manquait et qu'il fallait qu'elle guérisse vite.

– *Tu sais, papa, je n'ai jamais perdu confiance, je savais que je m'en sortirais et je pensais beaucoup à vous. En plus, depuis que je suis ici, même les premiers jours, la Demoiselle blanche m'a rendu visite toutes les nuits. Je ne comprends pas vraiment ce qu'elle me dit, mais c'est quand même très réconfortant. Si je la rencontrais dans la rue, je ne crois toujours pas que je pourrais la reconnaître, mais j'ai le sentiment qu'elle se dévoile de plus en plus. Avant, j'avais l'impression qu'il y avait une barrière entre nous, un peu comme une vitre qui nous séparait. Cette nuit, elle semblait plus proche, plus survoltée, je crois même que son visage était encore plus étincelant. Je suis sûre qu'elle voulait que je comprenne que j'allais recevoir votre visite.*

Mariéta exultait, elle n'en finissait pas de parler, elle semblait ne plus pouvoir s'arrêter, des gouttes de transpiration apparaissaient sur son front. Émilio les épongea.

– *Chut, maintenant il faut te reposer ma petite fille, nous en reparlerons la prochaine fois.*

Moi aussi, j'eus droit à quelques minutes en tête à tête avec ma sœur, mais elle n'aborda pas avec moi le sujet de la Demoiselle blanche. Avant de quitter l'Italie et que tous ces malheurs ne nous tombent dessus, Mariéta et moi étions comme un frère et une sœur ordinaires. Souvent en train de nous chamailler. Mais depuis que les tourments nous avaient happés, nous avions très vite grandi et il n'y avait que très peu de place pour les disputes. Notre famille était très soudée, très solidaire, nous savions que c'était là notre seule chance de salut.

Puis ce fut le tour d'Antoinette et d'Éliette Clément Autun qui ne purent rester qu'un très court instant. Sur le retour, papa était d'humeur radieuse, il se sentait revivre, notre existence s'engageait maintenant sur un meilleur chemin. Toutefois, même si Mariéta était tirée d'affaire, elle devait encore séjourner au moins un mois à l'hôpital. En outre, le chirurgien lui avait précisé que certaines cicatrices du dos ne pourraient disparaître. Elles seraient là à tout jamais comme une marque indélébile de cette vengeance qui poursuivait notre famille. Deux fois par semaine, madame Éliette insistait pour accompagner papa à l'hôpital d'Auch. Mariéta allait de mieux en mieux, elle se remettait très vite. Le 8 février 1931, le jour de ses 12 ans, Mariéta fit son grand retour à L'Arcange. Pour effacer toutes traces de l'explosion, papa avait repeint la cuisine avec de la chaux, je l'avais même un peu aidé. Grâce à ce nouvel éclairage, l'espace nous paraissait encore plus grand. Un formidable repas fut donné en son honneur. Antoinette était bien sûr de la fête, comme d'ailleurs tous les voisins qui avaient soutenu la famille dans ces moments tragiques. Mariéta reprit l'école le 16 février 1931. Elle boitait encore un peu, mais elle ne voulait plus attendre, elle avait assez pris de retard comme ça.

Un soir après l'école, papa constata de légères griffures sur mon visage. Il pensa tout d'abord que c'était l'œuvre de quelques épines. Depuis que j'avais décidé de construire une cabane dans la petite haie, juste derrière la maison, je les traquais sans relâche. Mais dès que je partis me coucher, Mariéta entreprit de tout expliquer à notre père.
– *Papa, ce soir, en rentrant de l'école, Sylvio s'est battu avec Mathilde Lastruc. Tu sais, c'est la grande idiote qui avait mis sa boîte de crayons dans mon casier pour me faire accuser.*

Émilio se rappelait fort bien d'elle, il était d'ailleurs allé trouver son père Sylvain Lastruc, à la ferme du Tachou, pour avoir une petite conversation. Quand on dit que les chiens ne font pas des chats, la famille Lastruc était la parfaite illustration de ce proverbe. Ils étaient de ceux qui pensaient que les étrangers devaient rester chez eux. La discussion avait alors tourné à la discorde, et depuis ce jour-là, les Lastruc n'adressaient plus la parole à la famille Montazini. Cela ne dérangeait pas le moins du monde Émilio.
– *C'est pour cette raison qu'il a des marques sur le visage, elle l'a griffé. Depuis que je suis revenue à l'école, elle n'arrête pas de m'embêter. Elle m'appelle la boiteuse. Elle en profite, elle sait que je ne peux pas me défendre, parce que le docteur m'a conseillé de faire très attention et de ne*

surtout pas faire d'effort. Sinon, je lui aurais mis moi-même une raclée, je l'ai déjà fait plus d'une fois. Sylvio a pris ma défense, il l'a d'abord bousculée, en lui disant de me laisser tranquille. Comme elle ne voulait rien entendre, il l'a traitée de « grande ânesse éternelle » parce qu'elle a quatre ans de retard à l'école. Elle arrive de la classe des moyens et elle a presque 15 ans. Pour se venger, elle l'a griffé au visage, mais il ne s'est pas laissé faire. Il l'a poussé par terre et lui a fait manger de l'herbe, c'était très marrant à voir, tout le monde riait. Avec ce que Sylvio lui a fait manger, je pense que ce soir elle n'aura même pas besoin de souper. Ensuite, elle est partie en courant, elle pleurait comme une madeleine, mais c'est bien fait pour elle.

– Tu sais, Mariéta, on ne peut pas régler tous les problèmes en se battant, mais je pense que, dans ce cas précis, il n'y avait sûrement pas d'autre solution. Ton frère a pris ta défense, et c'est très bien. Je lui parlerai demain matin, rassure-toi, je ne le gronderai pas. Si cette fille continue à vous importuner, dis-le-moi, j'irai raconter cette histoire à monsieur Sourtis. Si cela ne suffit pas, je règlerai le problème avec ses parents.

Mariéta parlait régulièrement de la Demoiselle blanche avec papa, lui seul était dans la confidence. Même son amie Antoinette n'était pas au courant. Depuis que je m'étais un peu moqué la première fois, elle n'abordait jamais plus ce sujet en ma présence. Mariéta avait l'impression qu'elle et la Demoiselle blanche étaient de plus en plus proches.

– Papa, j'arrive presque à saisir ce qu'elle souhaite me faire comprendre. Pour son visage, il ne manque que

quelques traits et je pourrais véritablement la reconnaître. Parfois, il me semble même que je peux la toucher.

La penderie à l'entrée de la chambre de Mariéta était aménagée dans un renfoncement qui laissait supposer qu'une porte avait été condamnée par un mur de pierres. En rangeant ses affaires, ma sœur avait remarqué une longue et large fissure. Le mur s'était lézardé sur presque toute sa hauteur, sûrement les conséquences de l'explosion. De l'autre côté de ce mur devait se trouver le cellier. Mariéta demanda à papa s'il pouvait rapidement réparer les dégâts. Elle prit même le prétexte que des souris ou des rats pouvaient en profiter pour s'introduire dans sa chambre. Papa promit de s'en occuper très rapidement.

J'avais revu Gaétan Vaillant, l'ogre de la forêt de Massecot. Le puisatier remettait en état une petite fontaine collective en pleine campagne. En été, quand l'eau manquait dans les fermes, les paysans venaient y faire leur réserve. Patou m'accompagnait et, lorsque j'arrivai près de l'homme, il se mit à aboyer. Je dus même le gronder afin qu'il cesse, mais il semblait rester sur ses gardes. Je trouvai Gaétan Vaillant moins bavard qu'à son habitude. Peut-être n'aimait-il pas les chiens. Après tout, compte tenu de la réaction de Patou, la réciproque devait être vraie. La discussion ne s'éternisa pas, je ne restai pas plus de quatre à cinq minutes et repartis vers L'Arcange.

Patou avait maintenant presque six mois et il dormait toujours dans la cuisine. Sa taille avait plus que doublé, c'était déjà un véritable chien de garde. Dans la nuit du 3 au 4 mars, vers minuit, il se mit à aboyer. Il grattait la porte comme s'il voulait sortir. Il arrêtait quelques secondes et, très obstiné, il se remettait à aboyer de plus belle. Papa comprit que Patou avait flairé un intrus, peut-être un autre chien ou même un renard. Depuis que nous avions un poulailler, tous les prédateurs des environs se donnaient rendez-vous à L'Arcange. Mais il pouvait également s'agir de quelque chose de beaucoup plus sérieux. Il saisit son fusil sous le lit, le chargea dans l'obscurité, prit une réserve de cartouches dans ses poches et alla dans la cuisine en passant par ma chambre. Patou entendit papa arriver, et ses aboiements redoublèrent d'intensité. À voix basse, il lui intima l'ordre d'arrêter. Il ouvrit ensuite doucement la porte, sortit avec le chien sur les talons et referma à clé derrière lui.

Émilio s'avança pour faire le tour de la maison. Quelques gouttes de pluie tombaient, le vent soufflait légèrement. La lune jouait à cache-cache avec les nuages, de temps à autre, elle éclairait la nuit. Il marchait lentement. Lorsqu'il lui semblait entrevoir quelque chose de suspect, il interrompait sa marche et se tenait immobile. Après trois à quatre minutes, ses yeux s'étaient habitués à l'obscurité. Il arriva au coin du chai, cette partie n'était pas éclairée par la lune, mais de cet endroit il pouvait apercevoir le poulailler. Émilio s'arrêta un instant, puis repartit toujours avec la même lenteur. Il avait armé les chiens du fusil, mais son index n'était pas sur les détentes. Tout à coup, il entendit un bruit et vit une ombre foncer dans sa direction. Après un geste de recul, il leva son arme, mais la rabaissa aussitôt... Ce n'était qu'une chouette effraie qu'il venait de déranger dans sa partie de chasse nocturne... Il reprit son souffle quelques secondes, puis avança sa tête dans le coin du mur, Patou était toujours sur ses talons. L'obscurité excluait toute possibilité d'identification rapide, et il attendit un long moment. Il observa encore, mais ne remarqua aucun mouvement suspect. Il ne se passait rien autour du poulailler et du courtil aux cochons. Émilio avait maintenant atteint la zone la moins éclairée, le noir était total, Patou ne le quittait pas. Cette partie de la maison était faite de petits recoins, de pans de mur et d'ouvertures de porte. Il était facile à un intrus de se dissimuler là et de bondir dans le dos d'Émilio. Ses yeux scrutaient les moindres détails, sa progression était très lente. De temps à autre, il regardait derrière lui, même le chien semblait hésiter. Il arriva presque au niveau de l'appentis, à l'autre bout de la maison. C'est à cet instant qu'il entendit un bruit, un peu comme des pas qui s'éloignaient rapidement. Avec le vent, il avait du mal à savoir si c'était un animal ou un humain. Émilio courut jusqu'au coin et aperçut une silhouette, mais la pluie avait repris et les nuages cachaient la lumière de la lune. Cette forme qui s'enfuyait lui paraissait un peu trop petite pour être celle d'un homme et à la fois un peu trop grande pour être celle d'un animal. Émilio n'hésita pas, il fallait que les intrus comprennent qu'ils ne pouvaient pas s'aventurer en pleine nuit à L'Arcange en toute impunité. La cible était maintenant à plus de quarante mètres. À cette distance, avec du plomb de 8, il pouvait faire mal, mais pas provoquer de blessures graves. Il épaula son fusil, visa dans la direction de la silhouette en fuite et lâcha ses deux coups. Porté par le vent, le bruit des détonations avait dû s'entendre à des kilomètres. Dans le lointain, il lui sembla percevoir des cris, mais rien n'était sûr. À peine avait-il tiré que Patou partit comme un fou dans la même direction, en aboyant avec force. Sans perdre de temps, Émilio ouvrit l'arme, sortit les douilles vides et remit deux nouvelles cartouches. Il arma tout de suite les chiens du fusil, prêt à faire feu de nouveau. Il avait appris à être prudent, sans bouger, il attendait dans la nuit. Au bout de trois à quatre minutes, Patou revint tout essoufflé. Émilio le félicita par une petite caresse et repassa devant la cuisine pour s'assurer que la porte était toujours bien verrouillée.

Mariéta s'était réveillée en sursaut, la Demoiselle blanche lui était apparue dans son sommeil, elle semblait être poursuivie par une silhouette à tête de fouine. Inquiète, elle se leva prestement et entra dans la chambre de son père. Elle s'aperçut rapidement qu'Émilio n'était plus dans son lit. Au même instant, elle entendit les deux détonations et se précipita très angoissée dans la chambre de Sylvio.

Moi, j'étais déjà réveillé et avais allumé ma lampe à pétrole.
– *Tu as vu papa, tu sais ce qui se passe ?*
– *Non, mais j'ai entendu Patou qui aboyait et, tout de suite après, j'ai vu papa qui traversait la chambre avec le fusil. Je pense que c'était un renard ou un blaireau qui tournait autour du poulailler. Viens, on va l'attendre à la cuisine.*

Le fusil toujours en main, Émilio repartit dans le sens inverse, il voulait de nouveau vérifier le tour de la maison.

Comme il passait devant l'appentis, il entendit distinctement un bruit de course du côté du poulailler. Plus aucun doute, c'étaient des pas d'homme. Il traversa l'appentis en courant, malheureusement il se prit les pieds dans une bûche et faillit tomber. Il se redressa, mais il arrivait trop tard, il ne put rien apercevoir. Il était toutefois certain que quelqu'un s'était enfui. Une fois de plus, Patou partit à la poursuite de l'intrus en donnant de la voix. Pas de doute, c'était déjà un bon chien de garde. Mais, cette fois, la traque fut plus longue, Émilio retourna devant la maison, Patou ne revenait toujours pas. Il hésita à repartir, il ne voulait pas laisser les enfants sans protection.

Papa ouvrit enfin la porte, Mariéta et moi étions debout, nous attendions serrés l'un contre l'autre. Notre père nous expliqua qu'un renard rôdait autour du poulailler, qu'il lui avait tiré dessus et que Patou était parti à sa poursuite. Comme le chien ne revenait pas, il fallait qu'il aille à sa rencontre. On ne le crut qu'à moitié. Notre père voulut nous laisser le fusil, mais ma sœur refusa.
– *Papa, à l'intérieur de la maison, nous ne risquons pas grand-chose, le danger est dehors. Il vaut mieux que tu le gardes avec toi.*

Dès qu'il fut sorti, Mariéta referma la porte à double tour, moi, j'attisai le feu.

Dans la nuit noire, et sous une pluie maintenant battante, Émilio partit à la recherche de Patou. De temps à autre, il s'arrêtait et appelait le chien. Il atteignit le bord du ruisseau bordé par la grande haie. Émilio le suivit dans le sens du courant et arriva au petit pont qui l'enjambait. La pluie tombait à présent par bourrasques. Dès qu'il fut sur la route, il entendit un gémissement, il s'approcha à grandes enjambées. Patou était là, recroquevillé au coin du parapet, il ne bougeait presque pas. Émilio mit le fusil à la bretelle, prit le chien dans ses bras et retourna à la maison.

Mariéta et moi attendions un peu anxieux. Lorsque, enfin, notre père frappa à la porte, la tension retomba. Le feu était ranimé, papa installa Patou sur une couverture devant les flammes. Il se sentait en sécurité et ne gémissait plus. À la lueur de la lampe à pétrole, nous fîmes un rapide diagnostic. Le chien avait une vilaine blessure, assez profonde, à la tête, et sa patte avant gauche semblait fracturée. Patou n'avait pas pu se faire ça tout seul. Mariéta désinfecta la blessure de la tête et mit en place un bandage. Pour la patte, c'était plus délicat. Papa réussit à fabriquer une petite attelle. Demain, il faudrait l'emmener chez le vétérinaire. Il était presque trois heures du matin, et papa nous envoya nous coucher. Lui n'arriverait pas à dormir, il ajouta une bûche, attisa le feu et s'assit sur une chaise devant la cheminée. Le fusil, toujours chargé, était appuyé contre l'horloge. Une question lui taraudait l'esprit : qui pouvaient bien être ces rôdeurs ? Parce que, maintenant il en était sûr, la première silhouette était également celle d'un humain. Étaient-ce de simples voleurs de poules ou des assassins qui menaçaient encore une fois sa famille ?

Le lendemain, vers sept heures, Émilio était toujours sur la chaise devant le feu. Il avait un peu somnolé, mais n'avait

pas vraiment trouvé le sommeil. Patou semblait aller mieux, il lapait du lait dans le bol avec appétit. Papa nous réveilla et repartit sur les lieux des événements nocturnes. Il fit le tour de la maison, mais ne remarqua rien de suspect. Si les intrus étaient venus pour dérober des poules, c'était raté, elles semblaient être toutes là. Mariéta le rejoignit dehors.
– *Tu sais, papa, c'est la Demoiselle blanche qui m'a encore prévenue cette nuit. Tu es sûr qu'il s'agissait d'un renard ? Et pour Patou, ce n'est pas un renard qui a pu le mettre dans cet état !*
– *Viens, rentrons dans la maison, je vais tout vous raconter.*

À huit heures, la famille se prépara à partir pour Floréal. Dans l'état où il se trouvait, Patou ne pouvait pas courir, et papa l'installa dans un panier en osier sur le porte-bagages du vélo. Il nous laissa devant la cour de l'école et poursuivit jusqu'au domicile de Julien Lapairre.

Le vétérinaire consultait rarement chez lui. Le plus souvent, il se rendait au domicile de ses clients, pour une vache, un cheval ou un cochon. Il examina Patou dans la petite pièce qui lui servait également de pharmacie. Il défit le bandage, vérifia la plaie et la nettoya. Il demanda des précisions sur la cause des blessures, Émilio lui raconta l'histoire.
– *Monsieur Montazini, votre chien a sûrement été frappé avec une barre en bois. Regardez, il en reste quelques fragments dans la plaie. Pour la patte cassée, je présume qu'on lui a fait cela de la même façon.*

Julien Lapairre précisa à Émilio qu'il allait recoudre la plaie, remettre en place les os de la patte et plâtrer.
– *Votre chien est jeune et robuste, dans quelques semaines il n'y paraîtra plus.*

Émilio laissa le vétérinaire opérer, il fallait qu'il aille parler de cette affaire au chef Laterre. Il avait quand même tiré sur un fuyard et l'avait peut-être touché. Émilio raconta de façon très précise comment les faits s'étaient déroulés. Yvan Laterre lui proposa de le raccompagner, il souhaitait faire son enquête sur place, pour peut-être trouver quelques indices. La porte du poulailler n'avait pas été ouverte, et les traces de pas avaient sûrement été effacées par la pluie de la nuit. Le maréchal des logis-chef ne put rien relever d'intéressant. Dans sa déposition, Émilio précisa qu'il lui avait semblé entendre des cris, juste après avoir tiré ses coups de fusil. Le chef Laterre en conclut que le fuyard avait peut-être été touché. Il contacta tous les médecins, et même tous les vétérinaires dans les environs. Ses instructions étaient bien précises : si une personne se présentait pour une blessure provenant d'un coup de fusil, il fallait l'avertir, immédiatement.

Le chef Laterre informa son supérieur de l'intrusion des deux rôdeurs, en pleine nuit, à la ferme de L'Arcange. Depuis quelques jours, on lui avait déjà signalé des vols de volaille. Dans cette affaire, il penchait plutôt pour cette hypothèse, pour être exact, il l'espérait de toutes ses forces.

Une semaine plus tard, Léon Tardieu, le médecin de Villeneuve-de-Floréal, petit village situé à quelques kilomètres, appela le chef Laterre.
– *Une femme se trouve actuellement dans mon cabinet, son dos a reçu une dizaine de plombs. Elle m'a parlé d'accident de chasse, mais sa version des faits est peu crédible. Les plombs n'ont pas été retirés, et la blessure, qui n'a pas été soignée correctement, commence à s'infecter. Il faut que j'intervienne rapidement.*

Yvan Laterre demanda au médecin de retenir la blessée, il serait là dans la demi-heure. L'affaire fut vite expédiée, la femme avoua en moins de cinq minutes. Le chef Laterre se rendit avec le gendarme François Autain arrêter le mari à son domicile. Les deux coupables furent emprisonnés dans la cellule de la gendarmerie. Le chef Laterre était satisfait, enfin une enquête promptement menée. Le couple habitait dans une petite maison, située à la limite de la commune de Villeneuve-de-Floréal, en lisière du bois de Lian. Ils vivaient d'expédients, de braconnage et de vols dans les poulaillers. Ils faisaient bien quelques journées de travail ici et là, mais ce n'étaient pas des gens très courageux, et le labeur dans les fermes était plutôt pénible. Alors, ils préféraient voler les poules plutôt que de les élever ou de les acheter.

Yvan Laterre informa papa de l'issue de cette affaire. Cette information nous soulagea d'un grand poids, il s'agissait juste de voleurs de poules. Comme ils n'avaient rien volé à L'Arcange et que, en prime, la femme avait reçu quelques plombs, papa ne porta pas plainte, pas plus d'ailleurs que les autres victimes. Le couple fut relâché, toutefois certaines personnes firent pression sur le propriétaire de la petite maison dans laquelle ils vivaient. Celui-ci leur demanda de vider les lieux. Trois jours après, le couple avait disparu, ils iraient voler les poules ailleurs.

Patou reprenait de la vigueur, il arrivait même à courir sur trois pattes. Dans moins de deux semaines, on pourrait lui retirer le plâtre. Malgré son très jeune âge, Patou s'était conduit comme un héros, maintenant, plus question de le faire coucher dans l'étable, sa place définitive était dans la cuisine.

Les deux Italiens en fuite n'avaient toujours pas été retrouvés, et l'enquête sur l'explosion de la cuisinière piétinait. À part la tentative de vol de poules, toutes les affaires qui concernaient de près la famille Montazini n'arrivaient pas à trouver d'issue.

Nous étions le 19 mars 1931, au château, la distillation tirait vers sa fin. Encore deux ou trois jours, et les alambics seraient remisés jusqu'en décembre prochain. Le maître de chai Alphonse Diodin était plutôt satisfait, la récolte 1930 était de qualité. Il fallait maintenant patienter quelques mois, voire quelques années, pour vraiment s'en rendre compte, mais les premières constatations étaient déjà très prometteuses. La blanche provenant du cépage folle-blanche de la dernière cuve semblait même au-dessus du lot, pleine de caractère, corsée, mais juste ce qu'il fallait, avec un parfum évoquant la violette. Un vieillissement prolongé dans le bois allait lui permettre de s'affiner et de s'exprimer pleinement. Alphonse Diodin en était sûr, dans dix ou quinze ans, cet Armagnac Ténarèze serait l'un des meilleurs.

Ce jeudi, pour me rendre à Floréal, j'empruntai une fois de plus la bicyclette d'Antoinette. Elle était toujours trop grande pour moi, mais j'arrivais quand même à me servir des freins, et c'était bien là l'essentiel. Antoinette me mit en garde contre le brouillard, et je lui promis de faire très attention. Alors que je descendais la grande côte de Pellegrin, le rideau de brume très épais m'obligea à rouler très lentement. J'abordais la partie la plus pentue, lorsque j'entendis une voiture derrière moi. Le bruit du moteur se rapprochait de plus en plus. Je n'étais pas inquiet, le feu arrière de la bicyclette fonctionnait correctement, le conducteur devait donc me voir. Très concentré pour garder ma route, je ne me risquai pas à tourner la tête. L'automobile n'était plus maintenant qu'à quelques centimètres. Pour quelle raison, le conducteur se tenait-il aussi près de moi ? Pour quelle autre raison ne me doublait-il pas ? Un peu perturbé, je me laissai aller à rouler de plus en plus vite, le grand virage ne devait plus être très loin. La voiture me suivait toujours, mais j'avais pris quelques longueurs d'avance. Au bruit du moteur, je compris qu'elle revenait rapidement sur moi, j'atteignais déjà le tournant. Je n'essayai même pas de rester sur la route et partis tout droit dans le fossé. Je dévalai le talus de trois à quatre mètres et me retrouvai planté dans la haie en contrebas. Lorsque j'arrivai enfin à m'extirper des épines, l'automobile disparaissait déjà en direction de Floréal. Je ne parvenais pas à comprendre : le conducteur avait bien dû me voir dégringoler dans le bas-côté, pourtant, il ne s'était pas arrêté. Pour moi, plus de peur que de mal. À part quelques égratignures, tout allait bien. Par contre, le vélo, avec la fourche tordue et la roue avant voilée, ne pourrait plus rouler de si tôt. Un peu choqué par la chute, je réussis tant bien que mal à remonter sur la route. Il n'était plus question de me rendre au bourg. Je décidai de rentrer, en essayant de ramener le vélo, mais bien vite je l'abandonnai dans le fossé. Avec les réparations, ma cagnotte allait en prendre un sacré coup.

Lorsque je racontai ma mésaventure à papa, les traits de son visage se durcirent. Il serra les poings, mais rapidement, voyant s'approcher le maître de chai Alphonse Diodin, il se détendit.

– Sylvio, tu es sûr que la voiture ne t'a pas touché ?

– Absolument certain, papa, j'ai quitté la route avant qu'elle ne m'attrape. Je pense qu'elle était de couleur foncée, mais je ne sais pas la marque, et encore moins le numéro de la plaque minéralogique. Le chauffeur devait être myope, ou alors il ne savait pas conduire, ou alors il était saoul. Peut-être même qu'il n'avait pas de permis, c'est sûrement pour cela que ce voyou ne s'est même pas arrêté.

Papa informa le chef Laterre de l'incident. Mais sans éléments précis, celui-ci ne pourrait pas faire grand-chose. En plus, l'automobile ne m'avait même pas touché. Pour moi, ce n'était qu'un incident, un chauffard inconscient, mais papa prenait, lui, cette affaire très au sérieux.

Ce fait divers se propagea rapidement, et une psychose commença à s'installer dans le village. Il ne s'écoulait pas quinze jours sans qu'un habitant de la commune aperçoive une automobile noire suspecte, sillonnant lentement la campagne. Comme si ses occupants étaient à la recherche de quelqu'un ou à l'affût d'un mauvais coup. Ça se passait la plupart du temps entre chien et loup ou vers minuit. Rumeur ou réalité, l'information était toujours très vague, et jamais personne ne put ni donner la marque de l'automobile ni même relever son numéro d'immatriculation. Jamais personne ne put non plus voir les individus qui se trouvaient à l'intérieur.

Au début du mois de mai, nous reçûmes une lettre de la tante Julia, c'était la première depuis notre exil. Elle nous apprenait le décès du père de son mari qui résidait à Savona, au sud-ouest de l'Italie, pas très loin de Nice. Elle mentionnait dans sa missive qu'elle resterait chez sa belle-mère jusqu'à la fin du mois et qu'elle serait très heureuse de nous voir, à Nice ou dans une autre ville proche de la frontière. Elle laissait un numéro de téléphone où nous pourrions éventuellement la joindre. Papa décida de lui rendre visite, mais c'était encore trop risqué pour que Mariéta et moi fassions le voyage. Papa et tante Julia avaient convenu de se rencontrer à Menton. Dans ses bagages, il emmenait un portrait de nous deux, tiré par madame Éliette. Je n'en savais pas la raison, mais papa nous avait demandé de garder ce voyage secret. Seules, Antoinette et madame Éliette étaient dans la confidence.

Le 17 mai, le curé de Floréal, le père Lucien Beaulieu, organisa la kermesse traditionnelle. À cette occasion, le chef Yvan Laterre fit une découverte intéressante.

Pour faire entrer un peu d'argent dans les caisses de la paroisse, le curé, les enfants de chœur et les autres volontaires s'étaient employés à aménager des stands d'attractions. Ici, il y avait une tombola où il suffisait d'acheter des billets pour gagner des lots offerts par les habitants de la commune. Dans un autre, on avait le droit de se défouler en lançant des boules de tissu sur des pantins à l'effigie des notables de la commune. Monsieur le maire, monsieur le curé, et même les gendarmes étaient en première ligne. Il y avait bien sûr le fameux mât de cocagne, bien enduit de graisse de canard. Dans l'un des stands, on pouvait pratiquer le tir au lance-pierre. Tout au fond, à six ou sept mètres des tireurs, différents types de cible étaient installés. Les boîtes de conserve étaient les plus faciles à toucher. Par contre, à cette distance, les cigarettes représentaient des cibles très difficiles à atteindre. Yvan Laterre avait toujours en tête l'incendie de notre vigne du mois d'août dernier. Il était persuadé que le ou les incendiaires avaient utilisé un lance-pierre. Il restait un peu en retrait derrière le stand de pantins que Mariéta et moi tenions. Il put constater que l'effigie du gendarme qui lui ressemblait avait un franc succès. Il ne perdait pas pour autant de vue le stand de tir à la fronde, le spectacle pouvait être fertile en enseignements. Pierre Lemoine venait de tirer, mais il ne s'était intéressé qu'aux boîtes de conserve. Aucun intérêt, il avait d'ailleurs tout manqué.

Antoine Letémoin, qui le regardait, essaya à son tour. Sur trois cailloux, deux firent mouche, mais toujours sur les boîtes de conserve. Armand Malcœur arriva à ce moment-là. Toujours modeste, il lança à la cantonade :
– *Vous êtes des amateurs ! Je vais vous faire voir ce que je sais faire. Quand j'étais jeune, je ramenais des perdreaux, des lapins, et même des lièvres, à la maison. Je nourrissais presque toute la famille grâce à mon fléchar.*

En s'adressant au jeune qui tenait le stand, Armand Malcœur demanda :
– *Petit, fais voir ta panoplie, je vais me la choisir, maintenant on ne sait plus les faire, les frondes. De mon temps…*

… Il avait tout juste 40 ans.

Il choisit un lance-pierre, le prit en main plusieurs fois et entreprit de raccourcir l'un des élastiques.
– *Bon, ça ira, ce n'est pas terrible, mais ça pourra aller, la cible n'est pas très loin. Fais voir les cailloux maintenant.*

Il avait droit à cinq tirs et il choisit cinq projectiles qu'il aligna sur la table servant de comptoir.
– *Les boîtes de conserve, c'est trop facile. Petit, mets-toi sur le côté, je vais tirer les cigarettes.*

Sa gouaille avait attiré le monde. Curieux, Yvan Laterre s'approcha lui aussi. Il connaissait Armand Malcœur. Certes, celui-ci parlait fort, mais, lorsqu'il s'avançait, c'était rarement du vent. Le tireur se mit en position, le projectile partit et brisa net la première cigarette. Les spectateurs

commencèrent à applaudir, d'une main, il leur fit signe d'arrêter :
– *Silence, j'ai besoin de me concentrer.*

Le deuxième caillou partit, et la deuxième cigarette explosa sous l'impact. À partir de cet instant, un grand silence se fit. Le troisième projectile fut expédié, et la cigarette se brisa également. Même s'il ne réussissait pas les deux derniers tirs, il avait déjà réalisé un bel exploit. Armand Malcœur se mit de nouveau en position, nouvel impact. Il en fut de même pour la cinquième cigarette. Ce fut une explosion d'applaudissements. Le gamin lui proposa son lot, la paire de poulets qu'Armand avait lui-même apportés le matin. Il les refusa.
– *Tu les donneras à quelqu'un d'autre.*

L'ovation générale se poursuivit, les poignées de main et les frappes sur l'épaule fusèrent. Modeste, Armand Malcœur ajouta :
– *Pour moi, ce n'est rien, je peux faire encore bien mieux.*

Il se laissa entraîner vers le café de Pierrette Malfeu. Yvan Laterre était impressionné et, en même temps, songeur. Il allait suivre le mouvement lorsqu'il vit passer devant lui le régisseur du château avec, à son bras, une jeune femme qui n'était pas du pays. Le garçon du stand, qui le connaissait assez bien, l'interpella.
– *Monsieur Chandon, s'il vous plaît, c'est pour la bonne cause.*

Voulant sûrement impressionner sa conquête du moment, Théodore Chandon se laissa convaincre. Il choisit son

lance-pierre, ses cailloux, et commença ses tirs. Sur les boîtes d'abord, une, puis deux cibles furent atteintes.
– *Monsieur Chandon, vous pouvez essayer sur les cigarettes si vous voulez. Armand Malcœur en a cassé cinq, pas plus tard que tout à l'heure.*

La jeune femme lui glissa quelques mots, le régisseur parut intéressé. Il se mit en position, se concentra un peu plus, et la première cigarette se brisa. La deuxième vola également en éclats. Du coin de l'œil, le régisseur aperçut le chef Yvan Laterre qui l'observait et il manqua de peu son troisième tir. Théodore Chandon ne perdit pas de temps, il se retourna rapidement, attrapa la jeune femme par le bras et repartit.
– *Monsieur, monsieur, vous avez oublié votre lot !*

Le régisseur ne répondit pas, il passa devant Yvan Laterre en lui adressant un simple bonjour. Cette journée était vraiment très intéressante, il y avait au moins deux bons tireurs au lance-pierre à Floréal. L'un d'eux était déjà sur la liste des suspects. Yvan Laterre décida de forcer encore un peu la chance et se dirigea vers le café de Pierrette Malfeu. Beaucoup de monde se pressait autour d'Armand Malcœur, chacun y allait de sa tournée. On parlait de choses et d'autres, et plus l'après-midi avançait, plus on parlait fort.
– *Monsieur le chef Laterre, qu'est-ce que je vous sers ?*
– *Non, rien, merci, je suis en service !*

Juste pour taquiner Yvan Laterre qui ne prenait jamais un seul verre au café, Pierrette Malfeu reprit d'une voix encore plus appuyée :
– *En service ? Mais, monsieur le gendarme, je suis en règle, moi. Vous savez que je suis une honnête commerçante. Ma licence, il y a longtemps que je l'ai, et je ne sers jamais d'alcool aux enfants. Je n'ai rien à me reprocher, moi, monsieur.*
– *Madame Malfeu, je ne suis pas là pour vous faire des ennuis, je viens seulement féliciter le héros.*

D'un geste, il désigna Armand Malcœur.
– *Vous savez que c'est le champion toutes catégories du tir au lance-pierre.*

Armand Malcœur était justement en train de raconter comment on l'avait nommé tireur d'élite à l'armée.
– *Une fois, je me rappelle, le lieutenant, un petit, trapu, il avait une barbe à la Pasteur, d'ailleurs on le surnommait Pasteur. Il me dit, Malcœur, il n'y a que toi pour ce travail de précision.*

Armand Malcœur s'arrêtait de temps en temps dans son récit pour rouler sa cigarette. L'alcool aidant sans doute un peu, il reprenait toujours son histoire presque au début et n'arrivait jamais à la terminer. Yvan Laterre fit, là encore, une découverte intéressante : le tabac utilisé par Armand Malcœur ressemblait à s'y méprendre à celui retrouvé sur les lieux de l'incendie. Il n'était pas très fin, les brins étaient plutôt grossiers, irréguliers, ce qui ralentissait beaucoup notre champion dans sa progression. Son auditoire commençait d'ailleurs à perdre passablement patience. Yvan Laterre souhaitait en avoir le cœur net, mais il ne voulait toutefois pas alarmer Armand Malcœur. Il engagea la conversation avec Pierre Lemoine et trouva un quelconque prétexte afin que son interlocuteur invite lui-même Armand Malcœur à prendre part à la discussion. Tout en parlant, le chef Yvan Laterre fit remarquer à ce dernier que le tabac qu'il consommait avait une drôle d'odeur. Sans avoir l'air de révéler un secret ni se faire prier, Armand Malcœur lui apprit que Isidore Clément, l'oncle du capitaine, lui en avait donné tout un stock. Il en avait au moins cinquante paquets en réserve qui venaient du Canada. Il ne le trouvait pas très bon et le fumait seulement lorsque le bureau de tabac était fermé, ce qui était le cas, aujourd'hui dimanche. Yvan Laterre avait son information et il n'insista pas davantage. Le lundi matin, il demanda au gendarme Arthur Sibelle tous les rapports qui avaient été rédigés sur les différentes affaires concernant la famille Montazini. Après avoir relu tout le dossier, Yvan Laterre avait peut-être un nouveau suspect. Armand Malcœur était cité comme témoin dans les trois affaires. Pour l'incendie, c'est Armand Malcœur qui avait prévenu Émilio et s'était ensuite occupé d'alerter les secours. Pour la cuve, il était également sur les lieux avec les autres ouvriers lorsque Sylvio était entré dans la cuve. Pour la bûche piégée, Émilio était allé lui rendre visite alors qu'il utilisait la poudre noire pour fendre des troncs, afin de lui demander conseil. Toutefois, Yvan Laterre ne disposait d'aucune preuve directe qui puisse réellement mettre en cause Armand Malcœur dans l'une ou l'autre de ces affaires. Le tabac et son adresse au lance-pierre ne constituaient pas des preuves, pourtant, Yvan Laterre sentait qu'un détail lui échappait.

Papa était parti le 14 pour rendre visite à tante Julia. Pendant son absence, nous logions chez Antoinette. Son voyage à Nice devait rester secret, et personne d'autre que notre amie et madame Éliette n'était au courant. Pour les curieux qui poseraient des questions, il était parti à Limoges pour visiter l'un des plus importants marchés aux bestiaux du pays. Son voyage fut de courte durée, le 20 mai dans la soirée, il était déjà de retour à Floréal.

Une fois de plus papa s'était réfugié sous les gros ormes devant L'Arcange. Il y resta un peu plus longtemps que d'habitude, sûrement parce qu'il avait plus de choses à raconter à maman. Puis il commença à siffloter, toujours la même chanson, toujours le même air : « *j'ai du bon tabac dans ma tabatière, j'ai du bon tabac, tu n'en auras pas…* » Ce refrain revint à deux ou trois reprises, puis il se releva, toujours en sifflotant, c'était le signe qu'il avait une fois de plus repris le dessus.

Depuis son retour de l'hôpital, Mariéta avait maintes fois sollicité papa afin qu'il colmate la fissure dans le mur de pierres du fond de sa penderie. Nous étions déjà à la fin du mois de mai, et pris par son travail de la ferme et celui au château, notre père n'avait pas encore eu le temps de s'y consacrer. Pour lui forcer un peu la main, Mariéta avait raconté que, dans la nuit, elle entendait des bruits suspects. Sans doute des souris et, peut-être même, de gros rats qui couraient dans sa chambre. Papa s'était enfin laissé convaincre. Il récupéra chez le maçon de Floréal un fond de sac de ciment ainsi qu'un peu de chaux et décida de s'y mettre dès dimanche. Mariéta avait retiré le rideau et tous ses vêtements de la penderie. Je secondais papa, qui commença par défaire les éléments de bois. Il ne voulait ni les salir ni les abîmer lors des travaux. La fissure s'était considérablement étendue, elle faisait maintenant cinq à six centimètres de large. Quelques pierres étaient déjà tombées par l'arrière, mais curieusement nous n'avions rien retrouvé dans le cellier. Cette ouverture, condamnée par le mur, ne donnait par conséquent pas sur cette partie de la maison comme nous le supposions. À ce niveau, il n'y avait aucune autre pièce connue, mais toute L'Arcange était faite de constructions rapportées au fil du temps. Sur le linteau en pierre d'une porte, une date avait été gravée, 1614, plus de trois siècles s'étaient écoulés depuis sa mise en place. Nous ne fûmes donc pas très surpris, mais cette découverte aiguisa tout de même notre curiosité. Nous avions envie de savoir, et vite. Avec le marteau, papa commença à défaire les pierres, chaque fois qu'il en descellait une, il nous la passait. Nous en faisions un tas dans la chambre de Mariéta. Lorsque le trou fut assez grand, notre père avança la lampe à pétrole. Le mur qui condamnait la porte mesurait environ trente centimètres d'épaisseur. Dans une semi-obscurité, la flamme de la lampe nous permit de distinguer une voûte, cela ressemblait à une descente de cave. Pour découvrir totalement cette entrée, il aurait fallu pouvoir passer la lampe à l'intérieur, mais le trou était encore trop étroit. Papa reprit le marteau et, poussé par l'impatience et notre frénésie, il tapa sur les pierres sans plus prendre beaucoup de précautions. Il eut tôt fait de dégager une ouverture suffisante pour le passage de la lampe. Nos trois têtes se pressèrent à l'entrée du trou. Nous découvrîmes un petit escalier qui amenait sous le cellier, mais le trou n'était toujours pas assez important pour que l'on puisse facilement pénétrer. Je me portai volontaire pour m'y faufiler, mais papa ne voulait pas précipiter les choses. Le marteau reprit du service, mais cette fois nous prîmes soin de retirer les pierres au fur et mesure afin d'éviter qu'elles ne tombent à l'intérieur. Il nous fallut plus de vingt minutes pour dégager entièrement la porte. Nous étions tous trois très intrigués par ce que nous venions de découvrir. L'escalier comportait huit marches très étroites. Mariéta et moi voulûmes nous y précipiter, mais d'un geste notre père nous en dissuada.

– *Attention, il pourrait y avoir des rats, et depuis qu'ils sont enfermés là-dedans ils doivent être affamés et gros comme des chats.*

Ces quelques paroles jetèrent comme un froid, et d'un coup, nous fûmes moins pressés de poursuivre notre périple. Papa prit la lampe à pétrole et s'avança lentement. Il progressait, penché en avant, tout en essayant d'éclairer le plus loin possible devant lui. Mariéta et moi étions presque soudés à lui, une à une, nous descendîmes les marches. Avant même d'arriver à la dernière, nous aperçûmes une cave de deux mètres sur quatre environ. Légèrement sur la gauche, il y avait une petite table avec un tiroir. Sur la table, un broc ainsi qu'une petite cuvette. Sur la droite, dans le fond, on pouvait distinguer une grande caisse tout en longueur, elle devait mesurer environ deux mètres. Sur le dessus, quelques brins de paille. Le plafond était fait de planches, soutenues par des lambourdes, elles-mêmes maintenues par une poutre centrale. Au-dessus de ce plafond devait se trouver le cellier. Les murs étaient en pierres, le sol de terre battue. L'ensemble ne paraissait pas humide. Une chose étrange se révéla à nos yeux, cette pièce était sûrement dans le secret depuis des dizaines et des dizaines d'années, peut-être même depuis plus d'un siècle. Pourtant, il n'y avait presque pas de poussière, ni sur la table, ni sur la caisse, ni même sur le sol. Avec précaution, papa se dirigea vers la petite table, tira sur le tiroir qui s'ouvrit sans peine. À l'intérieur, quelques lettres, un livre de prières, il le referma. Il se retourna et s'approcha de la mystérieuse caisse en bois. Quelle surprise allait-elle nous réserver ? Mariéta et moi, d'habitude assez bavards, nous ne prononcions pas un mot, nous ne posions aucune question. De la main gauche, notre père débarrassa le couvercle des fétus de paille. Mais au moment où il s'apprêtait à l'ouvrir, deux chauves-souris, qui avaient trouvé refuge dans l'obscurité, en profitèrent pour se faire la malle. Papa eut un temps d'arrêt, Mariéta poussa un cri perçant et, dans un sursaut, se colla avec moi aux jambes de notre père. Chacun reprenait calmement son souffle, lorsque Patou, que nous avions laissé dans la cuisine, fit entendre ses aboiements. Une voix que nous connaissions bien se fit également entendre. Elle venait, non pas de la caisse, mais de la cuisine.

– *Il y a quelqu'un ?*

C'était celle Antoinette. Nous nous regardâmes tous un peu contrariés. Papa mit un doigt sur la bouche et nous fit signe de remonter vers la cuisine.
– *Il nous faut absolument garder le secret pour le moment, on reviendra plus tard.*

Antoinette nous apportait un panier de cerises, les premières de l'année. Nous adorions Antoinette, mais cette fois nous étions un peu déçus par son intrusion. Comme pour nous venger, nous nous ruâmes sur le panier. La discussion traînait en longueur, alors que d'habitude Mariéta et moi entretenions volontiers les conversations. Chacun avait toujours des choses à dire, mais cette fois nous n'ouvrions la bouche que pour croquer dans les cerises. Antoinette Rosannés comprit rapidement que le moment de sa visite n'avait pas été très bien choisi. Elle pensa sûrement que papa avait eu une explication avec nous. Elle prétexta une soupe sur le feu pour prendre congé. Dès qu'elle eut le dos tourné, notre enthousiasme refit surface. À peine Antoinette avait-elle fait une trentaine de mètres que ce fut carrément l'explosion. Papa calma son petit monde.
– *Attendez encore un peu, Antoinette a oublié son panier, elle pourrait revenir.*

Devant notre impatience, papa donna enfin le nouveau départ, en prenant toutefois la précaution de fermer la porte de la cuisine à clé. Patou resterait dehors pour faire le guet. Il ne nous fallut pas plus de quelques secondes pour retourner dans la chambre de Mariéta. Notre équipe d'explorateurs redescendit l'escalier et s'avança vers la mystérieuse caisse. Dans la semi-obscurité, compte tenu de sa forme et de sa longueur, celle-ci pouvait faire penser à un cercueil. Tout le monde retenait son souffle. Papa tendit sa main droite vers le couvercle, il le leva sans peine. À l'intérieur, des vêtements de couleur foncée ainsi qu'un chapeau qui devaient tous dater d'un autre siècle. L'ensemble couvrait tout le fond de la caisse et emplissait à peu près la moitié de la hauteur. Papa promena ensuite lentement la lampe au-dessus. Mariéta et moi étions pressés, nous avions hâte de découvrir les trésors qu'elle contenait. J'étais le plus impatient des trois et j'avançai la main pour soulever le chapeau. Mais au moment où j'allais le toucher, celui-ci se mit doucement à bouger. D'un mouvement brusque, je me rejetai en arrière et butai contre le mur. Dans mon élan, je fonçai comme un bolide vers l'escalier. Mariéta n'avait rien vu et fut très surprise de ma réaction. Elle regarda plus attentivement et poussa alors un cri de terreur. Dans le coin de la caisse, à l'endroit même où se trouvait le chapeau, elle venait d'apercevoir la tête d'un serpent qui faisait surface. Elle ne demanda pas non plus son reste et partit me rejoindre tout en haut de l'escalier. Notre père s'esclaffa et nous complimenta pour notre bravoure. Le serpent, une paisible couleuvre qui n'était pas encore très bien réveillée, sortit péniblement de la caisse, rampa et alla se réfugier dans un trou du mur. Papa rappela ses troupes, mais nous étions maintenant un peu moins pressés de découvrir les trésors cachés. Avant de redescendre, nous lui demandâmes de vérifier si aucune autre surprise de ce style ne nous attendait dans la caisse. Notre père leva doucement les vêtements et nous appela :

– Venez voir ce que j'ai découvert !

Mariéta et moi redescendîmes enfin les escaliers de la cave secrète. Avec une extrême prudence et toujours prêts à rebrousser chemin à la moindre alerte. Papa tenait dans une main une poignée de vêtements, de l'autre, il désignait quelque chose dans la caisse. Lorsque nos nez pointèrent au-dessus de la mystérieuse trouvaille, la lumière de la lampe éclairait des paquets de billets, bien rangés dans le fond. Aussitôt, je m'exclamai :
– C'est quoi, papa ? On est riches maintenant ?

Notre père reposa les vêtements sur le côté et s'empara de quelques billets. Sur le premier, on pouvait lire en grosses lettres « Domaines nationaux, assignats de 50 livres » et en plus petit « Il sera payé au porteur la somme de cinquante livres, à la caisse de l'extraordinaire, conformément aux décrets des 16 et 17 avril, et 29 septembre 1790 ». Tous les billets qu'il avait en main étaient du même type. Il les reposa et en saisit d'autres, ceux-là étaient marqués « République française, assignat de dix mille francs, créé le 18 nivôse, an III de la République, hypothéqué sur les domaines nationaux ». Dans le bas, il y avait un numéro de série ainsi que deux mentions, à gauche « La loi punit de mort le contrefacteur » et à droite « La République récompense le dénonciateur ». Sur un autre paquet, il était mentionné « Promesses de mandat territorial, créées par la loi du 28 ventôse, an IV de la République, bon pour 25 francs ». Tout le fond de la caisse était rempli de ce type de billets qui, bien sûr, n'avaient plus cours depuis bien longtemps. À l'origine, ils devaient représenter une somme colossale, aujourd'hui, ils ne valaient plus rien. Mariéta proposa que l'on montre quand même les billets à monsieur Sourtis, en ce moment les leçons d'histoire portaient justement sur la Révolution française. Pour Mariéta, monsieur Sourtis savait tout sur tout et pourrait sûrement leur en apprendre un peu plus.

De fond en comble, la caisse fut fouillée, mais elle ne révéla aucun autre secret. Nous restions un peu sur notre faim. Papa retourna à la petite table et ouvrit de nouveau le tiroir. Il y avait là une dizaine de lettres, toutes écrites dans une langue inconnue, sûrement de l'anglais, ainsi qu'un livre de prières en latin. Notre père les prit et les remit, avec quelques liasses d'assignats, à Mariéta pour monsieur Sourtis. Mais papa voulait en savoir un peu plus, il alla dans le cellier qui était tout encombré et essaya d'évaluer le niveau de cette fameuse cave secrète. Bizarrement, dans le mur qui jouxtait la chambre de Mariéta, il y avait également des traces d'une ancienne porte. J'aidai papa à déblayer les vieux fûts. Nous pensions trouver dans le sol de terre battue un accès qui aurait pu mener à cette cave. Nous ne découvrîmes absolument rien, mais papa venait d'avoir une idée. Dans la remise, il s'équipa d'un ciseau à bois et d'une tige métallique récupérée sur un vieux charreton. Celle-ci mesurait quatre-vingts centimètres de longueur et trente à quarante millimètres de diamètre, elle était filetée aux deux extrémités. Il prit également un gros marteau. Mariéta s'inquiétait pour sa chambre qui se retrouvait quelque peu en désordre. Il y avait maintenant en plus cette ouverture qui donnait sur cette cave mystérieuse, elle n'était pas très rassurée. Papa lui promit qu'il allait fixer une porte devant l'entrée et que même les fantômes ne pourraient pas passer. Les derniers mots de la phrase ne la rassurèrent pas du tout. J'aidai notre père à transporter le matériel dans la cave secrète. Il examina de très près le plafond en essayant de soulever chacune des planches. S'il y avait une trappe pour accéder au cellier, une partie du plancher ne devait pas être fixée et reposait seulement sur les lambourdes. Au bout d'un quart d'heure de recherches, il trouva enfin quelques planches qui se soulevaient légèrement. À l'aide du ciseau à bois, il en découpa une partie, juste pour laisser passer la barre métallique. Il attrapa le marteau et entreprit de l'enfoncer. Après une dizaine de coups, il sentit que la tige était ressortie. Moi, j'étais dans le cellier et, dès que je la vis apparaître, je criai pour l'avertir. La tige ressortait de vingt centimètres environ. Avec les vingt centimètres environ de marge dans le bas, il y avait donc quarante centimètres de terre, au-dessus de la pièce secrète. Pioche et pelle entrèrent en action, il nous fallut environ vingt minutes pour atteindre le plancher. La fameuse trappe était bien là, papa réussit à sortir deux planches, et on vit apparaître au-dessous de nous la cave aux assignats. Une part du mystère était enfin résolue, mais on était encore très loin de tout savoir. Pour quelles raisons avait-on condamné l'accès de cette cave ? De plus, tout ce qu'elle contenait était resté, malgré les années, en très bon état : l'air devait donc circuler normalement. Papa pensait qu'en déchiffrant les lettres nous nous rapprocherions de la vérité.

Chapitre 7 – Les louis d'or « aux écus accolés »

Tous les élèves de l'école furent réunis dans la grande classe. Très fière, Mariéta racontait comment nous avions, de façon complètement fortuite, fait cette découverte. L'explosion de la bûche, la fissure qui s'était ensuivie dans le mur, l'escalier... Pour pimenter encore un peu plus son récit, Mariéta parla même des chauves-souris et du serpent. Toutefois, elle n'insista pas trop sur les détails relatifs à notre bravoure... Tous les enfants écoutaient, un peu médusés et fascinés par cette extraordinaire histoire. L'instituteur profita de l'occasion pour expliquer que les assignats étaient en réalité des bons au porteur ou, plus simplement, des billets de banque. Les tout premiers mis en service en France. Ils avaient été émis par les autorités à l'époque de la Révolution de 1789 pour essayer de relever l'économie de la France, en chute libre. La valeur globale de billets devait en théorie être compensée par la vente des biens confisqués au clergé. Les premiers assignats furent émis en décembre 1789. Jusqu'en 1794, cette monnaie de papier était libellée en livre tournois, monnaie officielle de la France à cette époque. C'était la première fois que l'on utilisait une monnaie de papier dans notre pays. Malheureusement, il y eut trop d'émissions d'assignats, et les cours chutèrent. Monsieur Sourtis prit l'exemple d'un assignat de cent livres émis en 1791, qui valait moins d'une livre en 1796. L'instituteur précisa également les équivalences, une livre correspondait à vingt sous, ou à vingt sols ou encore à environ un franc de nos jours. Dans les années 1790, pour acheter un kilo de bœuf, il fallait dix sous, un kilo de beurre vingt sous, un poulet douze sous. On pouvait donc, en 1791, avec un billet de cent livres acheter deux cents kilos de bœuf. Avec ce même billet en 1795, soit à peine quatre ans plus tard, on pouvait tout juste acheter deux kilos de bœuf. Pour essayer d'enrayer cette chute, il fut décidé, en 1795, d'émettre des assignats en franc. Le franc devint, à partir d'août 1795, la nouvelle monnaie officielle de la République française. Mais rien n'y fit, la chute continua, et le 19 février 1796, les autorités françaises arrêtèrent les émissions de cette monnaie de papier. On retourna donc à la monnaie de métal, avec des pièces en or, argent et cuivre.

À l'école, monsieur Sourtis émit l'hypothèse qu'une personne, peut-être un noble, avait pu se réfugier dans cette cave secrète pendant la Révolution française. Sans doute recueilli par des paysans, il avait été caché là, pour le mettre à l'abri des révolutionnaires, ou pour un tout autre motif. Pour le moment, ce n'était qu'une hypothèse, et on ne savait absolument pas de quelle façon ces coupures étaient arrivées à L'Arcange. Papa misait sur les lettres retrouvées, elles permettraient sûrement d'élucider, du moins en partie, ce mystère. L'espoir était néanmoins très limité, car ces missives ne comportaient ni adresse ni nom de famille. Monsieur Sourtis contacta une de ses relations, un professeur d'anglais qui enseignait au lycée Le Garros à Auch. Il le sollicita afin d'obtenir une traduction. Le chapeau ainsi que les vêtements pouvaient dater du dix-huitième siècle. Toutefois, personne dans notre entourage n'était capable d'établir réellement leur époque. On les laissa, tout comme les billets, dans la cave. Papa, Mariéta et moi avions débarrassé les pierres de la chambre, et une bonne porte de bois fut mise en place. La penderie fut installée dans un autre endroit, et on profita de l'occasion pour badigeonner la chambre à la chaux. Même la nouvelle porte y passa. Mariéta disposait maintenant d'une chambre toute neuve. Depuis notre découverte, elle n'avait plus reçu la visite de la Demoiselle blanche. Elle en était désolée et se demandait s'il y avait un rapport entre les deux. Elle en parla à papa qui se réjouissait presque de cette nouvelle.

Au début du printemps, papa déchaussa la vigne, puis la décavaillonna. Mariéta et Antoinette Rosannés l'aidèrent à la sarcler, à l'occasion, je donnais également un coup de main. Cette opération ne pouvait se faire que manuellement. Avec une sarcle, on retirait les surplus de terre et les herbes qui subsistaient, entre et aux abords des ceps de vigne. Aux endroits où la charrue ne pouvait aller. C'était un travail harassant, il fallut plus de quinze jours pour en venir à bout, mais maintenant tout était propre. Sur les conseils d'Alphonse Diodin, papa avait taillé court en ne laissant que très peu de coursons. Presque tous les pieds étaient bien repartis. Nous avions même déjà dû épamprer deux à trois fois. Nous pourrions sûrement faire une petite vendange, mais notre père ne voulait surtout plus faire de pronostics. Dans les terres restées en friche pendant plus de cinq années, le blé et l'avoine semés à l'automne étaient superbes. Sur cette terre parfaitement reposée, les cultures s'étaient très bien développées et faisaient l'admiration des voisins. Papa nous parlait souvent du bétail qu'il souhaitait pour notre étable, mais, pour le moment, entre le travail de ses terres et le château, il n'avait pas beaucoup de temps à y consacrer.

Après la kermesse de Floréal, organisée par le père Lucien Beaulieu, et l'exploit d'Armand Malcœur au tir au lance-pierre, un détail était revenu à Yvan Laterre. Il demanda au gendarme Arthur Sibelle de lui ressortir le dossier concernant l'attaque à la fronde sur les citrouilles d'Armand Malcœur. Le gendarme Arthur Sibelle était très discipliné et très « service, service ». Lors des entretiens avec les personnes qu'il recevait, pour une plainte ou une affaire en cours, il notait absolument tout des propos tenus. Même si cela n'avait pas de rapport direct avec le dossier concerné. En réalité, il enregistrait pratiquement toutes les discussions sur papier. Yvan Laterre relut la partie concernant les propos tenus par Armand Malcœur au moment de sa déposition.
– *Ce sont des voyous, des bons à rien, des graines de criminels. Ça ne m'étonnerait pas qu'ils aient foutu le feu au champ d'Émilio. Avec leur fléchar, ils peuvent tirer de loin, et peut-être même que ce sont eux qui ont enfermé le pauvre petit dans la cuve. Ils sont capables de tout.*

Dans cette phrase, Armand Malcœur s'était vendu : personne, à part la gendarmerie, ne se doutait que l'incendiaire avait sûrement utilisé un lance-pierre pour mettre le feu au champ. Maintenant, les éléments qu'Yvan Laterre avait en main devraient lui permettre de faire au

moins aboutir l'affaire de l'incendie. Le feu, provoqué volontairement, avait brûlé l'herbe fauchée par Émilio et s'était ensuite propagé jusque dans sa vigne en la détruisant en partie. Il devait convoquer Armand Malcœur et le faire parler. Il appela l'adjudant-chef Bertomieux et lui rendit compte de l'avancée de l'enquête.
– *Vous me convoquez cet Armand Malcœur pour demain neuf heures. Je serai là vers huit heures, nous aurons le temps de mettre en place une stratégie d'interrogatoire.*

Nous étions le 3 juin 1931, Armand Malcœur marinait déjà depuis plus de trente minutes dans le couloir de la gendarmerie qui servait aussi de salle d'attente. Vers neuf heures et demie, le chef Laterre lui fit signe d'entrer et de s'asseoir. Il ne perdit pas de temps et entra tout de suite dans le vif du sujet.
– *Monsieur Malcœur, nous avons la preuve formelle que vous êtes l'auteur de l'incendie qui a détruit, le lundi 18 août 1930, le champ et la vigne de monsieur Émilio Montazini.*

Yvan Laterre comprit tout de suite qu'il avait mis dans le mille, Armand Malcœur voulut répliquer, mais, d'un geste, le chef lui intima l'ordre de le laisser continuer.
– *Ce 18 août, vous étiez sur les lieux de l'incendie, vers deux heures et demie, vous êtes descendu avec votre bicyclette voir votre bétail en pâture dans un pré au bord du ruisseau. Vous avez laissé la bicyclette en bordure de la route. Vous êtes ensuite remonté le long de la haie jusqu'au petit bois. Préalablement, au bord du ruisseau,*

vous aviez récupéré une certaine quantité de terre glaise. Vous avez alors préparé de petites boules bien compactes.

Au même instant, comme pour étayer l'accusation, l'adjudant-chef Bertomieux déposa sur le bureau le fragment de la boule de terre retrouvé sur les lieux. Le chef Laterre reprit.

– *Vous avez roulé une cigarette avec le tabac canadien qu'Isidore Clément vous avait donné et vous l'avez coupée en deux. Vous avez allumé un morceau et vous l'avez glissé à l'intérieur d'une des petites boules de terre. Grâce au lance-pierre que vous aviez récupéré lors de la fuite des enfants des saisonniers derrière le château, vous avez envoyé votre projectile incendiaire dans le champ d'Émilio Montazini. Vous avez recommencé l'opération une deuxième fois, puis une troisième, mais, là, vous avez manqué la cible.*

L'adjudant-chef Bertomieux sortit le morceau de cigarette récupéré et le mit sur le bureau.

– *Vous ne vous êtes pas découragé et, pour être sûr de réussir, vous avez recommencé l'opération, au moins une quatrième fois. Grâce à la protection de la terre, les morceaux de cigarette ont continué à se consumer, et les herbes bien sèches n'ont pas tardé à s'enflammer. Lorsque le feu ne pouvait plus être éteint, vous êtes parti avertir Émilio Montazini, vous saviez fort bien que les secours ne pourraient pas arriver à temps.*

Armand Malcœur avait changé de couleur. Il voulut protester, mais cette fois encore Yvan Laterre l'arrêta d'un geste. Le chef souhaitait sans attendre porter le coup décisif. Il déposa devant Armand Malcœur le procès-verbal d'une déposition.

– *Monsieur Malcœur, lors de votre dépôt de plainte du 8 octobre de l'année dernière, vous déclarez ceci « Ce sont des voyous, des bons à rien, des graines de criminels. Ça ne m'étonnerait pas qu'ils aient foutu le feu au champ d'Émilio. Avec leur fléchar, ils peuvent tirer de loin, et peut-être même que ce sont eux qui ont enfermé le pauvre petit dans la cuve. Ils sont capables de tout. » Est-ce exact monsieur Malcœur ?*

– *Heu, oui, je pense avoir dit ça.*

Armand Malcœur voulut continuer à parler, mais le chef l'en empêcha de nouveau.

– *Comment pouviez-vous savoir, monsieur Malcœur, que l'incendiaire avait utilisé un lance-pierre pour tirer de loin ? Seule la gendarmerie disposait de cette information.*

Armand Malcœur venait de recevoir le coup de grâce, il était abattu. Lui, qui avait toujours quelque chose à dire, il s'était recroquevillé sur sa chaise et se taisait.

– *Monsieur Malcœur, les techniques policières ont fait d'énormes progrès. Regardez sur ce fragment de terre, il y a des empreintes, vos empreintes, elles ont été relevées par notre laboratoire scientifique de Toulouse.*

Ce n'était pas sans raison qu'Yvan Laterre évoquait le laboratoire scientifique, ce type d'institution frappait toujours l'imagination, les individus avaient tendance à craindre ce qu'ils ne connaissaient pas.

– Monsieur Malcœur, je vous fais une proposition, soit vous passez tout de suite aux aveux, et nous en tiendrons compte pour la suite de cette affaire. Soit vous persistez dans votre refus de reconnaître les faits, et nous faisons un relevé de vos empreintes. Dès demain, notre laboratoire nous communiquera les résultats. Nous savons que vous êtes coupable, le résultat ne sera là que pour confirmer le verdict.

Pour déstabiliser encore plus Armand Malcœur, l'adjudant-chef Bertomieux prit la parole.
– Nous vous écoutons, monsieur Malcœur.

En signe de reddition et de désespoir, Armand Malcœur prit sa tête entre ses mains.
– Oui, c'est moi qui ai mis le feu au champ d'Émilio, mais c'est tout, le reste, la cuve, la bûche, c'est pas moi, je le jure, je ne pourrais jamais m'en prendre à des enfants.

L'adjudant-chef Bertomieux et Yvan Laterre se regardèrent, ils venaient de gagner la première manche.
– D'accord, monsieur Malcœur, nous savons comment cela s'est passé, mais vous allez tout nous expliquer de nouveau, depuis le début.

Pour cette affaire, le chef avait vu juste, une histoire de jalousie. Armand Malcœur était métayer depuis plus de quinze ans à la ferme de la Gare, mais il était né à L'Arcange, où son père était alors métayer. Lorsque L'Arcange avait été mise en vente, il aurait aimé pouvoir l'acheter, mais bien vite il avait appris qu'il fallait disposer

d'une grosse somme d'argent pour se porter acquéreur. Lui n'avait pas le dixième de celle-ci et s'était alors résigné. Mais il n'accepta pas qu'un Italien arrivé de je ne sais où, depuis moins de six mois, puisse l'acheter aussi facilement. Il n'était bien sûr pas au courant de la dramatique histoire de la famille Montazini. Par la suite, Armand Malcœur s'en était voulu. Il avait appris à mieux connaître la famille Montazini et il regrettait sincèrement ce qu'il avait fait.
– *Monsieur Malcœur, nous n'allons pas vous garder plus longtemps, nous allons être obligés d'avertir le capitaine Aristide Clément Autun ainsi qu'Émilio Montazini de vos agissements. Nous vous aviserons plus tard de la suite que nous donnerons à cette affaire.*

Armand Malcœur précisa qu'il passerait au retour chez notre père pour lui avouer lui-même son forfait.

Papa écouta longuement Armand Malcœur sans l'interrompre une seule fois, il savait que ce que ce dernier faisait n'était pas facile. Il comprenait les mauvaises motivations qui avaient poussé Armand Malcœur à agir de la sorte. Le capitaine n'étant pas au château, lorsque Armand Malcœur eut fini, Émilio demanda simplement si le régisseur ou Éliette Clément Autun avaient été mis au courant. Armand Malcœur répondit que non.
– *Armand, cette affaire, c'est du passé. Pour être honnête, tu m'as évité beaucoup de travail dans le champ en brûlant les mauvaises herbes. Pour la vigne, pratiquement tous les pieds sont maintenant repartis. Dès l'année prochaine, il n'y paraîtra presque plus. On va tout de suite aller voir les gendarmes et on va essayer d'arranger ça.*

Yvan Laterre écouta papa qui lui demandait de ne pas poursuivre Armand Malcœur pour son geste malheureux, même si celui-ci avait été prémédité.
– *Je vais en référer à mon supérieur. Pour moi, cela ne pose pas de problèmes, toutefois je serai obligé d'en parler à madame Éliette Clément Autun. Armand Malcœur est le métayer de son mari, je suis tenu de l'informer.*

Émilio demanda à Armand Malcœur s'il était d'accord pour qu'ils aillent parler de ce problème à Éliette Clément Autun. De son côté, Yvan Laterre proposa de n'avertir officiellement le château que le lendemain.

Armand Malcœur avoua à madame Éliette le rôle qu'il avait joué dans l'incendie du champ et de notre vigne. Papa plaida la cause d'Armand Malcœur, qui risquait de voir son bail de métayer non renouvelé. L'épouse du capitaine écouta la confession du métayer sans dire un mot. Elle précisa simplement qu'elle allait aviser son mari de cette affaire, mais qu'elle n'en parlerait pas au régisseur. Elle ajouta que seul le capitaine déciderait de la suite des événements, à savoir le renouvellement du bail ou non. Pour la vigne, Armand Malcœur proposa à papa de remplacer tous les pieds manquants et de les replanter lui-même. Notre père accepta, à la condition qu'il participe également à la replantation. Si les voisins voyaient Armand Malcœur, seul, dans notre vigne, ils pourraient faire bien des suppositions. En fin de compte, dans cette affaire, papa était plutôt gagnant. En effet, bon nombre de pieds étaient déjà morts avant l'incendie et tous seraient, du coup, remplacés. Dans les jours qui suivirent, Éliette

Clément Autun avisa Armand Malcœur de la réponse de son mari, il fut rassuré. Dans sa lettre, le capitaine précisait que, si la gendarmerie classait cette affaire, il en ferait de même et que le renouvellement du bail ne poserait aucun problème. Dès le mois de juillet, une page fut tournée, plus de quatre cent cinquante pieds de folle-blanche et vingt-cinq de jurançon furent replantés dans notre vigne.

La nouvelle nous parvint le 16 juillet en début d'après-midi. Un copain, Antoine Letémoin de la ferme des Saulles, avait été retrouvé, totalement hagard, errant sur la route de Floréal. Il avait mon âge, pratiquement ma taille, et utilisait comme moi un vélo de femme, celui de sa mère. Apparemment, il avait quitté la route en descendant la grande côte de Pellegrin. Le vélo, complètement détruit, était planté dans la haie, à peu près au même endroit que celui de ma chute du mois de mars dernier. Antoine ne se souvenait plus de rien, au moment où il fut retrouvé, il s'acharnait seulement à répéter :
– *Elle allait trop vite… Elle allait trop vite…*

On ne pouvait savoir s'il parlait de sa bicyclette ou d'une automobile qui l'aurait percuté. Le câble du frein arrière du vélo étant cassé, ses parents en déduisirent que sa chute était due à un freinage trop brutal sur la roue avant. C'est Charles Lapierre, le métayer de la ferme de Saint-Jean, qui l'avait retrouvé. Il s'était aussi chargé de répandre la nouvelle qui, très rapidement, fit le tour du village. Pour un grand nombre d'habitants, le jeune garçon avait sûrement été poussé dans le fossé par la mystérieuse voiture noire qui, depuis quelques mois, sillonnait les routes de Floréal. Antoine et moi, ayant à peu près la même taille et la même silhouette, utilisant un vélo presque identique, le doute n'était plus permis. Les assaillants avaient fait erreur sur la personne, la cible, c'était moi, Sylvio Montazini. Mon copain se remit assez rapidement de ses quelques ecchymoses, mais il ne retrouvait, même avec le temps, aucun souvenir des circonstances qui lui avaient valu sa chute spectaculaire dans les épines.

La menace fasciste continuait de planer au-dessus de nos têtes, mais nous avions fini par nous y habituer, enfin presque. De toute façon, nous n'avions pas tellement le choix, nous ne pouvions pas vivre éternellement dans la peur. Les agresseurs de Mariéta étaient toujours en fuite, mais papa, comme le chef Laterre, pensait que ces deux-là ne représentaient plus un danger pour nous.

Moins de huit jours plus tard, en fin d'après-midi, il était presque huit heures, papa, Mariéta et moi, nous rentrions de la vigne. Pour la énième fois, nous l'avions épamprée. En arrivant au bout de notre avenue, nous aperçûmes une voiture noire qui attendait devant L'Arcange. Ce n'était ni l'automobile du maire ni celle d'une autre connaissance. Prudent, papa nous demanda de rester sur le bord de la route. Accompagné de Patou, il partit vers la maison.

Le chien à ses côtés, Émilio s'approchait avec précaution. À quelques mètres de distance, il constata que la Fiat était immatriculée en Italie. D'un coup, tout le passé tourmenté de ces dernières années ressurgit. Depuis ce fameux jour de novembre 1929, il avait toujours en tête le numéro de l'automobile du tortionnaire qui avait persécuté sa famille. Il en était presque certain, la plaque indiquait que cette voiture, garée devant la maison, arrivait de la région d'Udine dans le Frioul. Ce n'était sûrement pas tante Julia, elle n'habitait pas cette ville et les aurait de toute façon avertis de sa venue. Alors, qui, à part des ennemis, pouvait avoir intérêt à leur rendre une visite improvisée, ici, à L'Arcange ? Lorsqu'une des portières s'ouvrit, Émilio eut un léger mouvement de recul, puis il se dit qu'il devait affronter la situation, comme il l'avait toujours fait.

Papa était maintenant parvenu à une dizaine de mètres de l'automobile, il s'était arrêté et semblait hésiter. Mariéta et moi, nous ne savions plus quelle attitude adopter. Cette voiture noire ressemblait à celle qui nous avait dépassés, alors que nous nous rendions à vélo chez le puisatier de Massecot. Mais ça pouvait également être celle qui m'avait forcé à foncer tout droit dans le fossé, avec la bicyclette d'Antoinette, en mars dernier. Et si c'était la mystérieuse auto noire qu'un grand nombre de personnes avait aperçue sur les routes de Floréal, celle qui avait, à coup sûr, poussé mon copain Antoine dans le fossé. Nous vîmes papa s'approcher, ensuite le talus dissimula la scène. Le temps nous semblait très, très long. D'où cette automobile pouvait-elle bien arriver ? Pour quelle raison papa nous avait-il demandé de rester au bord de la route ? Savait-il des choses que nous ignorions ? Nos ennemis étaient-ils toujours à notre recherche ?

– Mariéta, tout ça n'est pas très normal. Va te cacher derrière la haie, moi, je vais foncer au château chercher du secours…
– Non, attends encore un peu, je suis certaine que tout va bien.

Après une attente qui me parut une éternité, papa nous fit enfin des signes avec son bras. Il nous demandait de le rejoindre, mais j'étais quand même un peu inquiet. Qui étaient ces visiteurs ? Pourquoi avoir attendu tout ce temps ? Nous avançâmes vers la maison, mais je n'étais toujours pas tranquille. Lorsque je vis Patou trottiner à notre rencontre et papa converser tranquillement avec un homme et une femme, la tension retomba d'un coup.
– Je vous présente Alphonso et Ida Daliéra. Ce sont des amis. Ils viennent comme nous d'Italie, mais ils ne restent pas en France. Ils ont obtenu un visa pour les États-Unis et ils se rendent au Havre pour prendre le bateau.

Ça me faisait tout drôle de reparler italien, cela ne nous était pas arrivé depuis bien longtemps. Alphonso et Ida Daliéra nous expliquèrent que leur situation d'opposants au mouvement fasciste était de plus en plus périlleuse. Après que la plupart de leurs amis avaient été arrêtés, torturés et certains même exécutés, ils avaient décidé de s'exiler. Mariéta et moi ne savions toujours pas dans quelles circonstances papa les avait connus. Nos hôtes italiens restèrent dormir à L'Arcange, mais ils nous quittèrent le lendemain matin, de très bonne heure.

Dès qu'ils furent partis, papa nous donna quelques explications. Mais je savais qu'il ne pourrait pas tout nous dire. Hier, alors que nous attendions au bout de l'avenue, il était resté assez longtemps à converser avec Alphonso et Ida Daliéra. Ils avaient dû parler de choses que nous ne pouvions pas entendre.

Papa nous expliqua qu'il n'avait auparavant jamais vu Alphonso Daliéra. Il savait simplement qu'il était dentiste à Udine. Par contre, il avait déjà rencontré, mais une seule fois, Ida Daliéra. À cette occasion, elle lui avait rendu un immense service. Ça se passait le 16 novembre 1929, à Udine, dans un immeuble au 5 via Italia. C'était dans cet immeuble que demeurait, avant qu'il ne soit abattu, Armando Coligneri. Je ne demandai pas à papa pour quelle raison il se trouvait dans cet immeuble. J'avais mon idée, mais je n'en parlai pas, la chose était trop grave. Je pense que Mariéta savait aussi, mais comme moi elle se taisait. Papa nous précisa qu'Alphonso et Ida Daliéra avaient obtenu notre adresse par des amis sûrs. Ils étaient juste passés pour nous dire bonjour, peut-être aussi pour se rassurer avant de partir pour le Nouveau Monde. En nous voyant tous les trois, avec Patou, dans notre propre maison, je pense qu'ils étaient satisfaits de leur décision. Les tourments et le chaos n'étaient pas partout en ce monde. Ils pourraient sans doute, eux aussi, découvrir un petit coin tranquille pour commencer une nouvelle vie. Pourtant, j'étais presque certain que, si le couple avait fait ce long détour, ce n'était pas simplement pour nous faire un petit coucou. C'était sûrement pour nous mettre en garde contre quelques dangers. Pourtant, rien sur le visage de papa ne trahissait son inquiétude.

Alphonso et Ida Daliéra avaient effectivement entrepris ce long détour par la Gascogne pour avertir Émilio Montazini des dangers qui pesaient toujours sur sa famille. Un grand nombre d'opposants avaient été arrêtés et torturés, et certains d'entre eux savaient le rôle qu'Émilio avait joué dans l'élimination d'Armando Coligneri.

Monsieur Sourtis avait du nouveau concernant les lettres trouvées dans la pièce secrète de L'Arcange. Le professeur d'anglais Gaétan Villard, du lycée d'Auch, les avait traduites. Elles venaient apparemment toutes d'Angleterre et avaient été écrites par la même femme, qui s'adressait à son mari. Dans toutes ces correspondances, on retrouvait toujours à peu près la même chose. Cette femme en disait peu sur elle-même, par contre, elle était intarissable quand elle devisait sur leurs trois enfants, Roman, Victorine et le petit dernier Edmond. Elle parlait également des événements qui se déroulaient en France, vus de son pays d'accueil, l'Angleterre. Dans chaque lettre, elle demandait et suppliait son mari de venir la rejoindre. La première lettre avait été écrite en novembre 1789, la dernière en octobre 1795. Dans la deuxième lettre, datée de février 1790, elle annonçait avec émotion à son mari la naissance, le 11 février, de leur fils Edmond. Il n'y avait aucune information concernant le nom de famille ou le statut de l'homme auquel ces lettres étaient destinées. Toutefois, les écrits laissaient supposer qu'il s'agissait d'un homme en danger de mort, or, à cette époque, tous les nobles de France étaient en danger de mort. Ces lettres avaient dû parvenir secrètement à leur destinataire. De plus, cette correspondance devait se faire à sens unique, car l'auteur ne parlait jamais de réponses qui lui seraient parvenues.

De temps à autre, papa redescendait dans la fameuse cave secrète à la recherche d'un indice. Il avait exploré la poutre maîtresse, sans aucun résultat. Les murs de pierres n'étant pas recouverts d'enduit, lorsque notre père en apercevait une qui dépassait ou qui était mal fixée, il tentait de la retirer. Jusque-là, ses recherches étaient restées vaines.

La famille Montazini venait de terminer sa première moisson, la plus grande des gerbières était de blé, l'autre d'avoine. Pour l'instant, la batteuse n'était pas encore arrivée sur les métairies du château. Il nous faudrait patienter encore une dizaine de jours, mais tout était bien couvert, et la récolte ne risquait plus rien.

Aujourd'hui, nous étions le 3 août 1931, cela faisait un an, jour pour jour, que notre famille habitait à L'Arcange. Beaucoup de choses s'étaient passées en une année, des mauvaises et des bonnes. Petit à petit, les mauvaises s'estomperaient, par contre les bonnes permettraient d'aller de l'avant et de construire l'avenir. Au petit déjeuner, Mariéta était d'une humeur plutôt radieuse. Elle avait passé une partie de la nuit à discuter avec son amie, la Demoiselle blanche. Comme toujours au réveil, seules de vagues impressions subsistaient. Toutefois, en se concentrant très fort et en recollant les bribes des petites choses qu'elle avait gardées en mémoire, elle commençait à trouver un sens à quelques-unes de ces rencontres. Mais la plupart restaient encore des énigmes. Cette nuit, par exemple, dans les quelques souvenirs qu'elle en conservait, la Demoiselle blanche avait ouvert la porte de la cave secrète et lui avait fait signe de la suivre. Elle avait ensuite soulevé le couvercle de la grande caisse, s'était saisi du chapeau, et la couleuvre, toujours à la même place, avait regagné son repaire dans le mur. Même en se concentrant avec force, Mariéta ne voyait pas très bien la signification que pouvait avoir ce rêve. Elle n'en avait d'ailleurs même pas parlé avec papa.

En début d'après-midi, il faisait très chaud, trop chaud pour que papa aille de suite travailler à la vigne. Il décida de retourner dans la cave secrète. Bien au frais, il recommença à explorer les pierres du mur. Au bout d'une petite heure, il se dit qu'il était maintenant temps de repartir au travail. En remontant les marches de l'escalier, il souriait en se remémorant mon exploit lorsque j'avais découvert que le chapeau se déplaçait tout seul dans la caisse. Puis, il repensa à la couleuvre, elle était péniblement sortie de la caisse et s'était réfugiée dans le mur. Il revint à l'endroit supposé, posa la lampe à terre et commença à tirer sur les pierres. Il ne se souvenait plus exactement par quel trou le serpent s'était éclipsé. Enfin, il réussit à extraire deux petits cailloux, puis un troisième lâcha prise. Lorsqu'il eut retiré

une dizaine d'éléments, il distingua un objet foncé qui n'avait rien d'une pierre. Il le dégagea un peu plus et parvint à l'extraire du mur. Papa avait entre ses mains un petit coffre en métal mesurant vingt centimètres de long sur dix de large et seize à dix-huit de hauteur. Il le déposa sur la table et essaya de soulever le couvercle. Celui-ci ne céda pas, le propriétaire du coffre ou celui qui l'avait caché à cet endroit n'avait pas oublié de le fermer à clé. Impatient, papa le remonta à la cuisine et le présenta à Mariéta, qui le dévisagea avec des yeux pleins d'étoiles.
– *Papa, tu as trouvé le trésor de L'Arcange ?*

Moi, je n'étais pas là, j'avais tenu à rejoindre le maître de chai Alphonse Diodin au château Tourne Pique. Il avait prévu de mettre en bouteille certains vieux Armagnac Ténarèze, et je ne voulais pas manquer ça.

Papa alla chercher dans la remise un chasse-goupille ainsi qu'un marteau pour tenter de forcer la serrure. Cette dernière ne résista pas très longtemps, et le coffre s'ouvrit enfin. Sur le dessus, ils découvrirent des documents ressemblant à des actes notariés et, au-dessous, de petits sacs de tissu satiné. Émilio prit l'un d'eux et le tendit à Mariéta.
– *Vas-y, ouvre-le !*

Le sac contenait des pièces couleur argent, l'une des faces présentait le profil d'un homme, l'autre deux branches d'olivier surmontées d'une couronne. Ces pièces de quarante millimètres environ avaient été frappées en 1786. Il y en avait plus d'une vingtaine dans le sac. Pendant ce

temps, impatient, papa ouvrait le deuxième sac, il en retira une pièce couleur or. Sur une face, toujours le même profil, sur l'autre, deux écus accolés surmontés d'une couronne. Le diamètre de la pièce devait approcher les vingt-cinq millimètres. Dans ce sac, il compta une quarantaine de pièces. Mariéta ouvrit un autre sac, elle n'y découvrit que des pièces couleur cuivre de petite taille. Après avoir vérifié tous les sacs, papa et Mariéta recommencèrent à compter les pièces. Ils avaient du mal à réaliser qu'ils venaient sûrement de trouver un trésor. Il y avait en tout sept sacs. Deux contenaient au total soixante-neuf pièces couleur or. Un autre, vingt-sept pièces couleur argent, et les quatre autres des pièces couleur cuivre.
– *Papa, je crois savoir à quel endroit tu as trouvé le coffre.*
– *Tiens donc, et bien vas-y, dis-moi où je l'ai découvert ?*
– *Je suis à peu près certaine que c'est dans le mur, là où le serpent est entré.*

Émilio était stupéfait.
– *C'est la Demoiselle blanche qui t'a fait cette révélation ?*
– *Disons qu'elle m'a mise sur la voie cette nuit.*

Mariéta lui raconta le rêve de la nuit précédente, dans lequel la Demoiselle blanche lui demandait de la rejoindre dans la cave secrète.
– *Ensuite, elle a ouvert la caisse, elle a pris le chapeau, et le serpent est reparti dans son repaire.*
– *Bien joué, j'espère qu'un jour je pourrai la rencontrer, cette Demoiselle blanche, je pense qu'on s'entendra à merveille.*

Émilio examina les documents trouvés dans le coffre. En parcourant sommairement les feuillets, il put en déduire qu'il s'agissait bien d'actes notariés. L'un d'eux concernait un contrat de mariage entre Henri de Barsac, comte de Maleperre, fils de François de Barsac et de Geneviève Marie de Vivien, duchesse de la Marche, et de Geneviève Crespin, fille de Louis Crespin de Beauport, propriétaire d'un établissement bancaire rue de la Paix à Paris, et de Margueritte Lestier. Cet acte avait été rédigé dans l'étude de maître Crespin Antoine fils et enregistré à Paris, le 2 octobre 1783, par Pierre-Louis Venier, greffier. Venait ensuite le détail des biens apportés par chacune des deux parties.

Le deuxième acte concernait l'achat d'un hôtel particulier, sis au 32, rue des Loges à Paris, par Henri de Barsac, comte de Maleperre, à Émilien Lachaume, maître boulanger, domicilié rue des Halles à Paris. Cet acte avait également été rédigé dans l'étude de maître Crespin Antoine fils et enregistré à Paris, le 3 février 1784, par Pierre-Louis Venier, greffier. Il était précisé dans l'acte que cet immeuble servirait de résidence principale à Henri de Barsac, comte de Maleperre, et à Geneviève de Barsac, comtesse de Maleperre, son épouse.

Lorsque je rentrai en fin d'après-midi, papa n'était pas encore arrivé du travail. Mariéta ne put résister à l'envie de me faire contempler le trésor. Je sortis tout de suite les pièces pour les admirer et surtout pour les compter. Quand notre père revint, je savais par cœur le nombre exact de toutes les pièces, pour chaque catégorie. Papa nous fit promettre de ne révéler à personne l'existence de ce coffre. Il savait qu'il pouvait nous faire confiance, les secrets, ça nous connaissait. La famille Montazini avait déjà avivé quelques jalousies en achetant L'Arcange, papa ne souhaitait pas compliquer la situation en dévoilant que nous y avions en plus découvert un trésor.

Il y avait toutefois quelques personnes que notre père désirait informer, les instituteurs ainsi que madame Éliette. Plus tard, il en parlerait peut-être à Antoinette Rosannés. Papa souhaitait demander à monsieur et madame Sourtis d'essayer de trouver les descendants de la famille de Barsac.

Madame Éliette fut en admiration devant les pièces que notre père lui présenta. Elle-même avait quelques louis d'or, que sa grand-mère lui avait légués, mais leur taille était inférieure. Par simple curiosité, madame Éliette demanda à papa ce qu'il comptait faire du trésor. Il répondit qu'il ne savait pas trop. Dans un premier temps, et grâce aux actes notariés, il pourrait maintenant sûrement retrouver le nom de la personne qui avait peut-être trouvé refuge dans cette pièce. Madame Éliette était ravie de voir que notre père lui faisait confiance. Elle lui proposa même de mettre le coffret à l'abri dans son propre coffre au château. Il refusa gentiment l'offre.
– *Je vous remercie, madame Éliette, mais je pense que, la meilleure cachette, c'est encore l'endroit où il se trouvait pendant plus d'un siècle.*
– *Vous avez sûrement raison, Émilio. Par contre, je peux soumettre une pièce de chaque à mon père, Léon*

Sentenal. Il est, comme vous le savez, notaire à Toulouse, il pourra vous donner une première estimation de votre trésor.
– Je vous remercie beaucoup et j'accepte avec grand plaisir.

Monsieur Sourtis félicita papa pour sa persévérance dans ses recherches. Il ne s'enquit même pas de ce qu'il comptait faire des pièces. Les actes par contre l'intéressaient, il les parcourut avec attention. Il y avait des dates, des noms, des adresses. À son avis, il serait maintenant beaucoup plus facile de reconstituer l'histoire. Cette fois, il allait solliciter un professeur en poste à Orléans. Ils s'étaient rencontrés à l'armée, et ce collègue venait de temps en temps en vacances en Gascogne avec sa femme et ses trois enfants. Monsieur Sourtis releva scrupuleusement toutes les informations qu'il communiquerait à Armand Levaleur. Il lui demanderait d'essayer, lors d'un prochain voyage à Paris, de trouver quelques renseignements sur les éventuels descendants. Avec l'accord de papa, il lui raconterait toute l'histoire de la cave secrète. La découverte des assignats et des lettres provenant d'Angleterre, enfin celle des actes notariés. Connaissant bien Armand Levaleur, monsieur Sourtis était certain que cette affaire stimulerait sa curiosité et qu'il ne tarderait pas à avoir des nouvelles. Papa proposa même d'ajouter quelques assignats, il avait de la réserve. Monsieur Sourtis précisa que, dans son courrier, il ne ferait pas allusion à la découverte du trésor.

Le 17 août 1931 fut pour notre famille une grande journée, peut-être même plus importante que celle où papa découvrit le trésor. Aujourd'hui était jour de dépiquage à L'Arcange. Le battage des céréales dans les fermes de Gascogne était traditionnellement un jour de fête. Tous les voisins étaient conviés pour aider l'un d'entre eux. La batteuse et son équipe se déplaçaient de ferme en ferme, au même rythme que la fête. Cette journée était immuablement ponctuée par trois repas. La batteuse, une Société Française Vierzon, était arrivée la veille dans la soirée. Tout avait été mis en place jusqu'à tard dans la nuit.

Dès cinq heures du matin, avant même le lever du jour, les ouvriers s'activèrent autour de l'imposante locomobile. Grâce à son énorme poulie, cette machine à vapeur faisait fonctionner la batteuse. Malgré l'heure très matinale, je ne perdais rien du spectacle. À l'aide de cales de bois et de masses, les hommes déplacèrent le colosse à vapeur. Ils devaient absolument l'aligner, au centimètre près, avec la batteuse. Les deux engins seraient ensuite reliés par une immense courroie. La chaudière commença à fumer. Après une demi-heure de chauffe, le maître de battage Félicien Lardus estima que la pression était suffisante. De sa main droite, il saisit un long levier, ordonna à toutes les personnes présentes de se retirer sur les côtés, puis il l'abaissa. La courroie patina sur place un court instant, et la batteuse se mit en mouvement. J'étais émerveillé par le spectacle. J'avais déjà vu fonctionner les alambics, la lieuse pour les gerbes, mais, là, c'était grandiose. Tous les ouvriers étaient à leur poste, cinq sur la gerbière, trois sur la batteuse, cinq autres aux trémies à grains et cinq à la paille, à l'arrière de la machine. Le maître de battage Félicien Lardus surveillait l'ensemble du chantier, il avait l'œil sur tout ce qui se passait. Mais, aujourd'hui, c'était mon père, le maître de céant, c'était lui le patron et il décidait de tout. On lui demandait son avis sur tout, sur l'endroit où l'on devait déposer le grain ou la paille, sur l'heure du déjeuner… J'étais très fier. Papa s'approcha des trémies, moi, je ne le quittais pas. Il plongea sa main dans l'un des sacs et me fit admirer les premiers grains de blé de l'ère Montazini. J'en avais les larmes aux yeux. Quelques voisins étaient également là, de cet endroit, on pouvait juger de la qualité de la récolte. On saisissait une poignée de blé, ensuite, on commentait les graines, leur grosseur, leur fermeté. Lorsque le sac de toile de jute était plein, on le retirait et on le posait sur la balance. Le poids par sac était fixé à quatre-vingts kilos. On aidait un homme à le mettre sur son dos et il le portait au grenier. Tout ce petit monde s'activait comme une troupe de théâtre, chacun dans son rôle, et aujourd'hui, le spectacle était de qualité. Côté cuisine, on se pressait également. Même madame Éliette avait tenu à venir épauler Mariéta. Malgré son très jeune âge, ma sœur était pour la circonstance la maîtresse de maison, très bien secondée, il est vrai, par Antoinette. Le matin, dès l'arrivée de l'épouse du capitaine, c'est moi qui avais pris en charge son fils Édouard. Le petit était de nature assez curieuse, turbulente même, et ma tâche n'était pas de tout repos. Dès neuf heures, les hommes s'abattirent sur le déjeuner. C'était une journée de fête, mais le soleil était déjà là, et le travail serait très éprouvant. Le repas devait être copieux et de bonne qualité. Sur les tables dressées sous les ormeaux, les assiettes étaient en place, les femmes apportèrent les charcuteries préparées par papa. Saucisson, pâté, jambon, coppa se mariaient avec la traditionnelle salade de tomates aux œufs durs. Vint ensuite le fromage. Le tout était bien sûr arrosé par un vin rouge offert par Armand Malcœur qui, lui aussi, était de la partie. Ensuite, le travail reprit pour s'arrêter à midi. Après le dîner, dès deux heures, le démarrage fut un peu plus laborieux. Le soleil était maintenant au zénith, et la température approchait les trente-cinq degrés. Toutes les heures, les femmes passaient parmi les hommes pour leur proposer de la boisson fraîche, eau ou vin coupé avec de l'eau. La journée se passa sans encombre.

Vers sept heures du soir, la batteuse enfouit enfin la dernière gerbe et, comme le rideau qui tombe pour annoncer la fin de la pièce, la machine se tut. Déjà, quelques membres de la troupe repartaient plus loin remonter les tréteaux, demain, le spectacle serait ailleurs. Mais, à L'Arcange, la fête continua, tous les participants étaient conviés pour le souper.

Tard dans la nuit, le repas se poursuivit, sur les tables, il restait encore quelques fonds de bouteille et quelques parts de pastis, le gâteau traditionnel gascon. La chaleur de la journée faisait maintenant place à la douceur de la nuit. Chacun y allait de ses commentaires, il y avait deux clans. Les femmes qui papotaient à la cuisine et les hommes qui savouraient un Armagnac Ténarèze hors d'âge apporté pour l'occasion par le maître de chai Alphonse Diodin. Il était presque onze heures et demie, et Émilio se leva pour aller chercher le café. Cela faisait bien longtemps que L'Arcange n'avait pas accueilli autant de monde, la ferme vivait à un autre rythme. La chaleur des gens et peut-être même aussi un peu la griserie de l'alcool entraînaient Émilio vers des sensations de bien-être qu'il n'avait pas éprouvées depuis très, très longtemps. Il aurait souhaité que ces moments durent encore, et encore. Il avait l'impression que les aiguilles de la pendule avançaient trop vite, que ce temps précieux lui glissait entre les doigts. Mais, voilà, la fête était déjà terminée, le dernier convive partait, on pouvait encore apercevoir, au loin sur le petit chemin, le feu arrière de son vélo qui s'évanouissait dans la nuit.

De la fin du mois de juillet à la fin du mois d'août, les fêtes du battage se succédèrent, et papa participa à au moins une vingtaine d'entre elles. C'était cela, la solidarité dans le monde paysan.

Un soir, au début du mois de septembre, à son retour du travail dans les vignes du château, Émilio aperçut Éliette Clément Autun qui l'attendait. Elle l'invita à le suivre au château.
– *J'ai des nouvelles pour vos pièces, vous avez eu la main heureuse.*

Les pièces couleur or étaient de véritables louis d'or, mais d'un type un peu particulier. En réalité, il s'agissait de louis d'or dits « aux écus accolés », en référence aux deux écus de France et de Navarre accolés sous une couronne, sur une de leurs faces. Le profil sur l'autre face était celui de

Louis XVI. Ces pièces d'un diamètre de vingt-quatre millimètres pesaient aux alentours de sept grammes soixante-deux. Elles avaient été frappées en 1786 dans un atelier de La Rochelle. Quant aux pièces couleur argent, c'étaient des écus d'argent dit « aux branches d'olivier », en référence aux branches d'olivier sous la couronne. Ces pièces de quarante et un millimètres et demi de diamètre pesaient environ vingt-neuf grammes, elles avaient été frappées en 1790.

Les autres pièces en cuivre étaient bien moins intéressantes, il s'agissait de sols doubles, frappés en 1785, et de sols simples, frappés en 1789 et 1791. Éliette Clément Autun précisa à Émilio que, mis à part leur poids en or et argent, toutes ces pièces n'avaient bien sûr plus de valeur légale. Par contre, dans le milieu des collectionneurs, cela valait un très bon prix.
– *Si toutes les pièces que vous possédez sont dans le même état que celles que vous m'avez confiées, vous avez entre les mains une très belle somme d'argent.*

Elle présenta à Émilio l'estimation faite par son père, Léon Sentenal. Il en resta sans voix, il avait du mal à faire le point, le chiffre était vertigineux, il représentait presque la somme qu'il avait reçue en vendant sa maison de Mezano.
– *Émilio, si un jour vous souhaitez commercialiser ces pièces, vous pouvez m'en parler. Mon père pourra éventuellement s'en occuper, et cela, dans la plus grande discrétion.*

Un peu abasourdi, Émilio la remercia et demanda la note des frais à payer au notaire. L'épouse du capitaine répondit qu'il s'agissait d'un service gratuit, et il repartit vers L'Arcange.

Le 18 septembre, en fin de journée, une voiture attendait Émilio devant la maison. Mariéta et Sylvio n'étaient pas encore rentrés de l'école. La Mercedes-Benz blanche attendait à quelques mètres de l'entrée. Un homme patientait au volant. À l'arrière était assise une dame coiffée d'un superbe chapeau blanc. Rassuré par cette présence, Émilio s'approcha. Lorsqu'il fut à quelques pas, l'homme sortit et ouvrit la portière. La dame, tout habillée de blanc, descendit et se dirigea aussitôt vers lui, la main tendue. Émilio la dévisagea. Par certains côtés, elle pouvait ressembler au portrait de la Demoiselle blanche que lui avait fait Mariéta. Toutefois, la personne qui s'avançait vers lui devait avoir cinquante ou même soixante ans de plus que la demoiselle qui rendait visite à sa fille dans ses rêves.
– *Bonjour monsieur Montazini, comment allez-vous ? Je me présente, Edmonde de Barsac, fille d'Edmond de Barsac et petite-fille de Henri de Barsac.*

Émilio était bluffé, c'était à peine croyable, il avait devant lui la petite-fille de l'homme qui avait peut-être caché le trésor dans la pièce secrète de L'Arcange. Devant un Émilio médusé, Edmonde de Barsac souriait, son effet était réussi.

– Vous voyez, monsieur Montazini, les nobles français ont la peau dure. Malgré tous ceux qui ont été assassinés durant la Révolution, l'espèce a bien résisté.

Émilio ne savait ni quoi dire ni même quoi faire devant cette vieille dame pétillante.
– Monsieur Émilio, nous n'allons pas rester là, il fait certes très beau, mais je n'ai pas fait tout ce voyage pour parler du temps qu'il fait en Gascogne. Pourriez-vous me faire découvrir cette fameuse pièce secrète qui aurait servi de cachette à mon aïeul pendant presque six ans ?

En quelques mots, cette femme venait de lui apprendre que son grand-père s'était réfugié ici pendant la Révolution. Comme monsieur Sourtis l'avait pressenti, un homme avait donc passé une partie de sa vie, caché dans cette cave. Papa s'excusa, alla ouvrir la porte et invita Edmonde de Barsac à le suivre. Ils traversèrent toutes les pièces pour se retrouver devant la porte de la pièce secrète. Notre père expliqua à Edmonde de Barsac comment ses enfants et lui-même avaient découvert cette pièce. Il descendit quelques marches et lui tendit la main pour l'aider.
– C'est donc ici que mon grand-père a vécu six années durant.

Elle essayait de comprendre comment une personne avait pu survivre autant d'années dans un espace aussi exigu. Papa lui expliqua que la pièce avait été murée, sûrement dans le but de duper les indésirables et de leur faire croire que la porte d'origine donnait sur le cellier. La trappe de communication était maintenant correctement dégagée.

C'était certainement par celle-ci que son grand-père devait être ravitaillé. Papa lui remit les actes notariés et les lettres que sa grand-mère avait fait parvenir à son grand-père, Henri de Barsac. Edmonde de Barsac avait 82 ans passés, elle et son chauffeur avaient quitté Paris au petit matin, et la vieille dame commençait à fatiguer. Papa l'invita à le suivre dans la cuisine. J'arrivai à ce moment, Mariéta n'était qu'à quelques pas derrière moi. Notre père nous présenta la petite-fille du mystérieux habitant de la chambre secrète. Mariéta s'aperçut tout de suite de la frappante ressemblance entre Edmonde de Barsac et la Demoiselle blanche de ses rêves. La Demoiselle blanche qui lui rendait visite dans ses rêves avait cinquante ou même soixante ans de moins, pourtant, Mariéta en était sûre, les traits du visage, la silhouette étaient identiques, le temps des années passées en plus. Moi, je n'étais pas plus étonné que ça, il était normal que le monsieur qui s'était réfugié dans la cave puisse avoir une petite-fille. C'était dans l'ordre des choses, après tout, les dates comptaient peu. Papa comprit que Mariéta était un peu déconcertée et il l'envoya chercher de l'eau fraîche au puits. Lorsque ma sœur revint avec son seau, elle avait réussi à surmonter ses émotions.

– *Monsieur Émilio, vous devez être étonné de constater que la petite-fille de Henri de Barsac est encore de ce monde. Mon père est né à Londres en février 1790. Je suis née à Paris en 1849 de sa seconde épouse Valériane, alors qu'il avait 59 ans, j'ai moi-même 82 ans, monsieur Émilio.*

La discussion se poursuivit, et papa demanda à Edmonde de Barsac de l'excuser quelques instants. Lorsqu'il revint, trois à quatre minutes plus tard, il avait le coffre dans les mains et le lui remit.

– Voici pour vous, chère madame. Avec les actes, il y avait ceci, cela vous revient de droit, c'est votre héritage.

Elle souleva le couvercle et ouvrit l'un des sacs qui contenaient les pièces de cuivre. Émilio lui tendit alors l'un des deux sacs avec les louis d'or. Elle fit doucement glisser les pièces d'or dans sa main. Entre Edmonde de Barsac et papa, le courant était tout de suite passé.

– Monsieur Émilio, vous êtes un honnête homme. Beaucoup de personnes se seraient approprié ces pièces sans se soucier de savoir qui les avait cachées. Sans vous, je n'aurais jamais retrouvé cet endroit. Mon grand-père est décédé quelques mois après son retour à Paris en 1803, il n'a apparemment jamais pu revenir ici. S'il a laissé, à son départ, ce coffre dans sa cachette, c'est qu'il souhaitait que ce dernier témoigne de son passage. Il espérait que quelqu'un le découvre un jour, et ce quelqu'un c'est vous. J'ai moi-même plus d'argent qu'il ne m'en faut et je vous lègue ces pièces.

Papa voulut protester, mais la Dame en blanc leva sa main comme pour lui signifier que sa décision était prise.

– Cette après-midi, j'ai parlé avec monsieur et madame Sourtis, le couple d'instituteurs. Ce sont eux qui m'ont indiqué la route pour venir ici. Sans trop entrer dans les détails, ils m'ont parlé un peu de vous et de votre famille. Vous êtes, comme mon grand-père, passé par des moments très difficiles. Je n'y reviendrai pas, ces pièces

sont pour vous et pour vos enfants. Les seules choses que je souhaiterais emmener, ce sont les lettres, les actes et les vêtements, avec bien sûr le chapeau au serpent.

En prononçant ces mots, Edmonde de Barsac s'était tournée vers moi, un petit sourire malicieux accroché à ses lèvres. J'en rougis jusqu'au bout des oreilles et je fis les gros yeux à mon père.
– *Demain, je passerai chez le notaire pour que ce legs soit officialisé, sinon l'État risque de vous plumer.*

Il était tard, et papa proposa à Edmonde de Barsac de rester à souper. Elle voulut décliner l'offre, mais notre père fit valoir qu'elle ne pouvait pas refuser le couvert alors que, dans cette maison, son grand-père avait vécu plus de six années. Il avait peut-être même mangé dans cette pièce. Le chauffeur fut également convié à partager notre repas. Mariéta sortit la belle nappe et les plus belles assiettes. Papa coupa d'abord les tranches de pain, deux par personne comme d'habitude, puis il le rangea dans son sac sur l'étagère de la cuisine. Ensuite, il remplit le grand plat de tranches de saucisson et de coppa, très fines, comme il savait si bien le faire. Mariéta fit revenir quelques tranches de coppa dans la poêle et jeta au dernier moment les œufs dessus. La salade du jardin accompagna le foie gras de canard d'Antoinette Rosannés. Le morceau de confit de canard précéda le fromage. Edmonde de Barsac mangeait avec appétit, elle but un verre de vin rouge et se laissa même tenter par une toute petite goutte d'Armagnac Ténarèze de 1895.

– Monsieur Émilio, je comprends maintenant mieux les motivations de mon aïeul à rester si longtemps dans votre Gascogne. On y mange très bien, et les habitants y sont, de surcroît, très accueillants.

Edmonde de Barsac demanda à papa si elle pouvait revenir dans quelques jours. Sa petite Florette arrivait des États-Unis, et elle souhaitait lui faire découvrir la pièce secrète. Notre père accepta avec joie. Elle ajouta :
– Monsieur Émilio, lorsque ma petite-fille sera là, ne faites pas allusion aux pièces retrouvées. C'est une affaire entre vous et moi.

Vers onze heures du soir, la Mercedes repartit dans le silence de la nuit. Edmonde de Barsac regagnait Condom où elle avait loué des chambres. À peine avais-je filé au lit que Mariéta s'adressa à notre père.
– Papa ! Edmonde de Barsac, elle ressemble trait pour trait à ma Demoiselle blanche, c'est à peine croyable !
– C'est ce que j'avais cru remarquer, mais, d'après ce que tu m'as expliqué, ta Demoiselle blanche a environ soixante ans de moins !
– Bien sûr, mais c'est la même personne avec soixante ans de plus, j'en suis certaine.

Dans la quinzaine qui suivit, papa reçut copie de l'acte de donation. Tous les frais avaient été acquittés, le trésor était légalement la propriété de la famille Montazini. Edmonde de Barsac nous donna quelques renseignements sur son grand-père, Henri de Barsac. Elle tenait de sa mère, Valériane, la seconde épouse de son père, Edmond de

Barsac, quelques écrits qu'elle lui avait remis avant sa mort. Henri de Barsac ne s'était réfugié en Gascogne qu'en 1796, il y était resté jusqu'en 1802. Par contre, elle n'avait jusqu'à ce jour jamais retrouvé d'informations précisant le lieu exact de son séjour. Grâce à la persévérance de papa, elle savait maintenant que c'était à la ferme de L'Arcange. Son grand-père travaillait dans la banque de son beau-père Louis Crespin de Beauport. Il avait mis sa famille à l'abri à Londres dès le début de la Révolution en août 1789. Occupant une haute fonction, il était plus considéré comme un bourgeois que comme un noble. En outre, il disposait d'un grand nombre de relations et il avait réussi à passer entre les mailles du filet. Pour Henri de Barsac, les choses commencèrent néanmoins à se gâter en 1795 et il partit se réfugier en Gascogne en 1796. Il ne retourna à Paris qu'après la signature du concordat de 1802. Celui-ci marquait la fin d'un conflit de dix ans entre l'État français et l'Église. Sa grand-mère, Geneviève de Barsac, revint d'Angleterre sous son nom de jeune fille, Geneviève Crespin, avec ses trois enfants en 1799. La famille ne put récupérer l'hôtel, au 32, rue des Loges à Paris, qu'au retour de Henri de Barsac en 1802. Celui-ci mourut en janvier 1803. De nombreuses questions se posaient à notre père, il y avait des mystères qu'il n'avait toujours pas réussi à élucider. Pourquoi Henri de Barsac n'avait-il pas laissé le coffre aux personnes qui l'avaient recueilli et caché ? S'il était reparti vers Paris en 1802, après la signature du concordat, c'est qu'il savait qu'il ne risquait plus rien. Pourquoi n'avait-il pas alors amené les actes notariés avec lui ? La chambre secrète n'avait peut-être pas encore révélé tous ses secrets !

Parce qu'elle ressemblait à la Demoiselle blanche des rêves de Mariéta et aussi parce qu'elle lui était apparue habillée tout de blanc, papa avait affectueusement surnommé Edmonde de Barsac la Dame en blanc. Au début du mois d'octobre, quelques jours avant les vendanges, nous reçûmes une lettre de la Dame en blanc. Elle nous remerciait encore pour notre accueil, mais elle était désolée de devoir reporter sa visite . Elle était souffrante, et son médecin lui interdisait de quitter son lit. Papa était persuadé que, si la Dame en blanc obéissait à son médecin, c'était qu'elle devait être réellement malade.

Pour moi, les ennuis avec la grande Mathilde Lastruc refaisaient surface. Elle s'était trouvé un copain, Félicien Letourneur. Cette fois, c'était le proverbe « qui se ressemble, s'assemble » qui était mis en évidence. Le garçon avait 15 ans, à peu près le même âge que Mathilde. Mais il était encore plus grand qu'elle, et tout dégingandé. De plus, le malheureux avait un cerveau qui faisait partie des poids très, très légers. Il habitait le village de Villeneuve-de-Floréal. Son père, Gaspard Letourneur, avait insisté auprès de monsieur Sourtis afin que celui-ci l'intègre dans l'école de Floréal. Il avait l'intime espoir que cet instituteur pourrait lui faire entrer quelque chose dans le crâne. Son niveau général étant très faible, il avait été tout naturellement placé par l'instituteur dans la classe des moyens. Mais comme il dépassait les autres enfants de plus de cinquante centimètres et qu'il n'arrivait jamais à réussir le moindre exercice, il était très souvent la risée des autres élèves. Son père avait alors supplié l'instituteur de le

mettre dans la classe des grands. Monsieur Sourtis finit par accepter, de toute façon il ne parvenait à rien, au moins là, il ne perturberait pas les cours. Malheureusement pour moi, le grand Félicien empruntait en partie la même route que nous pour rentrer de l'école. Il y avait bien d'autres enfants, mais le Félicien, il était très grand et, surtout, il avait déjà des battoirs en lieu et place des mains. La grande Mathilde Lastruc n'ayant pas encore bien digéré l'herbe que je lui avais fait brouter, elle demanda à son chevalier servant de la venger. Il ne manquait pas un soir sans que le grand Félicien ne me cherche querelle. Mariéta assistait impuissante à la scène, elle m'avait supplié d'en parler à papa. Moi, je voulais d'abord essayer de régler le problème tout seul, et un plan se dessina rapidement dans ma tête. Je profitai d'une partie de mon jeudi pour le mettre en place. Ce vendredi soir, avec Mariéta et une dizaine d'autres enfants des fermes alentours, nous revenions à pied de l'école. Alors que nous arrivions à proximité d'un petit chemin, c'est moi qui ouvris les hostilités :
– *Il paraît que, chez toi, ton père n'a pas les moyens d'avoir un deuxième bœuf, alors il t'attache au joug pour que ça fasse la paire.*

Le grand dégingandé de Félicien ne s'attendait pas à cette attaque. Il finissait tout juste de manger son quatre-heures et faillit s'étrangler. Il devint tout rouge, déglutit quelques mots et partit à ma poursuite. J'avais bien sûr prévu le coup et déjà pris quelques longueurs d'avance. Le grand Félicien disposait de grandes jambes, et ce n'était pas le moment de tomber entre ses battoirs. À toute allure, je m'engageai dans le petit chemin bordé par des piquets de clôture.

Après quelques mètres, alors que la course était bien lancée, je sautai pour passer au-dessus d'une flaque d'eau. Par la même occasion, je venais de franchir un obstacle. Cet obstacle était invisible, mais il existait bel et bien, et le grand Félicien en fit les frais. Il se prit les pieds dedans et s'étala de tout son long dans la gigantesque flaque d'eau. La veille, je m'étais rendu jusque-là pour mettre mon plan à exécution. Entre deux piquets et à quelques centimètres du sol, j'avais tout simplement tendu un fil de fer, juste devant cette grande flaque d'eau qui serait l'idéal pour amortir le choc. Le grand dégingandé se releva, il était tout mouillé et couvert de boue. Tous les enfants étaient pliés de rire, même la grande Lastruc s'était laissée aller. Moi aussi, je me moquais. Mais, par précaution, je maintenais une certaine distance de sécurité entre moi et le Félicien. Depuis ce jour, on ne revit plus Félicien Letourneur à l'école de Floréal. Son père avait renoncé à faire de lui un bachelier. L'instituteur fut informé qu'il lui avait trouvé une place de vacher dans une ferme.

Le capitaine Aristide Clément Autun était revenu au château pour une permission de quelques jours. Le chef Laterre lui rendit visite et l'informa de certains faits touchant de très près la famille Montazini. Je pense qu'il lui parla des persécutions que nous avions subies en Italie. Quelques jours avant de repartir, le capitaine eut avec notre père une longue conversation. Aristide Clément Autun semblait soucieux, il lui révéla que sa compagnie allait partir dans les colonies, dans une zone à risque. Papa comprit que le capitaine voulait lui confier ses inquiétudes.

– Monsieur Montazini, je suis un soldat et, dans les missions qui me sont confiées, je peux parfois me retrouver dans des situations délicates, bref, je peux être tué.

Émilio tenta de lui remonter un peu le moral.
– Mon capitaine, la France n'est pas en guerre, il n'y a aucune raison pour qu'il vous arrive malheur.
– Je sais, Émilio, mais tout peut arriver et je souhaite vous demander un service, dans le cas où il m'arriverait quelque chose. Je désire ajouter une clause à mon testament. Dans celle-ci, je nommerai mon épouse, mon beau-père Léon Sentenal, Alphonse Diodin et vous-même administrateurs des terres et des métairies du château. Chacun aura son rôle et, si l'un d'entre vous ne pouvait plus, pour une quelconque raison, exercer son mandat, les trois autres pourraient choisir une autre personne. Ceci, jusqu'à ce que mon fils Édouard ait atteint l'âge de 25 ans.
– Mon capitaine, je sais à peine parler le français !
– Monsieur Montazini, je sais juger les hommes et je pense également savoir ce que vous seriez capable de faire pour protéger ceux qui vous sont chers. Je vous demande cela comme un service. À quatre, la charge ne sera pas trop lourde pour chacun. Je sais qu'avec cette équipe je peux partir tranquille, vers ma nouvelle affectation, bien sûr. Je tiens également à vous préciser que vous seriez rémunéré pour cela et que tous les autres sont déjà d'accord sur vous.
– Bien mon capitaine, je suis votre homme, de toute façon, il ne vous arrivera rien, mais si ça peut vous rassurer.
– Je savais que je pouvais compter sur vous. Émilio, samedi soir, je fête mon départ, seriez-vous libres, vous et

votre famille, pour venir souper au château ? Alphonse Diodin et mes beaux-parents seront là, avec ma femme et mon fils Édouard, ce sera tout.

Toutes ces personnes lui semblaient de bonne compagnie, notre père accepta. Cette occasion lui permettrait d'être présenté à Léon Sentenal, ça pourrait lui servir dans le cas où il envisagerait de vendre quelques pièces.

La soirée se passa dans une bonne ambiance, nous fîmes la connaissance de Léon Sentenal et de sa femme Éléonore. Le notaire était un homme affable, convivial et qui, ce qui ne gâchait rien, appréciait la bonne chère. Il était de plus très diplomate et savait prendre son monde. Le maître de chai Alphonse Diodin me présenta au capitaine comme son successeur potentiel. J'en rougis jusqu'en haut des oreilles. Le maître de chai ajouta :
– *Ce petit, il sait déjà tout. Il dévore les livres que je lui prête. Il connaît tout sur les maladies de la vigne, sur les nouveaux cépages, et même sur les alambics. Dès qu'il sera en âge, je pourrai l'initier à la dégustation des armagnacs.*

Avant de partir, Léon Sentenal prit papa à part et lui dit simplement :
– *Pour votre affaire, je suis à votre entière disposition, votre heure sera la mienne.*

Après la visite d'Edmonde de Barsac, Mariéta n'avait plus retrouvé la Demoiselle blanche dans ses rêves. Peut-être que sa mission était tout simplement de faire rencontrer les deux familles ?

Chapitre 8 – Le challenge

Depuis que le capitaine l'avait couché sur son testament, papa avait une idée bien précise en tête. Dans le cas où, comme l'avait dit Aristide Clément Autun, il devrait face à de nouvelles responsabilités, bien savoir lire, compter et écrire devenait indispensable. Pour compter, parler et lire le français, notre père n'avait plus aucun problème. Il s'améliorait même tous les jours un peu, grâce au journal que lui remettait l'instituteur. Par contre, quelques lacunes subsistaient encore en écriture. Il n'avait pas encore complètement saisi toutes les subtilités de la conjugaison, des participes passés, des compléments d'objet directs ou indirects. Il devait absolument faire des progrès dans la compréhension des quelques règles bien particulières, propres à la grammaire française. Dès le lendemain de son entretien avec le capitaine, papa rendit visite à monsieur Sourtis pour lui proposer un challenge, que l'instituteur s'empressa d'accepter. La barre, que papa s'était fixée, était assez haute, et pour atteindre le nouvel objectif, il serait obligé de mettre les bouchées doubles, et même triples. Le plan de bataille établi par l'instituteur prévoyait que, à partir de ce mois d'octobre et jusqu'à la fin de l'année scolaire, il devrait venir au moins trois fois par semaine à l'école, le soir. Il devrait également continuer à bien travailler ses leçons à la maison. Nous sentions papa très motivé, mais Mariéta et moi ne savions pas encore ce que monsieur Sourtis et lui avaient manigancé. Même l'achat des bêtes pour notre étable fut reporté.

Ce matin, en passant devant le bureau de tabac de madame Gourdes, j'aperçus l'étincelante Pierrette, toujours aussi en formes. J'hésitai un peu, mais j'entrai quand même pour la saluer.
– *Bonjour Sylvio, tu vas bien ? Comment va ton papa ?*

Si elle me parlait de papa, c'était peut-être que son fiancé n'était pas avec elle.
– *Il va très bien, mais il a beaucoup de travail et ne vient plus très souvent au village. Je lui dirai que je vous ai vue. Au fait, votre fiancé n'est pas avec vous ?*
– *Non, on s'est quittés, nous n'étions pas faits pour vivre ensemble. Tu sais, les hommes, ils ont vite fait de se lasser. Je ne parle pas pour ton père bien sûr, ça me ferait plaisir de le revoir.*

Je repensai alors à la conversation que j'avais eue avec Antoinette, « Mon petit Sylvio, tu t'apercevras quand tu seras plus grand que ce genre de femmes change souvent de fiancé. »

Après tout, ce n'était peut-être pas la faute de Pierrette si tous ses fiancés se lassaient d'elle trop rapidement.

Nous échangeâmes encore quelques banalités, mais, lorsque la face revêche de madame Gourdes mère fit son apparition, le charme fut rompu et je pris rapidement congé.

En rentrant à la maison, je me demandais si je devais avertir papa de la présence de Pierrette à Floréal. Je décidai que oui, mais je n'en parlerais ni à Antoinette ni même à Mariéta.

À L'Arcange, les premières vraies vendanges de l'ère Montazini débutèrent le 20 octobre au petit matin. Le maître de chai Alphonse Diodin demanda au régisseur de mettre toute une équipe sur les quatre hectares de folle-blanche. Il voulait cueillir au plus vite cette vendange qui lui paraissait maintenant à bonne maturation. Il prévoyait de stocker le vin de ce cépage bien à part et il avait fait préparer pour la circonstance deux gros tonneaux en chêne. En deux jours, les cinq hectares de vignes de L'Arcange furent vendangés. Le rendement n'était pas extraordinaire, vingt-quatre hectolitres de l'hectare en moyenne. Mais ce n'était pas pour déplaire à Alphonse Diodin, qui avait sa petite idée là-dessus.

Comme convenu, papa avait repris les cours du soir, il était un élève très assidu. À Mariéta et moi, qui n'avions pas manqué de lui poser quelques questions, il avait simplement précisé que monsieur Sourtis lui avait proposé d'apprendre à écrire correctement le français. Pour cela, il devrait suivre pratiquement tout le programme scolaire, comme un élève de la classe de fin d'études. Nous nous étions, provisoirement du moins, satisfaits de cette réponse.

Aidé de Mariéta, papa écrivit à Edmonde de Barsac, la Dame en blanc. Il lui demandait des nouvelles de sa santé. La réponse ne tarda pas. La maladie était presque vaincue. Encore quelques jours, et il n'y paraîtrait plus. Le médecin lui avait toutefois conseillé de ne pas faire trop d'efforts et surtout de ne pas entreprendre de longs voyages. Elle profita de l'occasion pour nous inviter, papa, Mariéta et moi, à passer quelques jours dans son hôtel particulier de Paris. Elle proposait d'envoyer son chauffeur, Lucien Vermeil, nous chercher dans sa Mercedes, il nous ramènerait ensuite. La Dame en blanc avait le don de bien argumenter. Ses phrases et ses mots laissaient transparaître d'autres phrases et d'autres mots. Dans son courrier de plusieurs pages, on pouvait entrevoir qu'elle s'ennuyait. Elle avait une façon très subtile de faire des confidences sans vraiment en faire. Elle évoquait sa santé vacillante, alors que, quelques lignes plus haut, ses propres mots pouvaient faire croire presque le contraire. Elle laissait entendre qu'elle ne pourrait sûrement plus voyager et que son chauffeur ne lui serait bientôt plus d'une grande utilité. Elle précisait que celui-ci, à son service depuis plus de vingt ans, lui était très dévoué. Mais, en même temps, elle mentionnait habilement la pénurie de travail en ce moment sur Paris. À la lecture de certains passages, papa sourit. Cette vieille dame lui était décidément très agréable, sans compter l'inestimable cadeau qu'elle nous avait fait. Pendant le repas du soir, nous discutâmes ensemble de cette invitation et arrivâmes à convaincre papa d'accepter. Il en profiterait pour faire quelques recherches sur Henri de Barsac. Papa était persuadé que la Dame en blanc détenait, sans le savoir, dans les archives de sa famille, des documents très révélateurs sur cette période. Ils devraient l'aider à lever le voile sur les quelques mystères qui planaient encore sur la pièce secrète. Notre père proposa des dates qui se situaient après les vendanges et les gros travaux d'automne et avant le début de la campagne de distillation. Il s'était également assuré auprès de l'instituteur que ce voyage ne handicaperait pas trop nos études et les siennes. Dans les trois jours qui suivirent, nous reçûmes un télégramme, Lucien Vermeil serait là, le jour J. Le dimanche 15 novembre 1931, à quatre heures du matin, la Mercedes-Benz 170 blanche quittait la ferme de L'Arcange pour Paris. Patou n'était pas du voyage, il avait été confié à Antoinette Rosannés. Installés à l'arrière, sur la confortable banquette de cuir, et malgré l'heure très matinale, Mariéta et moi n'avions plus du tout envie de dormir. Notre père occupait la place à côté de Lucien Vermeil. La voiture filait dans un confort qui nous était inconnu. Houillés, Eymet, Bergerac, l'automobile atteignait maintenant la nationale 21, en direction de Limoges.

Vers quatre heures de l'après-midi, la Mercedes blanche descendait déjà la nationale 7 au niveau du Kremlin-Bicêtre. Le chauffeur s'engagea dans l'avenue d'Italie, la nuit tombait, et une à une les vitrines s'éclairaient. Mariéta et moi, le nez collé aux vitres, ne perdions rien de la féerie. À ce moment, Floréal, et surtout la ferme de L'Arcange encore éclairée à la lampe à pétrole, étaient bien loin, très, très loin. Nous parvenions dans un monde nouveau, un monde où, la nuit, la magie de la lumière électrique remplaçait la lumière du soleil. Place d'Italie, Lucien Vermeil fit deux fois le tour, comme pour bien nous montrer que notre pays d'origine était à l'honneur dans la capitale. Lucien m'apprit que c'était de l'avenue du même nom que partait la nationale 7, qui conduisait les voyageurs vers la Méditerranée et l'Italie. La Mercedes 170 descendit ensuite l'avenue des Gobelins, elle roula encore sous la lumière des lampadaires pendant une dizaine de minutes. Puis, elle s'engagea dans la rue des Loges et s'arrêta devant le 32. Lucien Vermeil ouvrit les portes de l'immeuble. Il fit ensuite entrer l'automobile dans la cour. En arrivant dans la maison de Henri de Barsac, l'homme qui avait vécu dans la pièce secrète de L'Arcange pendant la Révolution de 1789, nous venions de remonter le cours du temps. Edmonde de Barsac nous accueillit avec une joie non dissimulée. Elle était vraiment heureuse de revoir notre famille. Sa visite à L'Arcange n'avait duré que quelques heures, pourtant quelque chose d'inexplicable s'était passé entre nous. Edmonde de Barsac avait l'impression qu'elle retrouvait des amis qu'elle connaissait de longue date. Il était cinq heures de l'après-midi, et la Dame en blanc nous avait fait préparer une collation. Le pique-nique de midi était déjà très loin, et les émotions, ça creuse. Ce fut ensuite le tour du propriétaire. Edmonde, encore un peu fatiguée, demanda à Félicie Antonin, la bonne, de nous faire découvrir la maison. Après avoir visité le premier, puis le deuxième, qui, seuls, étaient occupés, et encore partiellement, l'ascenseur nous amena directement du deuxième au quatrième étage.

Durant la montée, Mariéta se sentit d'un coup envahie par d'étranges perceptions. Bizarrement, des images qui lui semblaient familières affluèrent dans sa tête, comme des scènes déjà vécues. Elles se jouaient au ralenti, mais elles étaient floues et très difficiles à identifier. Dès que l'ascenseur stoppa au quatrième, les perceptions se dissipèrent.

Dans les étages supérieurs, les pièces étaient emplies de meubles, de malles pleines de souvenirs et de quantité de livres. Seul le grenier, accessible par un escalier plus étroit, disposait encore d'un peu d'espace. Personne ne devait plus venir ici depuis bien longtemps. La famille Barsac était une très ancienne famille de la noblesse française. Edmonde de Barsac et ses enfants en étaient la dernière lignée. Plusieurs siècles de la vie de tous leurs ancêtres étaient maintenant réduits à ces nombreuses lettres et autres écrits, qui dormaient là, pêle-mêle, dans ces malles. Papa était pensif, combien de secrets devaient se cacher parmi toutes ces choses. La visite du quatrième et d'une partie du troisième étage terminée, tout le monde redescendit vers le premier. Je relevai un détail, mais n'en parlai à personne. Pour visiter le troisième, nous étions descendus du quatrième par l'escalier. Et pour retourner au deuxième, nous étions d'abord remontés au quatrième par le même escalier, pour reprendre l'ascenseur. Peut-être que, tout simplement, l'arrêt au troisième ne fonctionnait plus.

Lors de la descente, Mariéta ressentit les mêmes symptômes qu'à la montée, mais ceux-ci s'estompèrent encore plus vite. L'adolescente mit cela sur le fait qu'elle venait de prendre l'ascenseur pour la première fois de sa vie.

Edmonde de Barsac nous invita à prendre place dans les fauteuils du salon. La conversation partit un peu dans tous les sens. Il est vrai que, depuis le matin, nous avions de la matière en réserve pour alimenter la discussion. Afin de profiter un maximum de notre séjour dans la capitale, Edmonde de Barsac avait prévu de nous faire accompagner par sa petite-fille, Florette, la fille de son fils Edgar. Le lendemain, le 16 novembre, Florette arriva de chez une amie vers huit heures et demie. Elle ressemblait beaucoup à la Dame en blanc, mais Mariéta ne reconnut pas en elle la Demoiselle blanche. Florette venait d'avoir 18 ans, elle habitait New York avec ses parents et était en vacances à Paris. Lorsque Edmonde, sa grand-mère, lui avait proposé de faire découvrir Paris à la famille Montazini, elle n'avait pas hésité un seul instant. Florette parlait admirablement le français, avec un très léger accent qui lui allait fort bien. Le premier contact fut très chaleureux. La jeune fille avait déjà préparé le programme des visites qui se feraient en métropolitain. Le lundi matin, dès neuf heures, nous fîmes à pied les quelques mètres qui nous séparaient de la station du 4-Septembre. À Opéra, nous changeâmes de ligne pour la direction Palais-Royal. Ensuite, arrivés à la station Étoile, nous prîmes la direction du Trocadéro. Pour la famille Montazini, la découverte du métro, un train qui circulait sous terre à des dizaines de mètres sous les maisons, c'était une première. Moi, j'étais fasciné par la décontraction et la facilité dont faisait preuve

Florette pour se diriger. Elle savait à l'avance la ligne qu'il fallait prendre, la station où il fallait s'arrêter. Nous étions maintenant sur le Champ-de-Mars, au pied de la grande tour. Florette nous donna quelques informations sur les origines de son édification. La tour Eiffel avait été érigée pour l'Exposition universelle de 1889, elle célébrait le centenaire de la Révolution française. C'était Gustave Eiffel qui en était le concepteur. Sa construction avait commencé le 28 janvier 1887 et s'était achevée le 31 mars 1889. Sa hauteur était de trois cent douze mètres avec le drapeau, et il y avait mille sept cent dix marches jusqu'au sommet. Un guide nous proposa d'emprunter l'ascenseur, mais je décidai de monter à pied.
– *Je suis certain d'arriver au sommet avant vous !*

En prenant les billets, nous avions appris que, durant l'année 1930, la tour Eiffel avait accueilli plus de cinq cent quatre-vingt mille visiteurs. Cette année, ce record serait largement battu, puisque presque huit cent mille visiteurs avaient déjà été enregistrés. Dès l'entrée franchie, je ne perdis pas de temps et me ruai à l'assaut des marches. J'avais pratiquement atteint le premier étage, alors que Florette, papa et Mariéta entraient à peine dans l'ascenseur. De toute façon, nous avions rendez-vous au deuxième. Je soufflai un peu et repartis vers le sommet.

Après une cinquantaine de marches, mon regard fut attiré par un homme en justaucorps et chapeau melon. Il était revêtu d'une cape qui lui donnait l'apparence d'une chauve-souris. À quelques mètres seulement de moi, un peu en hauteur, l'individu faisait de l'équilibre sur les poutrelles

d'acier. J'étais fasciné par cet homme qui risquait sa vie à plus de cent mètres d'altitude. Un faux pas, et c'était la mort assurée. Lorsqu'il aperçut que je le fixais, le funambule me dit simplement :
– *Ne bouge pas, j'arrive !*

Il fit un léger pas en arrière et se laissa glisser dans le vide. La femme qui montait juste derrière moi poussa un cri de terreur. Mais l'acrobate s'était déjà accroché à la poutrelle du dessous et il s'installa, sans effort apparent, debout sur celle-ci.
– *Alors, comment trouves-tu mon petit numéro ?*

Je ne trouvai pas tout de suite les mots pour lui répondre.
– *Tu sais, mon garçon, c'est très facile à faire, il suffit d'un peu de concentration. Tu veux essayer ?*
– *Non, merci, l'escalier me va très bien. Et si vous n'arrivez pas à vous rattraper ?*
– *Dans ce cas, c'est la chute vers l'au-delà ! Cela m'est déjà arrivé une fois, mais ma cape est restée accrochée à une fixation oubliée par les ouvriers. Elle m'a sauvé la vie, depuis ce jour je me surnomme Lulu la Chance.*

En prononçant ces mots, il se laissa glisser jusqu'à la poutrelle inférieure. Derrière moi, la femme poussa de nouveau un cri de terreur, encore plus fort que le premier. J'étais captivé par l'acrobate, mais je réussis à détourner mon regard et repris ma marche vers le deuxième. Lorsque j'arrivai sur la plateforme, j'entendis des éclats de voix venant du bas. J'osai un œil et aperçus la maréchaussée

qui essayait de ramener le funambule à la raison. Juste à ce moment, je croisai le regard de mon père.
– *Papa, tu as vu le bonhomme, il fait de l'équilibre sur les poutrelles ! Il se jette dans le vide et il se rattrape !*
– *Tu sais, Sylvio, certains s'imaginent que la vie sans émotions fortes ne vaut pas le coup d'être vécue. Aujourd'hui, la police l'a arrêté, mais il se sent invulnérable, il reviendra et, un jour, il fera le saut de trop.*

En passant sur l'avenue de la Grande-Armée, papa s'arrêta devant une porte cochère. Ses yeux fixaient une plaque sur laquelle était gravé « *Fasci di combattimento* ».
– *Ces individus sont des voyous et des assassins. Comment les responsables politiques de ce pays ont-ils pu laisser les fascistes s'installer sur une si belle avenue ? J'espère que les Français ne se laisseront pas influencer par leurs belles paroles. N'ont-ils pas compris que…*

Il avait suffi de quelques mots gravés sur cette petite enseigne pour voir resurgir la colère et la haine dans les yeux de papa. Notre père n'était pas homme à se donner en spectacle, pourtant, son haussement de ton avait déjà détourné vers nous quelques regards. À quelques mètres sur le trottoir, je remarquai une femme qui nous observait attentivement. Lorsque Mariéta entraîna papa, elle s'engouffra dans l'immeuble. À Floréal, nous n'avions accès qu'aux choses ordinaires, et cette distance nous protégeait de la réalité de la vie. Ici, l'ordinaire côtoyait l'extraordinaire et l'inacceptable, sans que personne y trouve à redire. Une pensée me réchauffa le cœur. Les fascistes n'étaient peut-être pas si fiers que cela d'arborer leur nom sur cette prestigieuse avenue, puisqu'ils l'avaient mentionné en italien et non en français. Autant dire que peu de gens savaient qui ils étaient vraiment.

Au 32, rue des Loges, chaque fois que Mariéta prenait l'ascenseur pour le quatrième étage, les mêmes visions envahissaient son esprit. C'étaient toujours les mêmes images, pourtant, elle ne parvenait pas à faire le point, tout restait flou et confus. Au début de son séjour, elle mit ça sur le manque d'habitude. Mais, depuis, elle avait repris l'ascenseur dans d'autres circonstances, comme à la tour Eiffel par exemple, et elle n'avait rien ressenti d'anormal. Mariéta savait que quelque chose de pas ordinaire se passait. Elle avait l'impression de recevoir un signal, mais elle avait beaucoup de difficultés à le décrypter. Était-ce de nouveau la Demoiselle blanche ? Il y avait bien longtemps que celle-ci ne s'était plus manifestée. Voulait-elle lui faire comprendre certaines choses ?

Papa semblait avoir oublié l'incident de l'avenue de la Grande-Armée, mais je savais qu'il n'en était rien.

Chaque jour, il y avait une ou plusieurs visites au menu. Florette nous entraîna vers le Sacré-Cœur, basilique de style byzantin élevée à la fin du dix-neuvième siècle. Ensuite, vers Notre-Dame-de-Paris, chef-d'œuvre de l'art gothique français, érigée de 1163 à 1345. La visite se poursuivit par le jardin du Luxembourg. Les après-midi, papa rentrait tôt pour passer un peu de temps avec Edmonde de Barsac. La Dame en blanc et notre père consacraient quotidiennement une à deux heures aux recherches sur Henri de Barsac. Papa apprit beaucoup sur la famille de la Dame en blanc, mais la tâche s'avérait fastidieuse. Dans les malles, rien n'était vraiment rangé, les lettres et les écrits s'étaient entassés çà et là, au hasard des déménagements et des décès. Florette, Mariéta et moi, nous n'étions de retour que vers six ou sept heures du soir. Pour vendredi, Florette avait programmé la visite du château de Versailles. Et, pour samedi, celle de l'exposition coloniale internationale qui se situait porte Dorée, dans le bois de Vincennes. Pour ces deux dernières visites, Edmonde de Barsac souhaitait se joindre à nous. Lucien Vermeil nous conduirait dans la Mercedes.

Plusieurs fois, alors que nous circulions à pied dans les rues de la capitale, il m'avait semblé apercevoir la femme qui s'était engouffrée dans l'immeuble de l'avenue de la Grande-Armée. Je n'avais pas osé en parler à papa, ni même à Mariéta ou à Florette. À chaque fois, les images étaient furtives, imperceptibles, presque irréelles. Mais peut-être était-ce mon imagination qui me jouait des tours. Après tout, pour quelle raison cette femme nous surveillerait-elle ?

Cette semaine était passée trop vite, beaucoup trop vite. Nous avions fait le plein de souvenirs. Nous avions découvert un autre univers, un pays qui paraissait enchanté, où tout semblait facile..., enfin presque. Toutes ces automobiles, ces immeubles de luxe avec leurs ascenseurs, ces restaurants, ces salles de spectacles, et les beaux magasins. Ces trains qui circulaient sous terre, et dans toutes les rues, la lumière électrique qui demeurait allumée toute la nuit. C'est devant l'un de ces hôtels de luxe que, pour la première fois de ma vie, je pus voir un homme noir. Il était revêtu d'un habit impeccable de couleur rouge, avec d'imposantes épaulettes, qui le faisaient ressembler à un musicien de fanfare. Je restai bêtement à le fixer, mais Mariéta me tira par le bras. Florette m'expliqua qu'il était le portier de l'hôtel. Son rôle consistait à ouvrir les portières des véhicules qui arrivaient et à aider éventuellement les passagers à en sortir. Elle m'expliqua que pouvoir disposer d'un homme de couleur pour ce travail était très classe.

Nous avions aussi découvert le revers de la médaille. Pour la première fois de ma vie, j'avais vu des hommes, et même une femme, qui mendiaient. Florette nous avait laissé entendre que la plupart d'entre eux étaient dans la force de l'âge et qu'ils pouvaient travailler. Leur donner de l'argent ne faisait que les encourager à demander l'aumône. C'était peut-être en partie vrai, mais à deux reprises je m'étais avancé pour glisser une petite pièce dans la main tendue.

Juste pour essayer de comprendre, Mariéta était plusieurs fois remontée au quatrième par l'ascenseur, mais elle n'avait toujours pas élucidé les raisons de ses perceptions imagées. Elle ne s'était confiée à personne. Peut-être lors d'un prochain séjour, avec un peu de recul, elle comprendrait.

Moi non plus, je n'avais pas demandé à Edmonde la raison pour laquelle ce même ascenseur ne s'arrêtait pas au troisième.

Maintenant, la famille Montazini allait retourner dans son monde, ce soir, nous serions de retour à Floréal. Papa n'avait rien pu découvrir de plus concernant le séjour de Henri de Barsac à L'Arcange. Devant son obstination, la Dame en blanc avait promis de poursuivre les recherches. Elle m'avait également demandé de choisir autant de livres que je le souhaitais sur les étagères qui se trouvaient au quatrième. Je rentrai à Floréal avec une trentaine d'ouvrages traitant de différents thèmes. Sur le chemin du retour, j'entrepris de lire le premier tome des *Misérables*. Victor Hugo avait commencé à écrire ce chef-d'œuvre en 1845, il l'avait ensuite oublié quelques années pour le reprendre en 1860 avant sa publication en 1862. J'étais fasciné par les personnages de Cosette et de Jean Valjean.

Dès le lundi, papa commença la campagne de distillation. Le maître de chai Alphonse Diodin avait, depuis le samedi, entrepris le réglage des alambics. Tout son dimanche y était passé, et deux étaient déjà opérationnels. Le soir, dès la fin de l'école, j'étais là. Papa m'avait permis, mais seulement pour deux ou trois jours, d'assister aux différentes phases de mise au point. À partir de mercredi, je devais me remettre aux devoirs que j'avais en retard depuis notre voyage à Paris. Papa aussi avait des devoirs, mais, lorsqu'il travaillait de nuit, il pouvait y consacrer une partie de la journée.

À l'occasion du repas du jour de Noël, Antoinette Rosannés nous invita. Pour le Premier de l'an 1932, tout le monde se retrouva à L'Arcange. La famille Montazini attendait ce jour avec une certaine défiance, cette fête avait pour nous un goût particulier. Ce jour resterait gravé à tout jamais dans nos mémoires. Chaque année, au Premier de l'an, on se souviendrait de ce drame, au cours duquel Mariéta avait failli laisser sa vie. Et même si, au fil du temps, ce souvenir arrivait à s'estomper un peu, les marques indélébiles sur son corps seraient là pour venir le raviver. En outre, au-delà de cette agression, ce jour rappelait à notre famille toutes les attaques et tous les tourments qu'elle avait dû endurer ces dernières années. Sans même s'en rendre compte, le matin du Premier de l'an, papa vérifia toutes les bûches qu'il apportait dans la cuisine pour la cuisinière. Comme pour conjurer le mauvais sort, Mariéta prépara à nouveau une tourte. Et, à peu près à la même heure que l'année précédente, elle remit deux bûches dans le foyer de la cuisinière. Elle prit également la tourte et l'amena, pour la garder au chaud, dans l'âtre de la cheminée. Toutefois, comme il ne fallait quand même pas provoquer le destin, la bûche pour le dessert avait été concoctée par Antoinette. Moi, je ne me montrai pas, avec Patou au pied du lit, je dévorais les livres offerts par la Dame en blanc. J'avais déjà englouti toutes les aventures de Cosette et de Jean Valjean, je venais de commencer un ouvrage écrit par Alphonse Daudet *Tartarin de Tarascon*. Cette journée du Premier de l'an 1932 se passa merveilleusement bien.

La psychose de la mystérieuse automobile noire rôdant sur les petites routes de la commune de Floréal était bien installée. Cette fois, c'était Charles Lapierre, de la ferme de Saint-Jean, qui était le témoin et la victime. C'était aussi lui qui, en juillet dernier, avait découvert mon copain Antoine, errant sur la route, après avoir été peut-être percuté par l'auto diabolique. Il était presque minuit, et il rentrait en vélo de Floréal. Telle une diablesse, la voiture noire avait surgi derrière lui. En le doublant, elle l'avait jeté pratiquement dans le fossé. Bien sûr, il n'avait pu voir ni sa marque ni son numéro de plaque. Le véhicule avait fait quelques mètres, puis s'était immobilisé. Pris de panique, le Charles s'était enfui par les champs en abandonnant le vélo sur place. Quelques mauvaises langues laissaient toutefois entendre que, cette nuit-là, en repartant du café de Pierrette Malfeu, le Charles était bien monté sur son vélo, mais à l'envers. On l'avait entendu maugréer, puis, rouspétant toujours, il était parti en poussant sa bicyclette.
– *Miloudiou de miloudiou, quel sacripant, il a foutu deux selles à mon vélo !*

Ce matin, je revis Gaétan Vaillant, le puisatier, l'homme qui ressemblait en miniature à l'ogre des contes de Perrault. Il réparait la pompe du puits du château.
– *Salut petit, tu as laissé ton diable de chien à la maison. Je n'aime pas les chiens, c'est sournois, et dès qu'on a tourné le dos, il tue tout ce qui bouge. Il y a quelques années, j'avais recueilli un pauvre corniaud abandonné. Une nuit, il s'est attaqué à mes appelants palombes, je l'ai trucidé sur-le-champ.*

– Vous savez, monsieur, Patou n'a jamais fait de mal à personne, sauf pour nous défendre. Mais ça, c'est normal, c'est un chien de garde.

Après quatre à cinq minutes, je repartis en le saluant. À peine avais-je fait une centaine de mètres que j'entendis des éclats de voix provenant du puits. Doucement, je fis demi-tour et m'approchai discrètement. Je restai derrière le mur de la grange et passai juste la tête. Le régisseur Théodore Chandon et le puisatier s'étaient engagés dans une discussion très, très animée. Apparemment, ces deux-là se connaissaient, mais le moins qu'on puisse dire était qu'ils ne s'appréciaient guère. J'avais du mal à comprendre leurs paroles, il me sembla saisir les mots « bâtard » et « bon à rien », mais je ne pus en savoir davantage. Théodore Chandon repartit rapidement vers le château, et moi, je m'éclipsai. J'aurais bien voulu savoir ce qui avait motivé leur querelle.

Ce 12 janvier 1932, Alphonse Diodin avait prévu de commencer la distillation des tonneaux contenant la récolte de vin de folle-blanche, issue de la vigne de L'Arcange. Il affina encore un peu plus les réglages et attendit que je sois rentré de l'école. Je fêtais aujourd'hui mon dixième anniversaire et je ne voulais en aucun cas manquer cet événement. Les premières gouttes de blanche avaient un parfum particulier. Dès qu'elles s'écoulèrent dans le récipient, papa me fit signe d'y tremper un doigt. Je n'hésitai qu'une seconde, puis j'y allai de bon cœur. Au contact de l'eau-de-vie sur ma langue, j'accusai une petite grimace, mais j'appréciai. Alphonse Diodin n'était pas tout à fait satisfait des résultats et il peaufina encore un peu les réglages.

Les instructions du maître de chai Alphonse Diodin étaient très précises : dès qu'une cuve était vide, la trappe du haut et la porte du bas devaient rester ouvertes en permanence. Pas question pour Mariéta et moi de commencer la récolte du tartre à l'intérieur de celles-ci, c'était bien trop tôt. Les risques dus à la présence de gaz acide carbonique provenant de la fermentation des vins étaient encore trop importants. Ce gaz était extrêmement toxique, et il ne se passait pas une année sans que, ici ou là, un ouvrier imprudent y laisse sa vie.

Au coin du mur, papa aperçut la tête du petit Édouard, le chenapan avait une nouvelle fois échappé à la vigilance de Lisette. Quand le petit phénomène repéra Alphonse Diodin, qui lui avait formellement interdit de venir parmi les alambics, il resta caché. De loin, il ne perdait rien du spectacle. La bonne devait le chercher, et mon père me demanda de le ramener au château. Lorsque le petit filou me vit arriver vers lui, il se douta de la manœuvre et il partit en courant. Comme un bolide, il détala, et je n'arrivai à le rattraper que devant le château.

Émilio regarda sa montre. Sylvio tardait à revenir, or, il ne serait pas reparti à L'Arcange sans le lui dire. Il prévint Alphonse Diodin qu'il allait à sa rencontre. En passant devant les cuves, il eut un choc, l'une d'entre elles était fermée, comme la fois où Sylvio avait été fait prisonnier à l'intérieur. Pourtant, il était absolument sûr qu'à son arrivée toutes étaient ouvertes. Il se précipita, repoussa d'un geste brusque la vis et ouvrit d'un coup la porte.

Au même moment, j'apparaissais à l'entrée du chai. La tension retomba d'un coup. Je compris que papa avait eu une émotion forte et, pour me racheter, j'expliquai que madame Éliette m'avait gardé pour une collation. Mon père fut trop soulagé pour me lancer la moindre réprimande. Il me demanda seulement de rentrer pour faire mes devoirs. Lui ne retournerait à L'Arcange que plus tard, lorsque l'autre équipe serait arrivée.

Émilio déduisit que l'un des ouvriers avait fermé par erreur la porte de la cuve, mais quelque chose le préoccupait.

La distillation du vin de la folle-blanche de L'Arcange venait de se terminer, il en résultait mille trois cent quatre-vingts litres de blanche, soit presque quatre fûts. À la craie, Alphonse Diodin annota sur chacun d'eux « Année 1931, vigne de L'Arcange, cépage folle-blanche », plus quelques autres informations que lui seul pouvait décrypter.

Le 20 janvier 1932, j'appris une nouvelle qui me peina profondément. Dans la page des informations nationales du journal que nous donnait monsieur Sourtis, je pus lire qu'un accident était survenu à la tour Eiffel. Un homme, Lucien Piquemal, s'était écrasé au pied de l'édifice en essayant d'échapper à la police.
– Regarde, papa, tu avais raison, Lulu la Chance a fait le saut de trop.

Papa commença à tailler la folle-blanche dès la fin janvier. Cette année encore, sur les conseils du maître de chai, il ne laissait que trois à quatre coursons à deux yeux. Le rendement ne serait pas, une fois de plus, très important, mais la vigne pourrait ainsi reprendre de la vigueur. Aujourd'hui, 8 février, Mariéta fêtait ses treize ans, c'est Antoinette Rosannés qui avait préparé le gâteau d'anniversaire. Éliette Clément Autun et le petit Édouard passeraient pour le dessert. Alphonse Diodin serait également là. Depuis bien longtemps, Mariéta ne recevait plus la visite de la Demoiselle blanche. De temps à autre, elle y pensait avec une certaine nostalgie.

Au château, la campagne de distillation suivait son cours, encore quelques jours et tout serait fini. Papa trouva de nouveau une cuve fermée avec l'une des vis de la porte légèrement serrée, il ne pouvait plus s'agir d'un geste maladroit. Il y avait là un mystère. Qui pouvait bien s'amuser à ce petit jeu ? Sûrement un individu voulant éprouver les nerfs de notre père. Était-ce toujours la même personne qui opérait ainsi ? Était-ce celle qui m'avait enfermé dans une cuve, moins de deux ans auparavant ?

Pour Mariéta et moi, la vente du tartre était le seul moyen que nous avions pour alimenter notre cagnotte. Mais, cette année, ma sœur devait début juillet se présenter à l'examen du certificat d'études primaires. Elle passait donc beaucoup plus de temps à étudier. Quant à moi, la leçon d'octobre 1930 avait porté ses fruits, et je ne m'aventurerais plus seul dans les cuves. Nous essayions quand même de consacrer quelques heures par semaine à la récolte du précieux produit. Nous avions sélectionné quelques cuves qui disposaient d'une bonne épaisseur, le ramassage était facile. Pour plus de sécurité, Alphonse Diodin décida d'enlever toutes les portes des cuves que nous avions choisies pour notre travail. Malgré la vigilance du maître de chai et de papa, des portes continuaient à se fermer. Le scélérat ne s'était toujours pas fait prendre et poursuivait son travail de sape. Il devait pourtant savoir que les portes des cuves dans lesquelles nous travaillions avaient été retirées. C'était donc pure provocation de sa part. Comme pour signifier qu'il pouvait agir quand bon lui semblait et en toute impunité, le voyou s'employait à narguer son monde. Il y avait au moins une quinzaine de personnes susceptibles de venir régulièrement dans le chai, trouver le responsable ne serait pas chose facile. Ni papa ni le maître de chai n'avaient l'intention de faire appel au chef Yvan Laterre. Ils voulaient régler cette affaire eux-mêmes. Dans la mesure où maintenant toutes les cuves étaient vides, Alphonse Diodin aurait pu faire enlever toutes les portes. Mais il ne souhaitait pas priver le petit malin de ses joujoux. Un jour ou l'autre, il arriverait bien à savoir qui se cachait sous le masque du portier malfaisant.

Ce jour-là, papa se trouvait au fond du chai du château, dans la partie qui contenait les fûts. Il soutirait le vin rouge. De cet endroit, il ne pouvait voir les cuves. Il entendit un bruit de pas, il leva les yeux et vit arriver le régisseur Théodore Chandon. En train d'amorcer la pompe, papa ne faisait pas de bruit, il lui sembla que notre homme était tout surpris de le trouver là. Les deux hommes ne s'appréciaient guère, et si le régisseur venait ici, ce n'était sûrement pas pour un simple bonjour. Théodore Chandon faisait d'ailleurs presque l'unanimité contre lui, mais les ouvriers étaient bien obligés de le respecter. Le régisseur sortit à papa deux ou trois banalités, prétexta qu'il était à la recherche d'un ouvrier et repartit vers l'extérieur. Sur l'instant, papa n'y prêta pas attention, mais, lorsque, à l'heure du dîner, il repassa devant les cuves, trois d'entre elles étaient encore fermées. La provocation était évidente, peut-être même trop. Aucune preuve ne permettait toutefois d'accuser le régisseur. À son retour, papa trouva le maître de chai et il lui fit part de l'incident de la matinée. Alphonse Diodin nourrissait également quelques soupçons à l'égard du régisseur, mais, pour porter une telle accusation, il était impératif de le prendre sur le fait.

Pendant le mois qui précéda l'examen du certificat d'études, Mariéta occupa tout son temps libre à faire les révisions. Papa tenait à ce que sa fille mette toutes les chances de son côté et il s'investissait régulièrement pour la faire réviser. L'examen était prévu pour le 4 juillet, rendez-vous à huit heures devant la grande école de Condom. Éliette Clément Autun proposa à monsieur Sourtis d'accompagner une partie des candidats dans sa voiture. Ce matin-là, vers sept heures, elle vint chercher Mariéta à L'Arcange. Comme un fait exprès, une place était libre, et Éliette invita papa à se joindre à eux. Il savait que ce jour-là était d'une très grande importance pour Mariéta et il accepta volontiers. À huit heures précises, le directeur de l'établissement procéda à l'appel des candidats. C'est seulement à l'instant où celui-ci prononça le nom d'Émilio Montazini que Mariéta commença à y voir plus clair. Elle comprenait maintenant la raison qui avait poussé papa à suivre avec autant d'acharnement les cours du soir. Elle comprenait également que, en lui faisant réviser ses leçons, il les révisait lui-même par la même occasion. Mariéta entra dans la classe avec une certaine fierté, elle était très heureuse que son père se soit lancé dans cette aventure. Chaque candidat choisit sa place. Notre père étant le seul adulte, il préféra s'installer au dernier rang. Mariéta se décida pour le premier, de savoir son père dans la même classe qu'elle lui donnait un surplus de confiance. Elle était sûre qu'ensemble ils allaient réussir l'examen. Pendant les révisions, papa semblait connaître le programme par cœur, en réalité il jouait avec Mariéta le rôle de l'instituteur.

L'examen débuta par les épreuves écrites, la première concernait le calcul. Sur les trois problèmes proposés, les candidats devaient en choisir deux, ensuite ils disposaient d'une heure pour remettre leur copie. Dans le premier exercice, les élèves devaient affronter les éternels problèmes de consommation et de fuites d'eau. Le deuxième mettait en exergue la gestion et l'économie de la ferme. Dans le troisième, les candidats devaient résoudre un problème de coût de consommation automobile ainsi que de temps de trajet. Mariéta choisit les problèmes deux et trois. De temps en temps, elle jetait un coup d'œil en direction de papa, il avait l'air détendu. Arriva ensuite l'heure de la dictée.

Les épreuves écrites se terminèrent par le dessin. Dès midi, les candidats eurent droit à une heure et demie de pause pour dîner. Mariéta délaissa un peu ses camarades pour se rapprocher de son père. Pendant le repas, ils purent échanger leur point de vue sur les épreuves de la matinée. Dans l'ensemble, papa trouvait cela assez facile. Mariéta avoua quand même quelques hésitations, elle n'était pas très sûre de certaines réponses. À une heure trente, le programme oral commença par la grammaire. Il y avait un texte à analyser, il fallait citer les adverbes et les prépositions. Ensuite, ce fut l'histoire, la géographie, la leçon de choses, l'arithmétique, la chanson ou la récitation, la morale et enfin l'instruction civique.

Une matière supplémentaire était exclusivement réservée aux filles, l'économie domestique. La première question portait sur le nettoyage des cuisinières en fonte et des objets en cuivre et en étain. La deuxième sur la façon de faire la lessive à la cendre. La troisième sur la recette du lapin en daube et sur son temps de cuisson. La quatrième sur l'utilisation de l'argent du ménage. Enfin, la cinquième portait sur la place que devait occuper la bonne ménagère et sur les pertes de temps et les querelles que pouvaient occasionner les bavardages inutiles.

À cinq heures de l'après-midi, les épreuves étaient terminées. Dès lors débuta la longue attente vers les résultats. Papa regarda sa montre. Vers six heures, la liste des reçus serait annoncée par le directeur. À six heures moins cinq, le mouvement des élèves et des parents en direction du préau signifia que les résultats étaient maintenant connus. Le directeur commença à lire la liste des reçus. Dès qu'il arriva à la lettre M, le visage de Mariéta se figea un peu, papa avait l'air serein. Lorsqu'elle entendit le directeur annoncer le nom d'Émilio Montazini, elle considéra son père avec fierté, mais avec également un petit pincement au cœur, car elle était encore en pleine incertitude. Son nom aurait dû être cité juste après celui de son père, or, le directeur poursuivait déjà avec d'autres noms. Puis, comme une délivrance, le directeur fit une petite interruption.

– Mariéta Montazini, excuse-moi pour l'oubli, tu es bien sur la liste des reçus.

L'émotion était perceptible, son visage plein de bonheur faisait plaisir à voir. Elle se jeta dans les bras de son père, et quelques larmes apparurent au fond de ses yeux noirs. Maman aussi avait les yeux noirs, en grandissant Mariéta lui ressemblait de plus en plus. Papa entraîna ma sœur vers monsieur Sourtis. L'instituteur les félicita, mais s'empressa d'ajouter que ce n'était pas fini. Il fallait encore proclamer le lauréat de la meilleure moyenne générale. Le directeur commença par préciser que ce lauréat faisait partie des candidats présentés par l'école de Floréal, puis il cita le nom d'Émilio Montazini avec une moyenne de 8,9 sur 10. Mariéta était subjuguée, elle n'arrivait pas à le croire, elle regardait son père, qui, lui, restait impassible. Monsieur Sourtis réitéra ses félicitations.

– Monsieur Montazini, vous êtes mon meilleur candidat de tous les temps. Vous avez rehaussé le niveau de l'école de Floréal. Vous savez que, pour votre fille Mariéta, ce n'est pas mal non plus. Elle a obtenu la quinzième place, sur les

cent quatre-vingt-sept élèves, c'est très honorable. De toute façon, il va falloir que nous parlions de son avenir, Mariéta a du potentiel, ce serait dommage qu'elle arrête les études maintenant.

Madame Éliette était au courant pour papa, elle savait qu'il avait préparé l'examen. Lorsqu'elle revint pour les raccompagner à Floréal, Mariéta se précipita pour lui annoncer la bonne nouvelle.

L'épouse du capitaine avait appris à connaître Émilio Montazini et, plus le temps passait, plus elle comprenait les raisons pour lesquelles son mari avait vu en lui un homme de valeur. À leur retour au village, une petite réception fut improvisée dans la salle des fêtes par le maire Gaston Lanterre. Tous les candidats présentés par monsieur Sourtis avaient réussi, et en plus, parmi eux se trouvait le lauréat de la meilleure moyenne. De toute façon, l'instituteur obéissait à un principe très simple, il ne présentait que des candidats certains de réussir. Le chef Laterre vint en personne féliciter papa et Mariéta. Antoinette Rosannés et moi étions également là. Papa eut même droit à un petit article dans le journal *La Dépêche*. Lorsque le journaliste sut qu'Émilio Montazini avait 37 ans et que, deux ans auparavant, il ne connaissait pas un mot de français, il proposa de rédiger un article beaucoup plus important sur lui. Mais notre père lui expliqua, sans entrer dans les détails, qu'il ne tenait pas à trop de publicité. À contrecœur, le journaliste se contenta d'un article minimum. Il mentionnait également que la fille du lauréat, Mariéta, âgée de 13 ans, s'était présentée en même temps que lui à l'examen et avait obtenu la quinzième place.

Deux jours après la parution de l'article, deux individus parlant français, mais avec un fort accent italien, apparurent à Floréal. Ils posèrent quelques questions à Lucette Fabre, la boulangère, puis à Pierrette Malfeu, la patronne du café. Fort heureusement, ils ne poussèrent pas la porte du bureau de tabac de madame Gourdes, la cancanière du bourg. Leur intrusion dans le village ne dura que quelques minutes. Le chef Laterre fut immédiatement alerté.

– *Ils m'ont demandé si je connaissais la famille Montazini et si je savais où elle habitait. Ils n'avaient pas des têtes d'honnêtes gens, alors je leur ai gentiment dit que ce nom ne me disait rien. Qu'il y avait ici beaucoup d'immigrés saisonniers, qui repartaient une fois la saison terminée. Je crois que Lucette leur a répondu qu'elle ne les connaissait pas non plus. Tout de suite après, je les ai vus grimper dans leur auto, et ils sont partis.*

Le départ de la voiture noire immatriculée en Italie fut confirmé par le forgeron Antoine Séverin, installé à la sortie du village. Depuis quelques mois, il distribuait du carburant, et les deux hommes s'étaient arrêtés pour faire le plein. Bizarrement, ils ne lui avaient pas posé de questions sur la famille Montazini.

Le signalement de cette automobile pouvait correspondre à celui de l'auto mystérieuse que de nombreux habitants avaient soi-disant aperçue, sillonnant lentement la campagne.

Le chef Laterre nous conseilla d'ouvrir l'œil et d'éviter de nous déplacer seuls. Notre père ne semblait pas très inquiet par la visite de ces personnes. Peut-être savait-il des choses que nous ignorions. Pour lui, après l'article dans le journal, il s'agissait sans doute de compatriotes en vacances qui souhaitaient le saluer. Pourtant, dès que le chef Laterre fut parti, notre père prit le fusil, le chargea et le remit contre l'horloge.
– *Papa, tu crois que les fascistes nous recherchent encore ?*
– *Non, je ne crois pas ! Les fascistes auraient eu notre adresse avant d'arriver. Ils n'auraient pas pris le risque de se faire repérer dans le bourg. Le fusil, c'est juste par précaution.*

Dans la nuit, je me réveillai au moindre bruit. J'entendais Mariéta qui tournait et se retournait dans son lit, elle non plus ne parvenait pas à trouver le sommeil. Je savais que papa était resté dans la cuisine et que Patou faisait le guet dehors.

Début juillet, le chef Yvan Laterre reçut un appel de l'adjudant-chef Bertomieux.
– *Je crois que l'on tient le bon bout dans l'affaire de la bûche piégée de L'Arcange. La police de Marseille vient de me contacter, elle a arrêté deux Italiens qui correspondraient aux signalements que nous leur avons*

communiqués. Ils ont été mêlés à une rixe dans un café, la police a procédé à des contrôles d'identité. Comme ils n'avaient aucun papier sur eux, elle a cherché un peu plus loin et est tombée sur le mandat d'arrêt. La police de Marseille n'a pas grand-chose contre les deux suspects, et le procureur de la République d'Aix-en-Provence accepte de nous les remettre, dès qu'on le souhaitera. J'ai personnellement vu cette affaire avec le procureur de la République d'Auch, il est d'accord pour vous donner mission de rapatrier ces deux individus sur Condom. Vous partirez en voiture demain mardi, avec deux hommes de ma brigade, et vous ramènerez Massimo Santini et Arturo Fabiano pour vendredi. En réalité, je vous offre quatre jours de vacances aux frais du contribuable. Sur place, vous aurez affaire au commissaire Joseph Valentino.

Le lundi 11 juillet, à cinq heures de l'après-midi, les deux suspects furent transférés dans une cellule de la gendarmerie de Condom.
– Alors, Laterre, comment se sont passés ces quelques jours de villégiature ?
– Très bien, mon adjudant-chef, aucun problème, tout s'est déroulé comme prévu.
– Parfait, nos deux invités vont passer la nuit ici. Demain matin, ils subiront un premier interrogatoire. Laterre, soyez là à huit heures, vous mènerez les débats. Après tout, c'est votre affaire. Amenez avec vous le gendarme François Autain, il connaît l'italien, il nous sera très utile.

Le mardi 12 juillet, à dix heures du matin, Massimo Santini fut introduit dans le bureau de l'adjudant-chef Bertomieux.

Dans un italien impeccable, le gendarme François Autain lui demanda de s'asseoir. C'était juste pour lui faire comprendre qu'il ne pourrait pas se réfugier derrière l'incompréhension du français pour ne pas répondre aux questions. L'interrogatoire durait depuis plus d'une heure, mais Massimo Santini ne démordait pas. Ils étaient partis, parce qu'ils avaient perdu leur emploi au château. Ils étaient arrivés à Toulouse le 29 décembre, pour repartir vers Marseille le 2 janvier. Dans la cité phocéenne, ils avaient pris une chambre dans un hôtel et travaillaient de temps à autre sur le port. Sans papiers, il leur était difficile de trouver un vrai travail. Le chef Yvan Laterre poursuivit son interrogatoire.

– *Mais, si vous n'aviez rien à vous reprocher, vous auriez pu, avant de partir, demander à récupérer vos papiers ?*

L'Italien répondit que leurs contrats de travail étaient exclusivement prévus pour un emploi au château Tourne Pique. Étant congédiés, ils étaient obligés de retourner en Italie et ils ne le souhaitaient pas. C'était la raison qu'invoquait l'Italien pour justifier leur départ précipité. Yvan Laterre n'insista pas. Massimo Santini fut ramené dans une cellule, seul. Ce fut ensuite le tour d'Arturo Fabiano. Il donnait les mêmes réponses, aux mêmes questions. Mais le chef remarqua plus de fébrilité, moins d'assurance. Yvan Laterre comprit qu'il ne fallait pas le lâcher.

– *Pour quelle raison ne vouliez-vous pas retourner en Italie ?*

Arturo Fabiano bredouilla quelques mots, il parlait sans le nommer d'un parti politique auquel il fallait obligatoirement

adhérer si on voulait un travail. Ses propos étaient un peu décousus, et le chef orienta l'interrogatoire dans une autre direction.
– *Connaissez-vous un de vos compatriotes du nom d'Armando Coligneri ?*

Yvan Laterre venait de faire mouche.
– *Que savez-vous de lui ?*
– *J'ai appris par le journal qu'il avait été exécuté à Udine, vers la fin de l'année 29.*

Yvan Laterre ne relâcha pas la pression.
– *Connaissez-vous Marco Landini ?*

Dès qu'il entendit ce nom, Arturo Fabiano commença à transpirer à grosses gouttes, ses propos devinrent complètement incohérents. Le chef Laterre comprit que l'enquête était maintenant sur la bonne voie. Pour donner un peu plus de poids à l'interrogatoire, l'adjudant-chef Bertomieux prit le relais.
– *Nous savons qu'il a menacé des membres de votre famille originaire de Santria dans le Frioul. Il vous a donné l'ordre de tout faire pour détruire la famille Montazini. Et dans la semaine qui a précédé votre départ, vous avez piégé cette bûche à la ferme de L'Arcange, puis vous vous êtes fait licencier de votre travail. Nous avons interrogé le maître de chai, Alphonse Diodin, il pense que vous vous êtes volontairement endormis au lieu de surveiller les alambics. D'habitude, vous faisiez votre travail très consciencieusement, et cette fois-là, comme un fait exprès, il vous trouve tous les deux en train de dormir.*

L'adjudant-chef Bertomieux poursuivit sur sa lancée.
– *La petite Mariéta s'en est miraculeusement sortie, mais elle conservera les traces de cette agression toute sa vie. Dans cette affaire, il n'y a pas trente-six solutions, soit vous nous dites ce qui s'est réellement passé et nous vous gardons en France pour purger votre peine. Soit nous vous remettons aux autorités italiennes d'Udine qui vous réclament. Je vous précise, mais vous devez déjà être au courant, que Marco Landini est devenu l'un des responsables du mouvement fasciste d'Udine. Je pense qu'il sera très heureux de vous voir arriver.*

Arturo Fabiano avait maintenant l'air complètement terrorisé. Encore une petite poussée, et il craquerait. C'est Yvan Laterre qui se porta une nouvelle fois volontaire pour parachever le travail. Il lui présenta quelques pages polycopiées qui émanaient d'un mouvement antifasciste basé à Nice, juste de l'autre côté de la frontière italienne. Dans ces pages, on y relatait en détail des faits qui s'étaient déroulés dans la région d'Udine en janvier 1931. Il s'agissait d'une manifestation d'ouvriers réprimée par une section fasciste dirigée par un certain Marco Landini. Cette répression avait fait trois morts, trois ouvriers, dont une femme tuée à coups de barre de fer. Arturo Fabiano était anéanti, effondré sur sa chaise, il sanglotait. L'adjudant-chef Bertomieux reprit le flambeau.
– *Si vous êtes coopératif, le juge tiendra compte de la situation, vous serez condamné à une peine minimum, et en plus, on pourra sûrement vous accorder l'asile politique.*

Arturo Fabiano avoua tout, les pressions et les menaces constantes sur sa famille et sur celle de Massimo Santini, restées en Italie. Ils s'étaient introduits une première fois le 26 décembre dans la remise d'Émilio pour repérer les lieux. Le 28 décembre, ils y étaient retournés pour piéger la bûche. Auparavant, ils avaient, eux aussi, rendu visite à Armand Malcœur en train de fendre des troncs à la poudre noire. Ensuite, cela avait été très facile de piéger la bûche, qui avait très grièvement blessé Mariéta. Le chef Laterre posa une autre question.
– *Arturo Fabiano, savez-vous pour quelle raison Marco Landini en voulait autant à la famille Montazini, au point d'essayer d'attenter à la vie de Mariéta ?*

L'Italien répondit qu'il ne savait pas. Pour l'accusation d'agression contre Sylvio dans la cuve, l'Italien nia catégoriquement. Il restait donc encore cette affaire à résoudre. Massimo Santini fut interrogé de nouveau, mais après les révélations d'Arturo Fabiano il ne résista pas très longtemps. Les deux Italiens furent incarcérés à la prison d'Auch en attendant le procès. Avant de partir pour la prison, l'adjudant-chef Bertomieux leur présenta un autre document, rédigé au mois de juin de l'année précédente par le même mouvement antifasciste de Nice. Il annonçait la découverte, dans un bois, du cadavre de Marco Landini dans la région d'Imperia, en Ligurie, pas très loin de la frontière franco-italienne. Ces faits avaient eu lieu le 17 mai 1931. Le chef fasciste avait été exécuté, exactement comme Armando Coligneri, de deux balles dans la tête. Les deux hommes parurent très soulagés par cette information.

Dans la soirée du mardi 12 juillet, le chef Yvan Laterre nous rendit visite à L'Arcange pour annoncer les deux bonnes nouvelles. L'arrestation des coupables de l'agression contre Mariéta et la mort du commanditaire, Marco Landini. Pour Marco Landini, papa était déjà au courant. Je ne sus jamais très bien le rôle que notre père avait joué dans son élimination. Ce soir-là, le chef Yvan Laterre fit une exception, lorsque papa lui proposa de rester à souper, il accepta sans se faire prier. À l'école de gendarmerie, l'une des premières règles qu'on lui avait inculquées était de maintenir une certaine distance avec les habitants de la commune dans laquelle il était en poste. Il ne devait en aucun cas fraterniser. Cette fois, c'était différent. Pendant le repas, il pourrait peut-être apprendre certaines choses. Comme, par exemple, où se trouvait réellement Émilio à la mi-mai de l'année dernière, date à laquelle Marco Landini avait été exécuté, mais c'était juste pour savoir. C'était sûrement une coïncidence, mais, à la mi-mai de l'année dernière, papa était allé rendre visite à tante Julia, à la frontière italienne. Mais ce secret resta un secret.

Trois hectares de plus étaient maintenant défrichés. Avec les cinq hectares de vignes, la capacité des terres cultivables était donc amenée à douze hectares. Le 15 juillet, la moisson débuta à L'Arcange. Six jours durant, du matin au soir très tard, la faucheuse-lieuse assembla inlassablement les brins de céréales en gerbes. Le matin, papa attelait les deux génisses. Pour l'après-midi, il mettait sous le joug la paire de bœufs. Mariéta, Antoinette et moi transformions les champs de blé et d'avoine en villages indiens. La récolte serait ramassée et dressée en gerbières avant la fin du mois. Début août, la batteuse arriverait, et comme l'année précédente, ce serait jour de fête à L'Arcange et dans toutes les fermes des alentours.

La moisson maintenant achevée, les travaux dans la vigne terminés, Mariéta et moi pouvions consacrer quelques journées à extraire le tartre des cuves. Nous n'avions pas beaucoup avancé depuis le printemps, et pour Mariéta l'argent de poche atteignait un niveau critique. Moi, j'avais toujours mon projet en tête, et il me manquait encore une somme assez importante pour le mener à bien. Après six jours de travail intense, le poids de la précieuse récolte approchait celui de l'année de notre arrivée. Ma sœur ayant un besoin urgent d'effectuer quelques investissements, nous avertîmes monsieur Ramirez afin qu'il vienne enlever notre récolte. Le ferrailleur pesa le tartre et le chargea sans attendre dans sa camionnette. Mais, au moment de régler la facture, il nous annonça, l'air faussement navré, qu'il ne pouvait pas payer le même prix que les années précédentes. Il prétexta une demande beaucoup moins forte et nous proposa un prix inférieur de presque quarante pour cent. Mariéta et moi ne l'entendions pas de cette oreille. Sans prononcer le moindre mot, mais dans un ensemble parfait, nous commençâmes à décharger les sacs. Devant notre détermination, le ferrailleur n'eut d'autre choix que d'offrir un tarif un peu supérieur. Les négociations duraient depuis déjà quelque vingt minutes, mais nous ne cédions pas d'un pouce. Je savais que le maître de chai Alphonse Diodin suivait les événements du coin de l'œil, en souriant. Il nous connaissait bien, il se doutait que monsieur Ramirez ne s'en tirerait pas à si bon compte. S'il voulait la marchandise, il serait obligé de nous payer le prix. Au bout d'une demi-heure, celui-ci sortit effectivement son portefeuille qui débordait de billets de banque et paya le même prix que la première fois. Avant même de nous remettre au travail, le pactole fut partagé. Le ferrailleur avait accepté de nous payer le même prix à la seule condition que nous lui fournissions la même quantité de tartre avant la fin de l'année. Pour cette nouvelle commande, nous avions même obtenu une augmentation non négligeable de dix pour cent.

Nous étions le vendredi 19 août 1932, le petit Édouard avait une fois de plus faussé compagnie à Lisette. Le garnement, assez intrépide, se jouait d'elle. Il venait de passer quelques semaines chez sa grand-mère maternelle et en était revenu encore plus infernal. Lisette n'osait l'appeler de peur qu'Éliette Clément Autun ne l'entende et ne la réprimande. À sa dernière escapade, elle l'avait retrouvé qui se cachait au beau milieu d'un troupeau de vaches. Elle courait un peu partout à sa recherche, en priant le Bon Dieu qu'il ne lui soit rien arrivé. Par acquit de conscience, elle retourna vers le chai une seconde fois. La première n'avait rien donné, mais avec ce petit chenapan on pouvait s'attendre à tout.

Elle entra discrètement et ce qu'elle vit la tétanisa. Lisette était consternée et ne voulait pas le croire. Pourtant, devant elle, une main refermait une à une toutes les portes des cuves. Consciencieusement, le mystérieux portier malfaisant repoussait la vis de blocage et serrait légèrement la vis. C'était sûrement cette même main qui avait, deux années plus tôt, agressé Sylvio en l'enfermant dans l'une de ces cuves. Le coupable se tenait là, à seulement quelques mètres, et elle le connaissait très bien. Il avait, semble-t-il, profité de l'absence du personnel pour sévir une nouvelle fois. Lisette prit sur elle-même, réussit à ne pas se faire remarquer et, toute tremblotante, repartit en courant presque vers le château.

Mariéta et Edmonde de Barsac communiquaient très régulièrement par courrier. Il ne se passait pas une semaine sans que l'une ou l'autre écrive ou reçoive une lettre. Dans sa dernière correspondance, à la façon d'une jeune fille qui se confie à sa grand-mère ou à son arrière-grand-mère, Mariéta révélait ses secrets à la Dame en blanc. Elle avait parlé de ses rêves en compagnie de la Demoiselle blanche, de ses prémonitions et de sa surprenante ressemblance avec elle. Elle parlait aussi bien sûr de ses mystérieuses et singulières visions lorsqu'elle croisait le troisième étage dans l'ascenseur de son hôtel particulier, au 32, rue des Loges à Paris.

Depuis l'intrusion des deux Italiens à Floréal, plus personne n'avait rencontré ou même aperçu la mystérieuse voiture noire. J'avais retrouvé le sommeil et Mariéta également. Mais notre père laissait quand même le fusil chargé contre l'horloge, et la nuit, Patou continuait à monter la garde dehors.

Aujourd'hui, avec papa, nous participions au battage chez Antoine Letémoin, à la ferme des Sorbières. Demain 20 août, la batteuse serait chez nous, à L'Arcange. Moi, c'était surtout pour jouer avec Simon et Antoine. Ce dernier n'avait jamais pu se souvenir comment il avait atterri dans la haie en descendant la côte de Pellegrin, en juillet de l'année dernière. Émilien Fontaine, le médecin de Floréal, avait laissé entendre que cette perte de mémoire était certainement due à une très grande frayeur. Avec le temps, peut-être que la partie effacée réapparaîtrait.

Ce matin, en arrivant, j'avais aperçu Félicien Lardus, le maître de battage, sermonner très sévèrement l'Écrevisse. Il était très, très remonté contre lui. Bien sûr, l'Écrevisse, c'était son surnom. Tout le monde l'appelait ainsi parce qu'il braconnait les écrevisses à la main, à longueur d'année. Peu de gens connaissaient son véritable nom. Il était orphelin et devait être âgé d'une vingtaine d'années. Mal remis d'une poliomyélite, il n'avait plus tout l'usage de sa jambe gauche. Le maître de battage Félicien Lardus l'avait pris avec lui. En échange de quelques menus travaux, il lui assurait le gîte et le couvert. L'Écrevisse était arrivé hier dans la soirée avec la batteuse et la locomobile et, comme souvent dans ces cas-là, il avait passé la nuit enfoui dans une paillère ou une gerbière.

– Ne mens pas, l'Écrevisse ! J'ai retrouvé des mégots à peine éteints. En plus, Antoine Letémoin t'a vu. Je t'ai interdit de fumer autour des paillères, un de ces jours, tu vas foutre le feu. La prochaine fois, tu n'y coupes pas, je te fous à l'asile.

En traînant sa jambe atrophiée, le pauvre garçon était parti quelques mètres plus loin, s'était assis et répétait sans cesse :
– Non, pas l'asile, pas l'asile…

Dans l'après-midi, nous apprenions que, vers midi, le puisatier Gaétan Vaillant avait été retrouvé inanimé au fond d'un puits qu'il était en train de restaurer. Il n'y avait pas plus de quarante centimètres d'eau, et fort heureusement, le propriétaire l'avait secouru à temps. Apparemment, une pierre s'était décrochée de la paroi et avait heurté le crâne de l'ogre de Massecot. Il était maintenant hospitalisé à Condom, et ses jours n'étaient plus en danger.
– Tu sais, papa, je trouve ça plutôt bizarre qu'une pierre lui soit accidentellement tombée sur la tête. J'ai plusieurs fois vu Gaétan Vaillant à l'œuvre. Il faisait toujours très, très attention. Il vérifiait méticuleusement tout ce qui pouvait être dangereux.

La veille, au bourg, lorsque j'avais ouvert la porte de la boulangerie, une brunette d'à peu près mon âge en avait profité pour sortir. Hautaine et fière, elle était passée à côté de moi sans m'adresser le moindre regard ni même un petit mot de remerciement.

– Bonjour madame Fabre, je viens vous payer le pain du mois. Vous pouvez ajouter celui d'aujourd'hui, ça fera moins pour le mois prochain !
– Vous, au moins, les Montazini, on n'a pas besoin de vous relancer pour payer la note. Tiens, je te mets ce morceau en plus, il faut que je vous soigne, sinon vous pourriez aller à Villeneuve.
– Madame Fabre, vous connaissez la petite brunette qui sort d'ici, elle n'est pas de Floréal ?
– C'est Étiennette Rambalin, la fille du nouveau docteur, Étienne Rambalin. La première fois, elle est venue avec sa mère. Je les trouve un peu froids, mais c'est normal, ils ne sont pas du pays. Ils arrivent du sud, enfin, je crois ! Il leur faut le temps de s'habituer à nous. La petite ira sans doute à l'école de Floréal, comme toi.

Ce que j'avais remarqué le plus chez Étiennette, c'était sa jolie figure, encadrée par deux belles tresses. Peut-être aussi un peu sa belle robe bleue et ses souliers vernis. En tout cas, elle était différente des autres filles de Floréal. La brunette était bien un peu fière, mais ce n'était qu'un détail, ça pouvait toujours s'arranger.

À L'Arcange, les préparatifs pour le dépiquage allaient bon train. Aidée par Antoinette, qui accommodait la farce pour les poulardes, Mariéta s'occupait des repas pour la grande fête du lendemain. Elle préparait la pâte feuilletée pour les incontournables pastis. Un vélo passa devant la fenêtre, c'était le facteur. Mariéta s'étonna, ce n'était pas son heure habituelle. Il salua les deux femmes et remit un télégramme à la jeune fille. Il avait été posté à Paris en fin de matinée.

Elle pensa tout de suite à la Dame en blanc et se dit qu'il lui était arrivé quelque chose. Anxieuse, Mariéta le retourna dans tous les sens à la recherche d'un indice qui aurait pu la rassurer. Elle l'ouvrit précipitamment et, avant même de lire le texte, elle put identifier l'expéditeur, il était signé « *Bien à vous, Edmonde* ».

Le télégramme était adressé à toute la famille, et la Dame en blanc n'avait pas économisé ses mots.
– *J'ai enfin découvert des feuillets écrits par mon grand-père, Henri de Barsac, alors qu'il séjournait dans la cave secrète de L'Arcange. Je pense avoir la réponse à quelques-unes des questions que nous nous posions. Je pars demain matin avec Lucien, je serai à L'Arcange dans l'après-midi.*

Il y avait un post-scriptum.
– *Ma petite Mariéta, ta Demoiselle blanche m'a bien aidée dans mes recherches. Je t'apporte un petit cadeau, qui ne manquera pas de te surprendre. Il te fera, j'en suis certaine, un très, très grand plaisir.*

Le grand-père de la Dame en blanc, Henri de Barsac, avait séjourné dans la ferme de L'Arcange, à la fin du dix-huitième et au début du dix-neuvième siècle. Cette période correspondait à celle de la construction du château Tourne Pique. Pure coïncidence, peut-être pas ! Il était écrit que le samedi 20 août 1932 ne serait pas une journée ordinaire pour la famille Montazini.

Les acteurs du tome 1- Les Raisons de l'exil

Émilio Montazini, propriétaire de la ferme de L'Arcange, né le 12 juin 1895 à Mezano - Italie (région des Abruzzes).
Simonetta Montazini, son épouse, née Rasianni, le 17 mai 1898 à Mezano - Italie (région des Abruzzes).
Mariéta Montazini, leur fille, née le 8 février 1919 à Villanova – Italie (région des Abruzzes).
Sylvio Montazini, leur fils, né le 12 janvier 1922 à Villanova –Italie (région des Abruzzes).
Jacquomino et Maria Montazini, les parents d'Émilio.
Julia Lourqui, la sœur de Simonetta.

Isidore Clément (oncle du capitaine Aristide Clément Autun).
Aristide Clément Autun, propriétaire du château Tourne Pique, né le 23 mai 1899 à Poitiers (capitaine dans l'armée).
Éliette, son épouse, née Sentenal, le 17 mai 1903 à Auch.
Édouard, leur fils, né le 7 janvier 1925 à Angoulême.
Léon Sentenal, le père d'Éliette, notaire à Toulouse.
Éléonore Sentenal, la femme de Léon Sentenal et la mère d' Éliette.
Lisette Vaillant, la bonne du château.
Alban Vaillant, son époux.
Théodore Chandon, le régisseur du château.
Alphonse Diodin, le maître de chai.

Antoinette Rosannés, propriétaire de la ferme des Bimes.

Serge Letémoin, le métayer de la ferme des Saulles.
Antoine et Simon, les deux fils Letémoin.
Armand Malcœur, le métayer de la ferme de la Gare.
Pierre Lemoine, le métayer de la ferme du Pigonnier.
Christiane, la fille Lemoine.
Charles Lapierre, le métayer de la ferme de Saint-Jean.
Sylvain et Simone Lastruc, les métayers de la ferme du Tachou. Mathilde, la fille Lastruc.
Antoine Letémoin, le métayer de la ferme des Sorbières.

Gaspard Letourneur,
Félicien, le fils Letourneur.

Monsieur Sourtis, instituteur des grands à l'école de Floréal. Madame Sourtis, institutrice des petits et des moyens.
Gaétan Villard, professeur d'anglais au lycée Le Garros à Auch. Armand Levaleur, instituteur à Orléans.
Gaston Lanterre, le maire de Floréal, négociant en grains.
Antoine Séverin, le forgeron.
Baptiste Ferréol, le maçon.
Père Lucien Beaulieu, le curé.
Pierrette Malfeu, la patronne du café.
Noël et Lucette Fabre, les boulangers.
Félicien Briscadieu, le boucher.
Madame Gourdes, la patronne du bureau de tabac.
Pierrette Gourdes, sa fille.
Félicien et Marthe Departout, propriétaires de l'épicerie, droguerie, quincaillerie.
Julien Lapairre, le vétérinaire.
Léon Lourdain, le maquignon.

Félicien Lardus, le maître de battage.
L'Écrevisse, l'aide de Félicien Lardus.
Monsieur Ramirez, collecteur de feraille, duvet de canard et tartre vinique.
Émile Clesques, le négociant en armagnac.
Denise Clesques, son épouse.
Émilien Fontaine, le médecin de Floréal.
Linette Vaillant, la bonne du médecin.
Gaétan Vaillant, le puisatier de Massecot.
Arthur Mandrin, un agent d'affaires de Bordeaux.
Bertrand Dailleurs, ingénieur à la manufacture de tabac de Tonneins.
Raphaël Cantin, un chauffeur de car.
Hippolyte Marsac, un chauffeur de car.
Étienne Rambalin, le nouveau médecin de Floréal.
Madeleine Rambalin, son épouse.
Étiennette, leur fille.
Léon Tardieu, le médecin de Villeneuve-de-Floréal.

Sœur Dominique, infirmière à l'hôpital des Petites-Sœurs-des-Pauvres de Condom.
Gabriel Labeau, le chirurgien de l'hôpital des Petites-Sœurs-des-Pauvres de Condom.
Hector Valloire, le chirurgien de l'hôpital d'Auch.

Lucien Piquemal, dit Lulu la Chance, le funambule de la tour Eiffel.

Yvan Laterre, maréchal des logis-chef de la gendarmerie de Floréal.

Arthur Sibelle, un gendarme de Floréal.
Joseph Sibelle, le fils du gendarme.
François Autain, un gendarme de Floréal.
Anatole Bertomieux, adjudant-chef de la gendarmerie de Condom.
Joseph Valentino, le commissaire de Marseille.

Mario Estellio, le commissaire de police de L'Aquila.
Fabio Tiramo, brigadier-chef des carabiniers de Mezano.
Francisco Montalni, un carabinier de Villanova
Armando Coligneri, chef fasciste, né à Mezano en 1897.
Lucia et Paolo Coligneri, les grands-parents d'Armando Coligneri.
Marco Landini, chef fasciste.
Maria Bulfoni, chargée des questions d'émigration pour la province de L'Aquila.
Massimo Santini, un saisonnier italien originaire du Frioul.
Arturo Fabiano, un saisonnier italien originaire du Frioul.
Lina Agnéri, propriétaire de la mercerie à Mezano.
Ernesto Pantani,un voisin anarchiste de Villanova.
Vittorio Maldonné, un voisin des Montazini à Mezano.
Éduardo Esposito, médecin-chef de l'hôpital Santa Lucia.
Attilio Maladrini, le propriétaire de la scierie de Villanova.
Ennio Barssati, le maire de Mezano.
Alphonso et Ida Daliéra, dentistes au 5, via Italia à Udine.
Aldo et Félicia Roma, les acheteurs de la maison de Mezano.

Henri de Barsac, le grand-père de la Dame en blanc.
Edmond de Barsac, le père de la Dame en blanc, né en 1790.

Edmonde de Barsac, la Dame en Blanc, née à Paris en 1849.
Éléonore de Barsac, la fille d'Edmonde, née à Paris en 1880.
Edgar de Barsac, le fils d'Edmonde, né à Paris en 1883.
Florette de Barsac, la fille d'Edgar, né à Paris en 1913.
Lucien Vermeil, le chauffeur d'Edmonde de Barsac.
Félicie Antonin, la bonne d'Edmonde de Barsac.

Série « Les Exilés de L'Arcange »

Tome 1 : Les Raisons de l'exil

Michel ZORDAN

3Z DANZOR

ISBN 978-2-9532863-0-4
Dépôt légal : décembre 2008

Achevé d'imprimer à Mérignac par
COPY-MEDIA
23 rue Francisco Ferrer - 33700 Mérignac
www.copy-media.net
Dépôt Légal Décembre 2008